SCRUPULES

ŒUVRES DE DANIELLE STEEL
AUX PRESSES DE LA CITÉ

Album de famille
La Fin de l'été
Il était une fois l'amour
Au nom du cœur
Secrets
Une autre vie
La Maison des jours heureux
La Ronde des souvenirs
Traversées
Les Promesses de la passion
La Vagabonde
Loving
La Belle Vie
Kaléidoscope
Star
Cher Daddy
Souvenirs du Vietnam
Coups de cœur
Un si grand amour
Joyaux
Naissances
Le Cadeau
Accident
Plein Ciel
L'Anneau de Cassandra
Cinq jours à Paris
Palomino
La Foudre
Malveillance
Souvenirs d'amour
Honneur et Courage
Le Ranch
Renaissance
Le Fantôme
Un rayon de lumière
Un monde de rêve
Le Klone et Moi
Un si long chemin
Une saison de passion

Double Reflet
Douce-Amère
Maintenant et pour toujours
Forces irrésistibles
Le Mariage
Mamie Dan
Voyage
Le Baiser
Rue de l'Espoir
L'Aigle solitaire
Le Cottage
Courage
Vœux secrets
Coucher de soleil à Saint-Tropez
Rendez-vous
À bon port
L'Ange gardien
Rançon
Les Échos du passé
Seconde chance
Impossible
Éternels célibataires
La Clé du bonheur
Miracle
Princesse
Sœurs et amies
Le Bal
Villa numéro 2
Une grâce infinie
Paris retrouvé
Irrésistible
Une femme libre
Au jour le jour
Offrir l'espoir
Affaire de cœur
Les Lueurs du Sud
Une grande fille
Liens familiaux
Colocataires

(Suite en fin d'ouvrage)

Danielle Steel

SCRUPULES

Roman

*Traduit de l'anglais (États-Unis)
par Francine Deroyan*

Les Presses de la Cité

L'édition originale de cet ouvrage a paru en 2020 sous le titre *MORAL COMPASS* chez Delacorte Press, Random House, Penguin Random House Company, New York.

Le Code de la propriété intellectuelle n'autorisant, aux termes de l'article L. 122-5, 2e et 3e a), d'une part, que les « copies ou reproductions strictement réservées à l'usage privé du copiste et non destinées à une utilisation collective » et, d'autre part, que les analyses et les courtes citations dans un but d'exemple et d'illustration, « toute représentation ou reproduction intégrale ou partielle faite sans le consentement de l'auteur ou de ses ayants droit ou ayants cause est illicite » (art. L. 122-4). Cette représentation ou reproduction, par quelque procédé que ce soit, constituerait donc une contrefaçon, sanctionnée par les articles L. 335-2 et suivants du Code de la propriété intellectuelle.

Les Presses de la Cité, un département Place des Éditeurs
92, avenue de France   75013 Paris

© Danielle Steel, 2020, tous droits réservés.
© Presses de la Cité, 2022, pour la traduction française.

ISBN : 978-2-258-19188-4
Dépôt légal : août 2022

Presses de la Cité | un département **place des éditeurs**

*À Beatie, Trevor, Todd, Nick,
Samantha, Victoria, Vanessa,
Maxx et Zara,*

*À mes enfants chéris,
Soyez heureux, sages, braves,
honnêtes, gentils.*

*Aimez-vous les uns les autres,
défendez ce en quoi vous croyez
et faites ce que vous savez être juste.*

*Je vous aime infiniment
et je suis si fière de vous !*

Maman/D S

La seule chose qui permet au mal de triompher, c'est l'inaction des hommes de bien.

Attribué à Edmund Burke

1

C'était un de ces matins de septembre parfaits, baignés d'une lumière dorée, comme on en voit dans cette belle région qu'est le Massachusetts. Les élèves du prestigieux lycée de Saint Ambrose commençaient à arriver. Les imposants bâtiments en pierre, bâtis plus de cent vingt ans auparavant, affichaient une allure aussi distinguée que les universités où la plupart des élèves seraient acceptés une fois diplômés. Nombreux étaient ceux de Saint Ambrose à avoir laissé leur empreinte sur leur époque.

Ce matin-là, le lycée vivait une rentrée historique. Après une dizaine d'années de débats houleux et passionnés, l'établissement était enfin prêt à recevoir 140 élèves de sexe féminin en plus des 800 garçons déjà présents. Au cours des trois prochaines années, un programme allait être mis en place afin d'intégrer 400 jeunes filles à Saint Ambrose. À terme, le lycée devait atteindre un nombre total de 1 200 élèves. Pour cette première année, l'école accueillerait 60 jeunes filles en troisième, 40 en seconde, 32 en première et 8 en terminale[1]. Parmi celles-ci, il y

---

1. Les systèmes scolaires américain et français sont différents. Aux États-Unis, le collège comporte seulement trois années et le lycée en comporte quatre.

avait deux cas typiques : soit ces élèves venaient juste d'emménager sur la côte Est, soit elles avaient une raison valable pour changer d'école. Chacune des candidates avait été soigneusement sélectionnée afin que sa personnalité soit conforme aux normes morales et scolaires de Saint Ambrose.

Jusqu'à présent, les changements s'étaient déroulés sans problème. Deux dortoirs avaient été construits pour accueillir les nouvelles élèves ; un troisième serait terminé d'ici un an, puis un quatrième. De longs séminaires avaient été organisés pour aider les professeurs à adapter leur enseignement à des classes mixtes. Les partisans de cette mixité avaient insisté sur le fait que cela améliorerait le niveau académique de l'école, car à âge égal les jeunes filles ont tendance à se consacrer davantage à leurs études que les garçons, et elles intègrent l'université plus tôt. D'autres avaient affirmé que cela permettrait aux élèves de mieux apprendre à vivre et à travailler ensemble, à collaborer, coopérer. Se mesurer académiquement à des membres du sexe opposé pouvait être bénéfique à toutes et tous. Et en définitive, un environnement de travail mixte était nettement plus représentatif du « monde réel ».

Ces dernières années, les inscriptions à Saint Ambrose avaient légèrement diminué. La plupart des autres lycées réservés à l'élite étaient mixtes, ce que la majorité des élèves préférait. En refusant de s'ouvrir à la mixité, Saint Ambrose ne pouvait se maintenir à niveau. La bataille avait été longue, d'autant que le proviseur, Taylor Houghton IV, était l'un des derniers à être convaincus des avantages de cette mixité.

Il n'y voyait que des complications sans fin incluant des amourettes entre élèves, ce que les professeurs n'avaient pas à gérer dans une école exclusivement masculine. Quant à Larry Gray, directeur de la section de littérature anglaise, il avait demandé s'ils allaient rebaptiser l'école Saint Sodome et Gomorrhe. Après trente-sept années passées à enseigner à Saint Ambrose, c'était cet homme traditionaliste, conservateur et aigri par l'échec de sa vie privée qui s'était montré le plus véhément face à ce changement. Ses objections avaient finalement été rejetées par les partisans de la modernité, quand bien même cette évolution représentait un véritable défi pour tous. L'amertume de Larry Gray remontait à dix ans après son arrivée à Saint Ambrose, quand sa femme l'avait quitté pour le père d'un élève. Il ne s'en était jamais remis, pas plus qu'il ne s'était remarié. Gray était un homme fort malheureux, mais un excellent professeur qui parvenait à obtenir les meilleurs résultats de chacun de ses élèves. Grâce à son enseignement, ils étaient parvenus à l'excellence et avaient pu intégrer les plus grandes universités.

Taylor Houghton aimait beaucoup Larry Gray, qu'il appelait affectueusement « le Grincheux », et il s'attendait à l'entendre ronchonner tout au long de l'année. Sa réticence envers la modernisation de Saint Ambrose avait d'ailleurs valu à Larry d'être écarté du poste de proviseur adjoint pendant longtemps. À deux ans de la retraite, il s'entêtait encore à exprimer ses objections face à l'arrivée des jeunes filles dans leur établissement.

Lorsque le précédent proviseur adjoint avait pris sa retraite, le conseil d'administration avait eu du mal à trouver un remplaçant à la hauteur mais il avait finalement réussi à dénicher la perle rare : Nicole Smith, une brillante jeune femme afro-américaine en poste dans un lycée concurrent.

Ancienne étudiante de Harvard, Nicole Smith avait été ravie d'accepter, qui plus est pendant une période aussi stimulante. Son père était le doyen d'une petite université respectée et sa mère, poétesse reconnue, enseignait à Princeton. À 36 ans, Nicole débordait d'énergie et d'enthousiasme, et on sentait qu'elle avait l'enseignement dans le sang. Taylor Houghton, le corps professoral et le conseil d'administration étaient enchantés qu'elle se joigne à eux. Même Larry Gray n'avait guère eu d'objections à son égard et semblait presque l'apprécier. Il n'aspirait plus au poste de proviseur adjoint. Tout ce qui lui importait, désormais, c'était de prendre sa retraite.

À la tête du conseil d'administration, Shepard Watts avait été l'un des plus ardents défenseurs de la nouvelle mixité de l'école. Il admettait volontiers que ce n'était pas sans arrière-pensée. D'ici un an, ses filles, des jumelles âgées de 13 ans, entreraient en troisième à Saint Ambrose – et ensuite ce serait au tour de son fils de 11 ans. Shepard souhaitait que ses filles aient autant de chances que ses fils de recevoir une éducation de premier ordre. Les jumelles avaient déjà rempli leurs dossiers de candidature et avaient été acceptées, sous réserve d'obtenir de bons résultats en quatrième. Étant donné leur excellent parcours scolaire, personne ne doutait qu'elles y parviendraient. Quant à Jamie Watts, le fils aîné de Shepard, c'était l'une des vedettes de Saint Ambrose. Ses résultats scolaires étaient remarquables et ses succès sportifs faisaient de lui l'un des athlètes les plus prometteurs de l'école. Sur le point de faire sa dernière rentrée, il était apprécié de tous.

Shepard était banquier d'affaires à New York et sa femme, Ellen, mère de famille à plein temps, était responsable de l'association des parents d'élèves. Vingt ans auparavant, elle avait travaillé pour Shepard comme stagiaire et l'avait épousé un an plus tard. C'étaient de bons amis de Taylor et de sa femme Charity, qui les appréciaient énormément. Ces derniers avaient une fille, mariée, qui vivait à Chicago où elle exerçait la profession de pédiatre. Charity, elle, enseignait l'histoire et le latin à Saint Ambrose, et se réjouissait de l'arrivée des jeunes filles dans leur lycée. Issue de la grande bourgeoisie de la Nouvelle-Angleterre, le statut d'épouse du proviseur lui allait comme un gant. Elle était fière de Taylor qui, à dix ans de la retraite, n'avait jamais cessé d'aimer son métier. Malgré le nombre de pensionnaires dans l'établissement, chacun avait le sentiment de faire partie d'une grande famille, et Charity se faisait un devoir de connaître le plus grand nombre possible d'élèves et de parents. Comme d'autres professeurs, elle était aussi tutrice : elle veillait au bien-être et aux résultats d'un groupe d'élèves pendant tout leur parcours à Saint Ambrose. Et dès leur entrée à l'école, elle travaillait avec d'autres enseignants sur leurs candidatures à l'université, rédigeant des recommandations et les aidant à remplir leurs dossiers d'admission. Chaque année, un nombre impressionnant d'élèves était ainsi en mesure de poursuivre dans l'une des huit universités privées de l'Ivy League, les plus cotées du pays.

Taylor et Nicole Smith se tenaient sur les marches du bâtiment principal, regardant les étudiants arriver petit à petit. Shepard Watts et son fils Jamie descendirent de voiture. Le fils rejoignit directement ses amis tandis que le père venait dans leur direction pour les saluer. Les yeux brillant d'excitation, la proviseure adjointe contemplait la procession de SUV qui se dirigeaient vers les aires de stationnement.

— Comment ça se passe ? s'enquit Shepard.

Nicole affichait un large sourire.

— Très bien. Les premiers sont arrivés à 09 h 01 précises.

Les parkings se remplissaient à vue d'œil.

— Où est Larry ? demanda Shepard à Taylor.

En général, ce dernier se tenait également sur les marches pour observer l'arrivée des élèves.

— Il est dans mon bureau. Une infirmière l'a placé sous oxygène, plaisanta Taylor.

Tous trois éclatèrent de rire.

Grand, athlétique, Taylor avait les cheveux poivre et sel, les yeux bruns et le regard vif. Comme tous les hommes de sa famille, il avait étudié à Princeton. Charity, elle, était allée à Wellesley. Shepard, bel homme aux cheveux noirs et au regard bleu perçant, était lui un ancien étudiant de Yale. C'était aussi le plus doué pour lever des fonds. Il n'acceptait aucun refus, et grâce à lui les parents d'élèves – actuels et anciens – versaient de belles sommes pour Saint Ambrose. Lui-même était un généreux donateur. Ces trois dernières années, il avait amplement montré son attachement à l'école. Malgré un travail exigeant, c'était aussi un père dévoué.

La rentrée suivait donc son cours. Les familles déchargeaient les vélos, les ordinateurs et tout le nécessaire pour le confort de leurs enfants tandis que les professeurs, installés derrière de longues tables, assignaient les dortoirs. Comme toujours, une certaine confusion régnait. Les parents se débattaient avec les bagages et les élèves cherchaient avant tout à retrouver leurs camarades. Toutes les informations leur avaient été envoyées par e-mail un mois auparavant, mais on redonnait les numéros des dortoirs et l'emploi du temps de la journée à ceux qui avaient oublié leurs documents.

Les élèves de troisième étaient affectés à des chambres de quatre à six lits, les élèves de seconde et première à des chambres pour trois ou quatre, et les terminales avaient le privilège de chambres individuelles ou doubles. Les dortoirs féminins avaient la même configuration. Il était prévu qu'il y ait une enseignante dans chacun d'entre eux pour veiller au respect des règles, mais aussi en cas de problème, quel qu'il soit.

Gillian Marks, la nouvelle directrice sportive de l'école, avait justement été affectée à l'un des dortoirs féminins. Sa prédécesseure, qui avait exercé durant vingt ans, avait démissionné à la minute même où elle avait appris que Saint Ambrose accepterait désormais des jeunes filles. De nature optimiste, Gillian s'était réjouie d'obtenir ce poste. Très grande pour une femme, elle avait un passé de sportive de haut niveau : à 18 ans, elle avait remporté une médaille d'argent aux jeux Olympiques au concours de saut en longueur. Son record n'avait toujours pas été battu. Âgée de 32 ans, elle avait auparavant été l'adjointe du directeur d'un internat pour filles. Pour sa première rentrée à Saint Ambrose, elle était très enthousiaste à l'idée de travailler avec des classes mixtes.

Simon Edwards, récemment recruté en qualité de professeur de mathématiques, l'aiderait à entraîner l'équipe de football masculine. À la fin de ses études, il avait passé deux ans en France et en Italie, où il avait beaucoup pratiqué le football, un sport qu'il adorait. Après avoir enseigné dans un lycée prestigieux près de New York, il était arrivé à Saint Ambrose l'année précédente, désireux de travailler dans un internat afin d'ajouter une expérience à son parcours professionnel. La nouvelle mixité de Saint Ambrose l'enchantait. À 28 ans, Simon était le plus jeune des enseignants. Il avait beaucoup échangé avec Gillian Marks pendant l'été et s'était montré très curieux de sa manière d'entraîner l'équipe de football masculine. Les sélections débuteraient d'ailleurs le lendemain. L'école disposait également d'une piscine couverte de taille olympique, construite grâce à la généreuse donation d'un ancien élève, et l'équipe de natation obtenait de très bons résultats. Gillian entraînerait également les filles au volley-ball et au basket-ball.

À présent, Gillian accueillait les filles de troisième tandis que Simon Edwards recevait les garçons, toujours sous le regard bienveillant de Taylor, Nicole et Shepard. Tout comme leurs parents, les élèves qui avaient déjà vécu une ou plusieurs années à Saint Ambrose connaissaient la routine. Ils se faufilaient dans les rangs, apostrophaient leurs camarades, heureux de les retrouver après les grandes vacances estivales. Arriva ensuite Steve Babson. Chaque année, il parvenait tout juste à passer dans la classe supérieure. Son père, Bert Babson, chirurgien cardiaque à New York, ne venait que rarement à l'école. Chaque fois que les professeurs l'avertissaient d'un nouveau méfait de son rejeton, il se montrait extrêmement sévère. Sa femme, effrayée et quelque peu désorientée par le comportement de Steve, lui rendait visite seule. L'expérience avait appris au personnel du lycée que Jean Babson avait un problème d'alcoolisme, problème qu'elle parvenait néanmoins à contrôler lorsqu'elle accompagnait son fils. Certains indices laissaient penser que Steve n'avait pas une vie familiale facile, entre un père colérique et une mère instable, mais il avait tout de même réussi à passer en terminale et c'était un jeune homme adorable. Un peu rebelle, il était beau garçon, avec des cheveux bruns bouclés et des yeux sombres pleins de candeur. Il faisait penser à un grand chiot, ce qui faisait fondre ses professeurs et compensait presque ses mauvaises notes.

Gabe Harris était venu de New York avec Rick Russo. Shepard poussa un soupir quand il repéra la mère de Rick : en pleine campagne, au beau milieu du Massachusetts, elle portait un tailleur Chanel rose et des talons aiguilles. Impossible de ne pas voir qu'elle sortait de chez le coiffeur. Et son visage était, comme toujours, trop maquillé. Shepard savait que s'il s'était trouvé plus près d'elle, il aurait été assailli par les effluves de son parfum capiteux. Joe Russo, le père de Rick, était le propriétaire de luxueux centres commerciaux en Floride et au Texas. Il était aussi, et de loin, le donateur le plus prodigue de l'école. Au cours des trois dernières années, il leur avait offert près d'un million de dollars. Le conseil d'administration considérait donc que l'on pouvait bien supporter les éventuelles excentricités ou caprices de la famille Russo. Rick était, lui, l'opposé de ses parents. Avec ses cheveux châtain clair, ses yeux gris et ce calme dont il ne se départait jamais, il préférait se fondre dans la masse. C'était un excellent élève, à la personnalité calme et humble, qui ne se mettait jamais en avant. Shepard trouvait Joe Russo assez insupportable, mais en tant que président du conseil d'administration, et au vu de sa générosité, il n'avait pas d'autre choix que de lui être agréable. Adèle Russo conduisait un SUV Bentley dernier cri, dont le prix flirtait avec les 300 000 dollars. Ils étaient accompagnés de Gabe Harris, un bon garçon. C'était un élève médiocre malgré ses gros efforts, mais l'un de leurs meilleurs athlètes. Gabe espérait obtenir une bourse d'études sportives pour l'université. Il était l'aîné et ses parents attendaient beaucoup de lui. Il se devait d'être un modèle de réussite pour ses trois jeunes frères et sœurs. Son père, Mike Harris, était l'un des meilleurs coachs sportifs de New York, et sa mère, Rachel, gérait un restaurant. Ils travaillaient dur pour permettre à leur fils d'étudier à Saint Ambrose, et Gabe faisait de son mieux pour être à la hauteur. Cette année, durant sa terminale, il jouerait au football ainsi qu'au football américain. C'était aussi un excellent tennisman. Grâce à l'entraînement que lui prodiguait son père, il avait de larges épaules musclées et, s'il n'était pas très grand, il dégageait un charme viril avec ses cheveux coupés très court qui mettaient en valeur ses yeux d'un bleu intense.

Tommy Yee arriva bientôt avec son père. Sino-américain, il était fils unique, doux et gentil, et obtenait toujours d'excellentes notes. Son père était dentiste à New York et sa mère dirigeait un prestigieux cabinet comptable. Tommy parlait couramment le mandarin et le cantonais, il était très doué en physique-chimie, brillant en mathématiques, et c'était un véritable prodige du violon dont il jouait dans l'orchestre de l'école. Ses parents lui mettaient la pression et attendaient de lui rien de moins que la perfection. Il espérait entrer au MIT, le Massachusetts Institute of Technology, certainement la meilleure université au monde dans le domaine des sciences et de la technologie. Ses professeurs ne doutaient pas qu'il serait admis. Taylor savait que les parents du jeune garçon étaient fiers de lui, mais leurs exigences lui laissaient peu de temps pour se distraire avec ses camarades.

Shepard Watts s'éloigna pour retrouver son fils, Jamie. Cette année, il bénéficierait d'une chambre individuelle dans le même dortoir que plusieurs de ses camarades de classe. Shepard avait promis à Taylor qu'il passerait le saluer avant de partir, mais pour l'heure il avait du pain sur la planche : il lui fallait installer la chaîne stéréo de son fils, son ordinateur ainsi qu'un petit réfrigérateur. Les élèves de terminale étaient autorisés à en avoir un afin de pouvoir se restaurer tout en faisant leurs devoirs ou en révisant leurs examens.

Pour les élèves les plus âgés, l'internat offrait presque autant de liberté et d'indépendance qu'un campus universitaire. La seule différence était que les voitures n'étaient pas autorisées. Le week-end, les étudiants ne pouvaient se rendre dans la ville voisine que s'ils étaient munis d'une autorisation de sortie, et leurs déplacements n'étaient permis qu'à vélo ou à pied. En outre, à Saint Ambrose, ils étaient traités comme des adultes et l'on attendait d'eux qu'ils fassent preuve de respect envers les professeurs et les autres élèves. Bien évidemment, l'alcool et les drogues étaient proscrits. L'établissement pouvait se féliciter de n'avoir eu à déplorer que quelques incidents mineurs rapidement réglés. Les étudiants concernés avaient été expulsés. Le conseil d'administration avait la réputation d'être toujours très strict et n'offrait pas de seconde chance.

Maxine Bell, la psychologue scolaire, était en contact étroit avec les tuteurs et tutrices. Elle tenait à ce que chacun demeure vigilant car si des élèves présentaient des signes de dépression ou avaient des tendances suicidaires, il fallait intervenir le plus tôt possible. Cinq ans auparavant, le lycée avait en effet vécu un épisode déchirant : un étudiant avait eu une histoire d'amour qui avait mal fini... Pourtant brillant et très entouré par sa famille, il avait été détruit par cette rupture, et il avait hélas été retrouvé pendu. En vingt ans, il y avait eu trois suicides à Saint Ambrose, c'est-à-dire beaucoup moins que dans les établissements concurrents – l'un des pensionnats les plus cotés avait même connu quatre suicides en deux ans. Toutes les institutions scolaires s'inquiétaient de cette situation, et Maxine s'efforçait de connaître les élèves personnellement. Elle assistait à leurs matchs, à leurs entraînements, passait du temps à la cafétéria pour discuter avec eux. Elle prenait ainsi le pouls de Saint Ambrose. Betty Trapp, l'infirmière que presque tous les élèves connaissaient, représentait une source supplémentaire d'informations pour elle. Le système de santé de l'école était très performant : un médecin du coin venait dès qu'on l'appelait, un hôpital se trouvait à environ 15 kilomètres et il y avait même la possibilité d'être transféré par hélicoptère à Boston. Saint Ambrose fonctionnait donc comme une mécanique parfaitement huilée, et il n'y avait aucune raison qu'il en soit autrement avec l'arrivée des jeunes filles.

Une fois Shepard parti, Larry Gray sortit enfin du bâtiment pour assister à la rentrée. La situation aurait pu être chaotique, mais elle ne l'était nullement. Avoir des jeunes filles parmi eux était un spectacle peu familier, mais pas déplaisant. Certains garçons avaient déjà remarqué les nouvelles venues. Ces dernières se montraient discrètes et mettaient du temps avant de faire connaissance les unes avec les autres. Elles avaient déjà fort à faire, et la plupart déchargeaient leurs bagages tout en se chamaillant avec leurs parents à propos de qui porterait quoi.

Les mères des filles de troisième semblaient épuisées. La majorité étaient accompagnées de leurs époux, qui se débattaient avec les lourdes malles de leurs filles. Un professeur venait parfois leur prêter main-forte.

— Les dortoirs vont être noyés sous les sèche-cheveux et les fers à friser d'ici ce soir, décréta Larry d'un air triste.

Nicole lui sourit. Elle s'était habituée à l'entendre se plaindre.

— La présence de ces nouvelles élèves ne nous mènera pas à notre perte, Larry, le rassura-t-elle gentiment.

Une jeune fille particulièrement belle émergeait justement de la voiture de sa mère. Personne d'autre ne les accompagnait. Sans aucune hésitation, elle sortit sa malle et deux sacs de sport du coffre tandis que sa mère s'occupait de quelques cartons. Blonde, avec de longs cheveux lisses, elle paraissait très calme et sûre d'elle pour son âge. Son apparente maturité évoquait plutôt celle d'une étudiante à l'université, songea Nicole. Sa beauté aurait pu la conduire au mannequinat. De nombreuses têtes se tournèrent sur son passage, aussi bien chez les professeurs que chez les parents et les élèves. Vêtue d'un simple tee-shirt, d'un jean et de baskets, elle ne prêtait aucune attention aux regards admiratifs et bavardait tranquillement avec sa mère. Nicole la reconnut grâce aux photos des dossiers d'admission. Il s'agissait de Vivienne Walker, élève de terminale, originaire de Los Angeles. Elle y avait fréquenté une école privée où elle avait toujours eu d'excellentes notes. Sa mère, avocate, venait d'emménager à New York et son père était promoteur immobilier sur la côte Ouest. Ils étaient en instance de divorce. Vivienne et sa mère avaient visité Saint Ambrose en mai et elle avait été l'une des dernières élèves à être acceptées.

Larry les observait d'un air sombre. La jeune fille était l'archétype de ce qu'il redoutait : une véritable beauté qui distrairait les autres élèves et provoquerait un « drame », comme il n'avait cessé de le dire au cours des nombreuses réunions du conseil d'administration.

Il était évident que tous les hommes présents l'avaient remarquée, et les pères peut-être encore plus que leurs fils. Elle lui évoquait une Alice au pays des merveilles grandie trop vite.

— Voilà, c'est exactement ce dont je parlais, lâcha-t-il d'un ton exaspéré.

Dépité, il s'éloigna pour regagner son bureau tandis que Nicole et Taylor échangeaient un sourire.

— Il s'en remettra, assura Taylor avec optimisme.

Il nota alors l'arrivée d'Adrian Stone. Conduit par le chauffeur familial, le jeune homme arrivait lui aussi de New York. Qualifié de « geek » par ses camarades de classe, Adrian était un de leurs plus brillants éléments. Très mince, il avait des cheveux bruns un peu longs qui lui tombaient toujours sur le visage et de grands yeux foncés et tristes. Adrian souffrait de phobie sociale et d'asthme. Petit génie en informatique, il concevait ses propres programmes et applications. Il avait peu d'amis, voire aucun, et passait son temps à étudier ou caché dans la salle d'informatique. Ses parents, tous deux psychiatres, étaient en plein divorce. Cette situation avait transformé la vie d'Adrian en un véritable enfer. À tour de rôle, chacun assignait l'autre au tribunal et faisait déposer par son avocat ordonnance après ordonnance contre la partie adverse. Deux ans auparavant, le psychiatre désigné par le tribunal pour veiller à l'équilibre d'Adrian avait recommandé au juge de faire envoyer le jeune homme en pension pour qu'il échappe à la guerre parentale. En outre, le tribunal avait chargé un avocat spécialisé dans la défense des enfants de protéger Adrian contre ses parents, qui l'utilisaient comme une arme l'un contre l'autre.

Depuis son arrivée, le jeune homme s'était épanoui sur le plan scolaire, et il était un peu moins timide. Selon son tuteur et ses professeurs, il avait cependant toujours peur de faire ou de dire quelque chose de mal, et de s'attirer des ennuis.

Ses parents ne venaient presque jamais le voir, et il semblait toujours réticent à rentrer chez lui pour les vacances, qu'il passait avec chacun d'eux en alternance. Il disait détester cet arrangement, mais ils ne lui laissaient pas le choix. En fait, Adrian se sentait mieux au lycée.

Le chauffeur l'aida à décharger ses valises, un sac de sport et quelques cartons, puis à les transporter jusqu'à son dortoir. Comme toujours, Adrian était le seul élève dont aucun des parents n'était présent le jour de la rentrée.

Taylor pensait encore au jeune homme lorsqu'il remarqua un monospace noir d'allure familière qui se garait au fond du parking réservé aux terminales. Les vitres teintées étaient trop sombres pour que l'on puisse voir l'intérieur, mais on percevait les silhouettes de deux hommes à l'avant : le chauffeur et un garde du corps. Taylor devina aussitôt l'identité des passagers. Dès que le véhicule s'arrêta, un homme de haute stature en sortit. Un tee-shirt noir moulait ses larges épaules. Casquette de base-ball sur la tête, des lunettes de soleil dissimulant son regard, il portait un jean et des bottes de cow-boy. Un jeune homme au physique aussi agréable, doté de la même carrure que son père, émergea à son tour de l'habitacle. Il était aussi blond que le premier était brun. Une femme blonde en jean et tee-shirt sortit immédiatement après lui. Elle aussi portait une casquette de base-ball et des lunettes de soleil. Tous trois commencèrent à décharger des cartons. Le chauffeur et l'autre homme les aidèrent, mais le garçon et ses parents traversèrent le parking seuls, transportant tout le chargement jusqu'à la table où les professeurs assignaient les chambres aux élèves de terminale. Pendant un moment personne ne prêta attention au trio. Puis soudain, dans la foule, quelqu'un les reconnut.

D'un air interrogateur, Nicole Smith se tourna vers Taylor :

— Est-ce que c'est... ?

Elle venait de se rappeler que Chase Morgan était le fils du célèbre acteur Matthew Morgan et de sa femme Merritt Jones, l'actrice la plus acclamée de ces deux dernières décennies, qui avait deux Oscars à son actif et d'innombrables nominations. C'était la quatrième et dernière année de Chase à Saint Ambrose et Taylor n'avait jamais rencontré de parents aussi exemplaires. Les études de leur fils leur tenaient à cœur et, malgré la célébrité, ils faisaient profil bas, ne cherchant jamais à attirer l'attention sur eux. Ils venaient à l'école pour toutes les cérémonies importantes et lui rendaient visite dès que leurs emplois du temps fort chargés le leur permettaient. Ils n'exigeaient aucun privilège pour leur fils ni pour eux et rencontraient ses professeurs comme n'importe quels parents. En classe de seconde, Chase et ses camarades étaient partis skier dans le Vermont et il s'était cassé la jambe. Son père tournait alors dans un film à Londres et sa mère se trouvait à Nairobi. Malgré la distance ils avaient tout fait pour rejoindre leur garçon aussi vite que possible.

Matthew et Merritt avaient vécu une bonne partie de l'année séparés, Matthew ayant apparemment eu une liaison avec Kristin Harte, une actrice avec laquelle il travaillait. La presse people avait profité de la rumeur et les paparazzis avaient traqué Merritt pendant des mois. Les parents de Chase avaient entamé une procédure de divorce, néanmoins ils assistaient toujours ensemble aux événements scolaires et s'arrangeaient pour que leur fils ne soit pas perturbé par cette histoire. Lorsqu'ils étaient avec lui, ils se montraient aimables l'un envers l'autre. Pour l'heure, tous deux se partageaient la charge d'une malle, tout en bavardant avec Chase.

Jamie Watts, le meilleur ami de Chase, vint rapidement à leur rencontre et les aida avec les bagages. Les deux garçons avaient en commun une silhouette élancée, les cheveux blonds, les épaules larges et une taille étroite. Ils étaient beaux et affichaient une grande confiance en eux. Ils étaient tellement séduisants qu'on aurait pu les prendre pour des mannequins ou des acteurs. C'étaient aussi des athlètes accomplis, et leur ressemblance aurait pu les faire passer pour des frères.

Taylor acquiesça d'un signe de tête à la question tacite de Nicole à propos des parents de Chase.

— Cela fait dix-neuf ans que je travaille ici, et je t'assure que ce sont les parents les plus simples auxquels j'ai eu affaire. Ils sont incroyablement gentils, discrets, responsables, et Chase est un garçon vraiment très sympathique. Il aimerait retourner sur la côte Ouest et étudier à l'université de Californie à Los Angeles, ou alors au département d'art dramatique de l'université de New York. Ses parents sont constamment en déplacement et ils tenaient à ce qu'il étudie dans un lycée de la côte Est.

Nicole savait que Matthew Morgan était à la fois producteur, réalisateur et acteur. Dans l'école d'où elle venait, il lui était arrivé de rencontrer des parents célèbres, mais elle devait bien admettre qu'elle était impressionnée de voir les Morgan se frayer un chemin à travers la foule. C'était si inattendu de les voir ici que finalement personne ne leur prêtait attention. De temps en temps, quelqu'un les reconnaissait et affichait alors un air stupéfait. Matthew et Merritt faisaient tout leur possible pour que leurs carrières respectives n'affectent pas la vie de leur fils. Impossible de deviner, à les voir ainsi, la situation qui était la leur. Aujourd'hui, le trio ressemblait à n'importe quelle autre famille. Taylor avait vu bien des divorces se dérouler dans l'amertume, mais celui des Morgan semblait réussi.

À 10 h 30, toutes les chambres avaient été attribuées. Dans les dortoirs, les parents aidaient leurs enfants à s'installer, et certains pères donnaient un coup de main aux mères venues seules. Accompagnée de deux de ses assistantes, Gillian Marks aidait les jeunes filles de troisième du mieux qu'elle pouvait. La plupart de ces demoiselles avaient apporté leurs propres cintres, serviettes, draps et savons, et il y avait des piles de cartons vides partout. Larry Gray ne s'était pas complètement trompé : chacune était arrivée avec son sèche-cheveux, ainsi que divers fers à lisser et à friser. Il y avait dans chaque salle de bains des shampooings et après-shampooings de toutes sortes, des gels pour le corps ainsi que mille et une sortes de démaquillants répartis sur toutes les surfaces. On se serait cru dans un immense institut de beauté !

À midi, tout le monde se rendit à la cafétéria, où les professeurs les attendaient autour de tables spécialement disposées pour l'occasion. Une fois au complet, Taylor Houghton fit un bref discours pour souhaiter la bienvenue aux anciens et aux troisièmes, ainsi qu'à toutes les nouvelles étudiantes. À cette occasion, il y eut des huées, des cris et des sifflements. Larry Gray semblait pétrifié. Taylor leva la main pour mettre un terme au chahut, puis présenta les nouveaux professeurs avant de souhaiter bon appétit à tous. Le bruit était assourdissant, mais pas plus que n'importe quel jour de rentrée scolaire.

À 13 h 30 commença ce que Maxine, la thérapeute, appelait « la Vallée des Larmes ». Il était temps pour les parents de s'en aller. Ceux dont les enfants étaient pensionnaires pour la première fois pleuraient toujours, et ce jour-là les filles de troisième firent de même. La direction préférait n'accorder que peu de temps pour les au-revoir : à 13 h 45, chaque élève devait rejoindre la salle d'orientation où on lui remettrait son emploi du temps, les noms de ses professeurs et celui de son tuteur. Et à 14 h 30, les premiers cours démarraient déjà. Avant le déjeuner, Gillian Marks avait rappelé à tous les élèves que les sélections sportives débuteraient le lendemain matin à 6 heures. Chacun en possédait la liste et l'heure. Ils avaient également une liste de clubs et d'associations auxquels ils pouvaient s'inscrire dans les semaines suivantes, ainsi que celle des excursions prévues tout au long de l'année. Elle leur rappela aussi que les séjours au ski dans le New Hampshire et le Vermont rencontraient toujours un vif succès et les encouragea à s'inscrire rapidement.

Une heure après le départ de leurs parents, les élèves étaient tellement immergés dans leur programme scolaire qu'ils avaient oublié les séparations. Et à l'heure du dîner, qui se déroulait normalement en trois services, ils étaient déjà occupés à faire connaissance, à partager leurs impressions sur les professeurs et les cours qu'ils venaient de suivre, à rattraper le temps perdu avec d'anciens camarades et à s'en faire de nouveaux.

Comme d'habitude, Jamie Watts et Chase Morgan s'étaient assis à la même table. Steve Babson les rejoignit un peu plus tard, bientôt suivi de Tommy Yee, son étui à violon à la main. Pour ses 16 ans, son grand-père de Shanghai lui avait offert un instrument d'une valeur exceptionnelle fabriqué par Giuseppe Gagliano, un célèbre luthier italien du xviiie siècle. Il l'emportait partout avec lui. Au début, ses camarades de classe l'avaient taquiné à ce sujet mais désormais voir Tommy en permanence avec son violon, même à la cafétéria, était un spectacle familier.

— Tu as passé un bon été, Tommy ? lui lança Jamie.

— J'ai rendu visite à mes grands-parents à Shanghai. Ils m'ont fait pratiquer le violon trois heures par jour, répondit-il en levant les yeux au ciel, avant de sourire.

Après le dîner, il se rendrait aux épreuves de sélection pour la classe de musique. Le club d'art dramatique se réunissait ce week-end, et les choses promettaient d'être bien plus intéressantes maintenant qu'ils allaient jouer avec des filles.

— Tu tiens le coup ? demanda Simon à Gillian.

Chargés de leurs plateaux-repas, ils s'assirent eux aussi à la même table.

— Eh bien... Les filles de troisième me donnent l'impression de surveiller un salon de coiffure plutôt qu'un dortoir. Mais ne le répète pas à Larry.

Elle lui adressa un large sourire avant de s'attaquer à sa côtelette d'agneau et à sa double portion de haricots verts. Simon avait choisi des lasagnes. L'établissement nourrissait près de mille personnes trois fois par jour, et la nourriture était étonnamment bonne.

— Tous ces beaux cheveux ébouriffés comme si ces demoiselles venaient juste de sortir de leur lit requièrent apparemment beaucoup de travail et de cosmétiques, ajouta-t-elle.

Elle portait les siens aussi courts que possible. En tant que directrice sportive, elle n'avait pas de temps à perdre pour se coiffer.

— J'aime bien ces gamines, poursuivit-elle. Elles m'ont l'air sympathiques. Comment s'est passée ta journée ?

— J'ai été bien occupé, et ce sera comme ça pendant plusieurs semaines. Avec l'intégration des filles, j'ai deux fois plus d'élèves que l'année dernière.

— Demain matin, avec les sélections, ça va être dingue. Je vais devoir être dans mon bureau dès 5 heures, annonça Gillian.

— Moi, je fais passer les tests de foot dans deux jours.

Il se tut et l'observa un instant.

— Travailler dans un pensionnat... c'est quand même spécial. Ça ne te manque jamais d'avoir une vraie vie ?

Gillian réfléchit un instant puis secoua la tête.

— Pas vraiment. J'ai toujours vécu ainsi. Je me suis entraînée pendant des années pour les jeux Olympiques. Et j'ai été en pensionnat quand j'étais enfant, parce que mes parents déménageaient tout le temps. Mon père travaillait pour des compagnies pétrolières au Moyen-Orient et ma mère l'accompagnait. Je jouais toujours pour une équipe ou une autre à l'université, alors j'ai choisi la voie que je connaissais. Ça fait dix ans que j'enseigne le sport dans des internats. C'est plutôt agréable de vivre dans une communauté, on ne se sent jamais seul.

Gillian était d'un naturel joyeux et il était évident que sa vie lui plaisait.

— Et toi ?

— Avant de venir ici, je travaillais dans un établissement chic à New York. Je vivais à Soho, et je pensais que j'étais un mec cool. Après une rupture qui s'est mal passée, j'ai quitté mon appartement et j'ai décidé de tenter ma chance à Saint Ambrose. Ça m'a plu, et j'ai très envie de voir comment la transition en école mixte va se passer, alors j'ai demandé à renouveler mon contrat. Mais j'avoue que parfois cela me manque de vivre comme quelqu'un de « normal », de rentrer chez moi le soir et de faire ce que je veux le week-end.

— Tu t'en remettras. Je ne sais même pas si j'y arriverais encore, moi. Ce genre de vie me plaît. C'est comme si je n'avais jamais eu à grandir. Tu restes un enfant pour toujours, en quelque sorte.

— Oui, mais ces enfants passent leur diplôme et vont vivre ailleurs. Pas nous. Je pense que je vais faire ça deux ans, et puis je verrai.

— D'ici là, tu ne voudras plus retourner à New York ! On prend goût à cette vie, tu sais ! lui prédit Gillian, l'œil complice.

— Qu'est-ce que tu fais durant les vacances d'été ?

— J'organise des stages intensifs de remise en forme réservés aux femmes. Je les emmène au Mexique, en Basse-Californie. Ce sont déjà des dures, et elles s'attendent juste à ce que je les pousse au maximum. Ça me met moi aussi au défi. C'est amusant de travailler avec des adultes pour changer. Beaucoup d'entre elles sont actrices à Hollywood.

— Eh bien, tu aimes souffrir on dirait !

Ils avaient terminé leur repas et Gillian souhaitait retourner au dortoir des élèves de troisième pour voir comment les choses s'y déroulaient. Pour l'instant, filles et garçons semblaient rester chacun de leur côté. Les garçons se retrouvaient, renouaient leurs liens d'amitié. Gillian avait remarqué qu'à l'arrivée de Vivienne Walker à la cafétéria, Chase et Jamie l'avaient invitée à se joindre à eux, mais elle avait refusé poliment et était allée s'asseoir avec un groupe de filles de terminale. Elles étaient toutes installées à une table dans le fond et faisaient connaissance. La dynamique était fascinante et, contrairement à ce que Larry Gray avait prédit, Saint Ambrose ne s'était pas encore transformé en Sodome et Gomorrhe. Garçons et filles s'ignoraient, ne se jetant que des coups d'œil occasionnels.

Les pensionnaires de troisième se plaignaient du manque d'eau chaude, ce que Gillian signala au service de maintenance. L'extinction des feux était à 22 heures et les jeunes filles devaient se trouver dans leur dortoir à 21 heures. Le lendemain, elles seraient initiées aux merveilles de la bibliothèque ultramoderne. Gillian s'endormit rapidement et, quand son réveil sonna, à 4 heures du matin, elle eut l'impression qu'elle venait tout juste de poser la tête sur l'oreiller. Elle prit une douche glacée, car il n'y avait toujours pas d'eau chaude. À 5 heures, elle se rendit à son bureau pour entamer sa journée. Elle se prépara une tasse de café, fit chauffer un bol de flocons d'avoine dans le micro-ondes et passa en revue la liste des élèves qui s'étaient inscrits aux tests. Lorsqu'ils commencèrent à arriver à 6 heures, elle était prête à les recevoir. Elle débuta par les sélections en natation pour les classes de troisième. Elle avait hâte d'entamer les entraînements. Et elle était certaine d'une chose : elle n'aurait changé de vie pour rien au monde.

2

C'était la première nuit de Vivienne Walker à Saint Ambrose et elle avait du mal à trouver le sommeil. Elle discuta avec ses amies de Los Angeles par téléphone jusqu'aux alentours de minuit. Ses deux meilleures amies, Lana et Zoé, lui manquaient beaucoup. Elle se sentait seule sans elles, même si les autres filles de terminale lui paraissaient sympathiques, quoique légèrement snobs. Vivienne était un peu perdue aussi, car avant de déménager à New York elle avait rompu avec son petit ami. Ils ne se sentaient pas capables de supporter une relation à distance, d'autant plus qu'ils ne fréquenteraient vraisemblablement pas la même université. Croire en leur couple ne leur semblait guère possible dans ces conditions, mais à vrai dire leur histoire avait déjà commencé à s'essouffler, si bien qu'ils ne s'étaient plus donné de nouvelles après le départ de Vivienne pour la côte Est. Alors qu'avec Lana et Zoé, c'était différent. Elles s'étaient rencontrées à l'école primaire et avaient fait toute leur scolarité ensemble. Elles avaient même fini par se surnommer les Trois Mousquetaires ! C'était si bizarre de devoir se passer d'elles désormais. Lorsque les parents de Vivienne s'étaient séparés, Lana avait été pour elle un soutien infaillible. Elle-même avait vécu cette situation alors qu'elle n'avait que 10 ans et pouvait rassurer Vivienne. Elle s'en remettrait vite. Zoé, dont le père était avocat et la mère agent artistique, avait plus de chance : ses parents étaient toujours ensemble.

Les filles de Saint Ambrose semblaient toutes être là par la force des choses. Il y en avait trois dont les parents divorcés ne s'entendaient pas au sujet de la garde : l'internat avait été la solution la plus simple pour eux. Une autre avait supplié sa mère de venir ici car elle détestait son nouveau beau-père. Elle n'en pouvait plus de l'attitude de sa mère, tellement entichée du nouvel homme de sa vie qu'elle se comportait comme une idiote et acquiesçait à tous ses propos. En plus, ils allaient avoir un bébé d'ici quelques mois et elle ne voulait surtout pas être avec eux à ce moment-là… Il y avait aussi deux filles originaires de Boston et New York qui, comme Vivienne, venaient d'emménager dans la région. L'une d'elles se disputait constamment avec ses parents à propos de son petit ami. Lui-même s'entendait tout aussi mal avec les siens, qui avaient fini par l'envoyer dans un pensionnat pas très loin de Saint Ambrose. Elle avait donc accepté de partir en pension elle aussi. Tous deux prévoyaient d'intégrer la même université afin de pouvoir se retrouver. Toutes ces filles s'étaient montrées gentilles à l'égard de Vivienne mais il était encore trop tôt pour ressentir de l'amitié. Quant aux garçons, ce n'était pas sa priorité. Aucun ne l'intéressait particulièrement.

C'est la mère de Vivienne qui avait insisté pour qu'elle l'accompagne à New York et intègre ce lycée.

Elle disait que l'excellente réputation de l'établissement lui garantirait l'accès aux meilleures universités. Son père, lui, n'ignorait pas qu'elle désirait rester à Los Angeles et c'est à contrecœur qu'il l'avait laissée partir. Il savait bien qu'à son âge il fallait vivre de nouvelles expériences. Mais il avait raison, Vivienne ne souhaitait qu'une chose : retourner en Californie, et surtout pas trop loin de Los Angeles où elle voulait étudier plus tard. En tout cas, il était hors de question qu'elle aille étudier au-delà de San Francisco. Elle n'avait donc aucune intention de rester dans l'Est après cette année à Saint Ambrose, et elle avait déjà hâte d'être aux vacances de Noël pour retrouver son père, Lana et Zoé.

La séparation de ses parents avait été soudaine et ils ne lui avaient jamais confié les raisons du divorce. Ce qui était sûr, c'est que son père avait dû faire quelque chose de grave. Désormais, sa mère le détestait, et elle avait tout fait pour s'éloigner le plus rapidement possible. D'un seul coup, elle avait demandé le divorce, quitté son poste au cabinet d'avocats, trouvé un nouveau travail à New York et déménagé avec sa fille. Vivienne était déçue que son père ne se soit pas battu davantage pour qu'elles restent à Los Angeles. Mais il était présent pour elle et ne manquait pas de l'appeler chaque soir pour connaître tous les détails de sa nouvelle vie. Elle lui avait confié que le lycée lui plaisait mais que beaucoup d'élèves lui semblaient froids et arrogants. La plupart d'entre eux venaient de la côte Est, et tous les garçons de terminale à qui elle avait parlé jusqu'alors avaient commencé leur scolarité à Saint Ambrose. En revanche, puisque toutes les filles étaient nouvelles au lycée, elle n'aurait pas à se battre pour intégrer un groupe, comme le lui avait aussi fait remarquer sa mère.

Le premier jour, elle avait repéré deux garçons plutôt mignons. Il s'agissait de Jamie Watts et de Chase Morgan. L'une des filles lui avait dit que les parents de Chase étaient des stars de cinéma, ce qui ne l'impressionnait pas tant que ça. Dans son ancien lycée, en Californie, elle avait côtoyé beaucoup d'enfants d'acteurs reconnus, sans compter les célébrités qu'elle pouvait croiser chez Zoé, puisque sa mère était agent. Elle trouvait Jamie aussi sympathique que charmant. Mais elle ne comptait pas avoir un nouveau petit ami de sitôt. Jamie suivait comme elle le cours de sciences sociales. Il s'était assis à côté d'elle puis l'avait accompagnée jusqu'à son cours de maths.

— Tu habitais où en Californie ? lui demanda-t-il.

Il ressemblait étrangement à son ancien petit ami. Elle aimait ses yeux bleus et ses cheveux blonds bouclés. Il était plus chaleureux et plus amical que Chase, qui avait l'air plus distant.

— À Los Angeles.

Elle remarqua que plusieurs élèves les observaient tandis qu'ils avançaient dans le couloir.

— Chase aussi vient de là mais il est arrivé à Saint Ambrose la première année, lui expliqua Jamie.

— Dès que j'ai mon diplôme, je pense y retourner. Je ne vais postuler que pour des universités en Californie.

— Lui aussi veut faire ça, mais je pense qu'il postulera quand même à l'université de New York, la NYU. Moi, je vais faire une demande d'admission anticipée à Yale. Mon père va faire une crise si je ne suis pas accepté. Dans ma famille, c'est une tradition, tous les hommes étudient là-bas.

— Tu as les notes qu'il faut pour ça ? demanda-t-elle, curieuse d'en apprendre plus à son sujet.

— Parfois.

Il esquissa un sourire qui le fit terriblement ressembler à un grand enfant. Vivienne trouvait d'ailleurs que la plupart des garçons du lycée faisaient plus jeunes que leur âge. Seuls quelques-uns avaient l'air vraiment matures.

— Tu as participé aux sélections sportives ? demanda Jamie.

— J'ai choisi le volley-ball, les essais ont lieu cet après-midi.

— Moi, je suis dans l'équipe de natation, et je veux essayer de jouer au foot avec M. Edwards. C'est un mec super.

Elle revit Jamie à la cafétéria quand elle s'y rendit pour le déjeuner. Lui et Chase l'invitèrent à s'asseoir à leur table et elle accepta. Elle remarqua à plusieurs reprises que Chase la regardait, bien qu'il soit resté quasiment silencieux pendant tout le repas. Elle les quitta juste après le dessert car elle reprenait les cours plus tôt qu'eux. En s'éloignant, elle les vit discuter avec beaucoup d'entrain. Était-ce à son sujet ? Elle remarqua aussi qu'un garçon asiatique avec un étui à violon les rejoignait. L'après-midi eurent lieu les tests de volley-ball et elle fut sélectionnée pour rejoindre l'équipe. Cela la réjouit, même si elle savait que cette décision tenait aussi au fait qu'on manquait de filles.

En fin de journée, dès que Henry Blanchard pénétra dans la salle des professeurs, Simon Edwards se précipita à sa rencontre. Blanchard était comme lui professeur de mathématiques, et il avait enseigné dans des pensionnats mixtes pendant la majeure partie de sa carrière. Simon alla droit au but :

— Allez, dis-moi, c'est quoi le truc ? Comment faire pour qu'ils m'écoutent ? Les garçons sont hypnotisés par les filles, impossible de capter leur attention. Autant te dire que le tableau n'existe plus pour eux et qu'ils n'écoutent rien du cours... Je pense qu'ils ne m'entendent carrément pas !

Simon était visiblement exaspéré et Henry se moqua légèrement de lui.

— Laisse-leur du temps, tout cela est nouveau pour eux. Tu as affaire à des ados et la seule chose qu'ils ont en tête, en ce moment, c'est comment arriver à peloter ces filles. Enfin, tout cela n'est que de l'ordre du fantasme... D'ici quelque temps ils n'y penseront plus et cesseront de les reluquer. Accorde-leur deux semaines, peut-être un mois, et ils finiront par ne même plus les remarquer.

— En attendant, je pourrais chanter l'hymne national en slip, parler swahili ou les insulter, aucun d'eux ne le remarquerait.

— Vas-y, si cela t'aide à te sentir mieux. Mais quoi que tu fasses, dans quelques semaines, ils seront plus détendus et ils t'écouteront à nouveau. Surtout après quelques mauvaises notes.

— J'ai enseigné dans une école mixte à New York et les élèves ne se sont jamais comportés comme ça. J'ai l'impression que l'internat intensifie tout.

— C'est parce qu'ils sont en vase clos. Personne ne rentre chez soi le soir pour retrouver ses parents, ses frères et sœurs ou ses amis. Nous vivons tous ensemble. C'est particulier pour des garçons de cet âge, et encore une fois cette rentrée mixte c'est tout nouveau pour eux. Ils vont s'y faire, crois-moi. Continue tes cours comme d'habitude, le temps qu'ils s'habituent.

Quand Simon regagna sa chambre, il était un peu plus rassuré.

L'uniforme étant de mise au lycée Saint Ambrose, on n'avait pas à se soucier des éventuelles tenues suggestives de la part des filles. Cependant, Simon avait remarqué que certaines d'entre elles savaient très bien s'y prendre pour raccourcir leurs jupes. Heureusement qu'elles pensaient à mettre un short sous leur uniforme. Il était en train de se faire cette réflexion quand il vit Vivienne Walker le dépasser à vélo. Sa jupe flottait au vent, si bien que l'on pouvait voir son short en dessous. Simon était subjugué par ses jambes, magnifiques et très longues. En une seconde, il sut ce que pouvaient ressentir ses élèves. Comment pouvait-on ignorer des jambes comme celles-ci ? Il finit par se ressaisir et se rappela que Vivienne était une élève de 17 ans, lui un professeur, et qu'il n'avait pas à admirer son corps. Mais comment s'en empêcher, surtout devant une jeune fille aussi belle ? Il en éprouvait presque un peu de compassion pour ses élèves, qui devaient vivre avec 140 jeunes filles de leur âge dans une certaine intimité. Lorsqu'il en parla à Gillian, cela la fit beaucoup rire. Durant ses cours de sport, elle les épuisait tellement qu'aucun élève n'avait l'énergie ni le temps de penser à autre chose qu'à l'entraînement. Mais Simon restait troublé par ce qu'il venait de ressentir.

Pour le premier week-end suivant la rentrée des classes, toute l'école avait été conviée à un piquenique. Simon observa que filles et garçons ne se mélangeaient guère. Deux jours auparavant, il avait organisé les sélections de football. Il aurait bien voulu créer une équipe entièrement féminine mais trop peu de filles s'étaient inscrites. Il ne manqua pas de remarquer que la bibliothèque, elle, était très fréquentée, même le week-end, donc visiblement chacun se consacrait bel et bien à ses études.

Les garçons retrouvèrent plus rapidement leur concentration en classe que ne l'avait prévu son collègue Henry Blanchard. Certains continuaient à regarder les filles, bien sûr. Mais dès le lundi, ils se mirent à prêter attention à ce qu'il disait, ce qui était un soulagement.

Le lundi suivant, la vie au lycée de Saint Ambrose avait pris son rythme de croisière. Les devoirs étaient rendus à temps, les équipes sportives s'entraînaient d'arrache-pied. Des élèves s'inscrivaient aux diverses associations et clubs tandis que d'autres prenaient le temps de réfléchir à ce qu'ils voulaient faire. Les nouveaux élèves nouaient des amitiés. Le plus souvent, garçons et filles traînaient en groupes distincts tout en s'observant à distance.

Simon n'avait pas encore vu le moindre signe de romance. Néanmoins, il ne pouvait s'empêcher de prêter une certaine attention à Vivienne. Il la vit à plusieurs reprises se promener avec Jamie, mais tous deux se contentaient de marcher en discutant, sans se tenir la main. Une autre fois, c'est avec Chase qu'il la vit à la bibliothèque, mais cela non plus ne signifiait rien. C'était sûrement trop tôt pour que le lycée connaisse ses premières histoires d'amour. Pour le moment, tous n'étaient encore que des camarades de classe. Les plus jeunes étaient timides et les autres se montraient prudents. Les élèves de seconde affichaient en permanence un air d'insouciance tandis que ceux de première et terminale s'inquiétaient déjà de l'importance de cette année pour leurs dossiers d'admission à l'université.

Quatre semaines plus tard, on avait l'impression, à la surprise générale, que Saint Ambrose avait toujours été une école mixte. Garçons et filles avaient commencé à plaisanter entre eux à la cafétéria, dans les salles de cours ou au gymnase, comme dans n'importe quel lycée. Fini le temps où ils s'épiaient comme des extraterrestres. Cette année de transition était un défi pour tous, aussi bien élèves qu'enseignants, et cette nouvelle mixité rendait enfin leur quotidien plus semblable à la vie réelle.

Gillian débordait d'enthousiasme et ne se lassait jamais d'exprimer combien elle aimait son nouveau travail. Avec ses assistantes, elles travaillaient dur pour entraîner au mieux les équipes sportives. Et tout le monde se donnait à fond lors des compétitions avec les autres écoles. Vivienne notamment, qui était un élément précieux pour l'équipe féminine de volley-ball, sport dans lequel elle excellait pour l'avoir pratiqué à Los Angeles.

Simon était, lui, absorbé par les formulaires de recommandation que ses élèves de terminale lui avaient remis afin de candidater aux universités. Tous étaient stressés par le choix de l'établissement. Seuls Jamie Watts, Chase Morgan et Tommy Yee étaient certains d'être acceptés presque partout. Sinon, Simon prenait aussi beaucoup de plaisir à entraîner les joueurs de football et il était très doué pour cela. Gillian lui était reconnaissante de son aide puisqu'elle avait déjà fort à faire avec toutes les équipes qu'elle supervisait.

La troisième semaine d'octobre eut lieu le fameux week-end annuel au cours duquel les parents étaient conviés au lycée. Ces derniers pouvaient à loisir profiter de leurs enfants et constater que tous se sentaient parfaitement intégrés. Une véritable camaraderie régnait, l'atmosphère était conviviale. Malgré tout, certains parents n'avaient pas pu venir, et même si leur absence était justifiée, leurs enfants se sentaient un peu exclus. Les parents présents essayaient de remédier à cette situation en invitant les amis de leurs enfants à passer du temps avec eux. Chase, par exemple, dont les parents se trouvaient à l'autre bout du monde pour des tournages, resta avec ceux de Jamie Watts, son meilleur ami.

Le père de Steve Babson n'était pas venu non plus. Il n'était d'ailleurs jamais venu. Sa mère prétendait qu'il était de garde, et il avait toujours une bonne excuse. Jean Babson vint donc seule. Elle semblait nerveuse et ne cessait de trembler. Au restaurant elle but coup sur coup un cocktail et trois verres de vin. Steve, gêné, espérait que personne ne remarquerait l'attitude de sa mère. Ce fut lui qui la reconduisit ensuite à son hôtel avant de revenir en marchant jusqu'à Saint Ambrose.

Si la famille de Tommy Yee était également présente, on pouvait être sûr de ne pas la croiser. Les Yee étaient du genre à se tenir à l'écart des autres parents. Très consciencieux, ils désiraient s'entretenir avec plusieurs enseignants et réussirent à passer un instant avec chacun d'eux, bien que ce ne fût pas le but du week-end. Ces deux journées étaient organisées pour que les parents puissent se faire une idée de la façon dont leurs enfants passaient leur temps en dehors des salles de classe. Mais Tommy savait parfaitement que tout ce qui intéressait ses parents à lui, c'étaient ses études et ses notes, qui d'ailleurs étaient bonnes. Mais ce n'était jamais assez bien pour eux ; ils s'attendaient à ce qu'il soit premier dans chaque discipline.

Le père de Gabe Harris ne fit lui non plus aucun effort pour rencontrer les autres parents, préférant questionner Gillian sur les équipes dans lesquelles son fils jouait. Il était de toute évidence inquiet et voulait s'assurer que son fils atteigne le meilleur niveau. Il passa aussi du temps seul avec Gabe, discutant des universités auxquelles il allait postuler et des bourses d'études sportives les plus intéressantes. Sa mère, coincée par son restaurant à New York, n'avait pas pu s'absenter, et de toute façon elle ne pouvait pas laisser seuls ses jeunes frères et sœurs.

Monsieur et madame Russo, les parents de Rick, étaient tous les deux présents. Ils arboraient une allure et un comportement toujours aussi ostentatoires : Joe Russo conduisait une nouvelle Ferrari d'un rouge flamboyant et sa femme Adèle portait une veste en vison rose fuchsia avec un jean moulant et des talons vertigineux. Joe fit en sorte que tout le monde soit mis au courant de ses dons à l'école. Rick aurait voulu que la terre s'ouvre sous ses pieds. Il détestait quand ses parents venaient lui rendre visite car ils ne pouvaient s'empêcher de faire étalage de leur fortune. Le pauvre garçon en était chaque fois mortifié car, contrairement à eux, c'était une personne discrète.

La mère de Vivienne, Nancy, fit la route depuis New York en voiture mais son père annula à la dernière minute à cause d'une obligation professionnelle. Les retrouvailles furent étranges. Sa mère semblait stressée, et en même temps elle était très impressionnée par le prestige de Saint Ambrose. Nancy songeait que Chris, son futur ex-mari, aurait été fier de voir sa fille dans un tel établissement. Si sa mère ne prononça aucune parole désagréable à son encontre, Vivienne voyait malgré tout à quel point elle était encore en colère et blessée. Nancy laissa entendre que sa « réunion » n'était sûrement qu'une excuse et qu'il était sans doute avec sa nouvelle petite amie. Son père s'était montré vague à ce sujet et Vivienne ne l'avait pas encore rencontrée. L'amertume du divorce à venir ne s'était pas encore dissipée. Vivienne doutait d'ailleurs qu'elle le soit un jour, mais sa mère refusait d'en discuter avec elle. Quelle que soit la raison de son absence, la jeune fille était triste que son père ne soit pas venu. Elle devait passer Thanksgiving avec sa mère à New York et ne le verrait donc pas avant Noël.

Plusieurs garçons tournaient autour de Vivienne, si bien qu'elle avait fini par présenter Chase et Jamie à sa mère. Ils se montrèrent très polis : Chase annonça qu'il était aussi de Los Angeles et Jamie fit les présentations avec ses parents. Nancy trouva les deux garçons très beaux et bien élevés. Et elle fut encore plus impressionnée lorsqu'elle apprit qui étaient les parents de Chase. Après cette rencontre, Nancy demanda à sa fille s'il y en avait un qui lui plaisait.

— Ce sont juste des copains, maman.

— Ils ont l'air de beaucoup t'apprécier, fit remarquer Nancy.

Elle savait que sa fille ne laissait aucun homme indifférent. Vivienne semblait d'ailleurs en avoir assez, elle qui venait de passer deux ans avec quelqu'un. Désormais elle se montrait plus distante et assurait ne pas vouloir s'impliquer dans une nouvelle relation amoureuse.

— En terminale, nous ne sommes que 8 filles pour 186 garçons, maman. Ils n'ont personne d'autre à reluquer.

Et les classes de terminales n'allaient pas compter plus de filles les années suivantes ; pour cela, il allait falloir attendre que les nombreuses élèves de troisième atteignent la dernière année du lycée.

Vivienne s'adaptait à sa nouvelle école, et pourtant sa seule préoccupation était d'entrer à l'université pour retourner en Californie aussi vite que possible. Elle travaillait sur ses candidatures tous les week-ends et réfléchissait encore à quel enseignant demander une lettre de recommandation. Elle n'était proche d'aucun de ses professeurs et n'avait rencontré sa tutrice, Charity Houghton, la femme du proviseur, qu'une seule fois depuis la rentrée. Elle tenait à avoir bouclé ses dossiers de candidature lorsqu'elle partirait en Californie pour les vacances de Noël. Elle mourait d'envie de retrouver Zoé et Lana avec qui, en attendant, elle passait toutes ses soirées au téléphone. Elle s'était tout de même liée d'amitié avec Mary Beth Lawson, une fille de son dortoir qui venait de Washington. Si elle avait appris que ses parents travaillaient pour le gouvernement, sa nouvelle camarade était restée vague sur leurs activités professionnelles, de sorte que Vivienne ne pouvait s'empêcher de se demander s'ils avaient quelque chose à voir avec la CIA. Elles se rendaient très souvent visite dans leurs chambres et Vivienne était contente d'apprendre à la connaître.

Adrian Stone, lui, ne pouvait compter sur la présence de ses parents. Hélas, c'était une habitude avec eux... Ils refusaient de se trouver à l'école au même moment et n'avaient jamais réussi à décider lequel d'entre eux passerait ce fameux week-end avec leur fils. Il passa donc le plus clair de son temps seul dans sa chambre ou dans la salle d'informatique, ce qui ne le dérangeait pas plus que ça. Les autres élèves étant presque tous de sortie en famille, les lieux étaient paisibles. Au moins, il n'avait pas besoin de parler à qui que ce soit ou de se faire du souci à propos de ses parents. Il redoutait d'avoir des ennuis pour ne pas avoir pris part au déjeuner commun à la cafétéria le samedi et au brunch du dimanche, mais personne ne semblait avoir remarqué son absence. Il avait attendu que tout le monde soit parti pour descendre, prétendant être malade, et les cuisiniers l'avaient laissé emporter son repas dans sa chambre.

Le dimanche après-midi, un tir à la corde avait été organisé, auquel parents et professeurs devaient participer. Et à ce jeu, les élèves gagnaient toujours !

Plus tard vint le moment des adieux, et les séparations semblèrent plus faciles que lors de la rentrée. Dans cinq semaines, les élèves retourneraient dans leurs familles pour Thanksgiving et passeraient avec elles une semaine entière. La majorité avait hâte d'y être. Chase, de son côté, irait à New York chez Steve Babson, ses parents étant encore tous les deux en tournage. Cet arrangement avait déjà eu lieu par le passé, et cela lui convenait très bien.

En fin d'après-midi, les parents quittèrent Saint Ambrose, ravis d'avoir pu constater que leurs enfants allaient bien, que tout se déroulait parfaitement et que chacun s'était habitué à la mixité de l'établissement. De fait, la présence d'élèves féminines au lycée semblait rendre l'atmosphère plus légère, plus joviale. En bref, tout avait été parfait. Les feuilles des arbres arboraient des teintes flamboyantes et le temps était splendide.

— Je dirais que c'était l'un de nos meilleurs week-ends avec les parents. Le taux de participation a été excellent, dit Taylor en s'adressant à Nicole alors qu'ils traversaient le campus ensemble.

Durant ces deux jours, Charity, la femme du proviseur, avait été elle aussi très occupée. Quant à Ellen Watts, la directrice de l'association des parents d'élèves, elle s'était donné pour mission de rencontrer les familles de toutes les nouvelles élèves. Elle avait beaucoup apprécié de pouvoir discuter avec elles, et force était de reconnaître que cette présence féminine changeait subtilement les choses. Même si, pour l'heure, les filles étaient moins nombreuses que les garçons, un certain équilibre régnait désormais à Saint

Ambrose. Le lycée offrait maintenant une vraie vie en commun, et non plus un microcosme masculin déconnecté du monde.

— Il faut dire que ce groupe de parents est très impressionnant, fit remarquer Nicole.

Elle aussi avait apprécié le week-end. Et pris conscience qu'il existait une autre mixité à Saint Ambrose. En effet, il y avait cette année une quarantaine d'élèves afro-américains. Certes, les parents étaient généralement médecins, avocats ou dirigeants de banque, mais cette diversité dans un établissement aussi élitiste était tout à fait récente. Vingt ans plus tôt, cette quarantaine d'adolescents n'auraient jamais pu intégrer l'école. Aujourd'hui, ils pouvaient tous recevoir une excellente éducation. Un jour, ils seraient encore plus nombreux, elle le savait. En tant qu'Afro-Américaine, être proviseure adjointe était déjà une grande réussite. Le reste viendrait avec le temps… C'était un début. Et Nicole était fière d'avoir contribué à instaurer cette mixité.

Ils croisèrent Larry Gray.

— Super week-end, tu ne trouves pas, Larry ? demanda Taylor.

Larry acquiesça d'un air prudent.

— L'année ne fait que commencer. Tout peut arriver, fit-il remarquer en les saluant.

Nicole et Taylor éclatèrent de rire.

— Toujours aussi optimiste, notre bon Larry, dit Nicole.

— Quoi qu'il puisse penser, je trouve que nous avons pris un bon départ.

— Je le pense aussi. Un très bon départ. Saint Ambrose est maintenant officiellement une école mixte.

Six semaines seulement s'étaient écoulées depuis le début de l'année scolaire et les sombres prédictions de Larry Gray n'avaient pas eu lieu. Et aucune ne se réaliserait, Taylor et Nicole en étaient certains.

3

Halloween avait toujours été l'une des fêtes préférées de Gillian. C'était l'occasion de laisser transparaître son côté enfantin, de se déguiser, de jouer à se faire peur, de récolter des sucreries, de s'amuser avec les autres. Elle avait de grands projets pour ce 31 octobre et elle pouvait compter sur l'aide de ses deux assistantes, de plusieurs professeurs et de quelques élèves de terminale. La veille, ils travaillèrent d'arrache-pied pour transformer le gymnase en une gigantesque maison hantée. Quand elle avait emménagé à Saint Ambrose, Gillian avait apporté des décorations et des déguisements. Ce qui lui manquait, elle l'avait acheté en ville. Des toiles d'araignée géantes étaient maintenant suspendues un peu partout et de grands pans de tissu noir séparaient l'espace. D'immenses tarentules en caoutchouc attendaient les visiteurs, ainsi que des squelettes en plastique, des sorcières, des elfes malveillants et un très grand fantôme qu'elle possédait depuis des années. Elle avait aussi un CD qui jouait une sélection de hurlements qui auraient effrayé n'importe qui. L'ambiance allait être parfaite ! Des professeurs avaient pourtant averti Gillian que cette journée était d'habitude plutôt terne à Saint Ambrose. Mais avec l'arrivée des filles, qui s'investissaient corps et âme dans les préparatifs, la fête de cette année promettait d'être exceptionnelle. À minuit, le gymnase était enfin prêt. Quelques heures plus tard, il accueillerait tous ceux qui avaient envie de s'amuser et de se faire peur. Gillian avait accroché à l'entrée un panneau qui précisait : « Attention à vous ! L'entrée se fait à vos risques et périls ! »

En ce jour de fête, aucun entraînement de basket-ball ou de volley-ball n'était prévu. Les élèves étaient autorisés à se costumer juste après les cours. À l'heure du déjeuner, dans la cafétéria, Gillian annonça à la cantonade qu'il y avait une maison hantée près de l'école, mais que seuls les plus courageux pourraient y entrer. Des volontaires se présentèrent pour guider les plus jeunes élèves. Les costumes étaient variés et créatifs. On avait des Superman et Catwoman, des gladiateurs, des Vikings, plusieurs poupées Barbie, un couple de Batman et Robin, une Hello Kitty et même un Jules César confectionné à l'aide d'un simple drap. Une élève de troisième s'était déguisé en Minnie Mouse. C'était adorable. Plusieurs pirates et de nombreuses sorcières arpentaient également les lieux. Les costumes avaient été achetés ou faits à la main. Certains professeurs jouèrent aussi le jeu. Gillian avait revêtu un costume de Frankenstein et sa haute silhouette lui donnait un air terrifiant. Maxine Bell avait choisi d'incarner la fiancée de Frankenstein. Quel que soit leur âge, tous les élèves étaient ravis d'explorer la maison hantée et ils poussaient des cris de joie ou de terreur à chaque nouvelle découverte. Nicole fut heureuse, en se rendant à une réunion avec Taylor, de constater que tout le monde passait un bon moment. La maison hantée connaissait un franc succès et les élèves de troisième ne cessaient d'y retourner. Gillian avait installé un gros chaudron fumant et distribuait généreusement des bols de sucreries. Les terminales pourraient avoir la maison pour eux seuls jusqu'à 22 heures, puisque les plus jeunes élèves regagnaient leurs chambres à 21 heures. Et son équipe de bénévoles avait accepté de rester aussi tard que nécessaire pour l'aider à ranger tout ça.

Les visiteurs furent nombreux tout au long de l'après-midi et de la soirée. Plus il faisait sombre, plus les lieux devenaient effrayants. Taylor et Nicole vinrent visiter l'attraction et remercièrent Gillian d'avoir organisé pareil divertissement. Simon Edwards faisait, lui, office de portier. Il portait un masque de Dark Vador qui annonçait d'une voix robotisée « Ne m'oblige pas à te tuer ». L'un des élèves de seconde déjà présent l'année précédente – « ALF », « Avant Les Filles », selon l'acronyme en vigueur parmi les anciens – déclara que c'était la fête la plus cool de tous les temps. Taylor et Nicole eurent un grand sourire en l'entendant. Si les élèves de terminale traversaient la maison hantée en arborant un air faussement décontracté, eux aussi sursautaient et criaient d'effroi quand des sorcières – des professeurs au visage peint en vert – bondissaient sur eux à l'improviste. Rick Russo et Steve Babson avaient arpenté la maison ensemble, tandis que Gabe se contentait de les suivre. En quittant les lieux, Rick chuchota à Steve :

— Des bonbons ou un sort ?

Surpris, Steve fronça les sourcils, puis il comprit : Rick voulait partager quelque chose avec lui.

— Dans le bosquet, murmura Rick.

C'était à cet endroit précis qu'ils avaient un jour bu ensemble un demi-litre de whisky et une bouteille de vin sans se faire prendre. Steve hocha la tête, tout en prenant une poignée de bonbons. Il y avait des Snickers, des KitKat, des M&M's, des petits chocolats, des sucettes de toutes les couleurs... La nouvelle directrice sportive n'avait pas lésiné sur les moyens, payant même de sa poche tout ce qui pourrait faire plaisir aux élèves.

Comme Gabe venait de les rejoindre, Steve lui transmit le message :

— Rendez-vous dans le bosquet.

Tous trois se dirigèrent vers un chemin peu fréquenté qui servait de raccourci vers des bâtiments de maintenance. Cet endroit isolé n'était plus si secret depuis que les filles avaient découvert que c'était aussi un passage menant directement à leurs dortoirs. Mais pour l'heure, il n'y avait personne.

Les arbres formaient une frange épaisse au-delà de laquelle se trouvait une clairière. D'imposantes et tortueuses racines s'enroulaient au sol. Quand les garçons traversèrent les buissons, des feuilles se prirent dans leurs vêtements. Mais peu leur importait. Ils se réjouissaient à l'idée de la petite fête surprise qui les attendait.

— Alors, qu'est-ce que tu proposes comme friandise ? demanda Steve à Rick.

Il s'était exprimé à voix basse au cas où quelqu'un serait passé à proximité. Mais le personnel d'entretien était déjà parti et la plupart des filles semblaient emprunter les allées officielles pour rejoindre leurs dortoirs.

— En provenance directe du bar de mon père ! annonça Rick, le sourire aux lèvres, en tirant une flasque argentée de la poche de sa veste.

Elle luisait dans le clair de lune.

— Et il y a quoi à l'intérieur ? demanda Gabe.

Après en avoir bu une gorgée, Rick lui tendit la flasque.

— De la vodka.

Gabe but à son tour et passa le flacon à Steve qui fit de même.

— Des bonbons ou un sort, messieurs ! lâcha Rick.

Tous trois éclatèrent de rire avant de se figer. Des voix venaient de se faire entendre sur le chemin. Des voix masculines qu'ils reconnurent aussitôt. Steve courut jusqu'à la limite des arbres, jeta un coup d'œil entre deux branches et lança :

— Hé ! Des bonbons ou un sort ?

Chase et Jamie s'immobilisèrent aussitôt.

— Tu te prends pour un troisième ou quoi ? demanda Chase avec malice.

— Venez ! les invita Steve.

— Qu'est-ce que vous fabriquez ici ? On y allait aussi.

Jamie et Chase se faufilèrent à travers la végétation.

— Alors comme ça vous avez organisé une petite fête et nous ne sommes pas invités ? demanda Chase, une fois qu'ils furent tous réunis.

Ils s'installèrent sous un gros arbre aux racines noueuses – sur lesquelles Steve faillit d'ailleurs trébucher. La vodka commençait à faire son effet. Steve tendit la flasque aux deux nouveaux venus qui en burent une rasade.

— C'est une boisson de filles ça ! déclara Chase en leur rendant la flasque.

Il ouvrit alors son sac à dos, dont il tira une bouteille pleine. Ses compagnons n'en croyaient pas leurs yeux.

— Qu'est-ce que c'est ? demanda Rick.

— De la tequila. J'ai pensé que cela nous serait utile pour une petite fête avant la remise des diplômes, expliqua Chase, tout content. Mais on a décidé d'en boire quelques shots ce soir. On dirait que vous avez eu la même idée.

— Tu gardais ça dans ta chambre ? s'enquit Gabe, ahuri.

Jamais il n'aurait osé apporter de l'alcool à l'école et encore moins en cacher dans sa chambre. Chase avait un sacré cran !

— Je l'avais planquée dans ma malle. Et je garde toujours la clé sur moi. On s'est dit qu'on allait tester cette bouteille ce soir et garder le reste pour plus tard. Tout le monde s'intéresse tant à la maison hantée que personne ne remarquera rien.

Jamie et lui pensaient qu'il était trop risqué de boire dans leurs chambres. Cette clairière était l'endroit parfait pour s'amuser un peu. Après tout, quel mal y avait-il à boire quelques verres le soir de Halloween ? C'était plutôt sympa, non ?

Chase ouvrit la bouteille, la donna à Jamie qui en prit une gorgée et fit aussitôt la grimace tant l'alcool lui brûlait la gorge. C'était la boisson la plus forte qu'il ait jamais bue. Bien plus forte que la vodka.

— Pas mal, hein ? commenta Chase. J'ai découvert ça l'année dernière, quand mes parents m'ont annoncé qu'ils divorçaient.

Pendant un court instant, son visage afficha une expression vraiment sérieuse, puis il but lui-même une gorgée avant de tendre la bouteille à Rick. Ce dernier en prit une longue rasade et fit tourner. En buvant ostensiblement plus que les autres, il pensait se montrer plus viril, et gagnait en confiance.

— Waouh, c'est fort, se plaignit Steve, qui en reprit quand même un coup.

La bouteille passa encore de main en main. Au troisième tour, les cinq garçons étaient un peu éméchés. Ils s'arrêtèrent soudain en entendant une voix féminine au loin. Sur le chemin, quelqu'un chantonnait.

— Merde ! Les filles ! chuchota Rick.

Ils restèrent assis sans échanger un mot en attendant que la voix s'éloigne, et réalisèrent bientôt que c'était en fait une voix masculine qui chantait... en chinois. Ils la reconnurent immédiatement.

— Tommy, lâchèrent-ils à l'unisson.

En silence, ils regagnèrent les buissons et virent leur ami qui, comme d'habitude, avait son violon avec lui.

— Hé, Yee ! cria Jamie à travers les arbres.

Tommy faillit s'étaler. L'espace d'un instant, ne voyant personne, il crut avoir affaire à un fantôme. Il se dirigeait vers le studio de musique, ayant promis à ses parents de s'entraîner durement chaque soir.

— Qui est là ? demanda-t-il, l'air terrifié, s'adressant aux buissons.

— C'est nous, viens par ici, lança Chase.

Ces trois dernières années, Tommy s'était toujours retrouvé dans leur classe. Les garçons l'appréciaient et, parfois, quand il n'était pas plongé dans ses révisions, il traînait avec eux. En voyant leurs visages, Tommy se dérida.

— Je vous ai pris pour des fantômes, avoua-t-il avec un sourire timide. Qu'est-ce que vous fabriquez ici ?

À dire vrai, il n'avait pas besoin de leur poser la question. Lui aussi avait pris part à la petite fête de l'an passé. Ils n'enfreignaient les règles concernant l'alcool qu'une fois par an, et uniquement lors d'une occasion spéciale.

— On se fait notre petite fête de Halloween privée !

Ils regagnèrent leur place sous l'arbre. Chase tendit à Tommy la bouteille de tequila. Le jeune homme eut l'air impressionné.

— Waouh, vous vous êtes améliorés ! Ça, c'est du sérieux !

— Essaie ! suggéra Chase.

Tommy en prit une petite lampée et fit la grimace.

— J'ai de la vodka si tu préfères, proposa Rick.

Il lui tendit la flasque et, après la tequila, Tommy avala une gorgée de vodka. Les six garçons décidèrent ensuite de s'en tenir à la tequila. Le goût était pire, mais l'efficacité plus grande. Ils n'avaient pas l'intention de se saouler, juste de s'étourdir un peu. Mais, l'effet de groupe aidant, chacun buvait plus que prévu. C'était comme un rite de passage. Ils étaient en terminale, ils voulaient impressionner les copains et leur prouver qu'ils tenaient l'alcool comme des hommes.

Rick, allongé par terre, la tête sur une racine, souriait désormais d'un air béat.

— Waouh, qu'est-ce que je me sens bien !
— Ouais, moi aussi, dit Gabe avant de boire une nouvelle gorgée.

La bouteille circula encore et encore. Jamie riait tout seul. Soudain, ils entendirent des voix féminines. De vraies voix féminines, cette fois. C'était un groupe de filles qui prenaient le raccourci vers leur dortoir. Les garçons attendirent en silence qu'elles passent. Elles semblaient nombreuses et ils ne voulaient pas qu'elles découvrent leur cachette. Ils comptaient bien rester les seuls à venir ici. Il n'y avait pas beaucoup d'occasions de faire la fête à Saint Ambrose. Les professeurs les surveillaient de près et il fallait déjà du courage pour faire entrer de l'alcool dans l'enceinte du lycée.

Les filles étaient passées et ils étaient sur le point de se remettre à discuter lorsqu'ils entendirent une autre voix fredonner sur le chemin. Cette fois, la jeune fille semblait seule. Jamie retourna furtivement vers les buissons et écarta quelques branches. Malgré l'épaisseur de la végétation, il reconnut aussitôt Vivienne Walker. En noir de la tête aux pieds, elle portait un costume de sorcière composé d'une jupe courte, d'épais collants, d'un grand pull et d'un large chapeau pointu prêté par Gillian. Même grimée en sorcière, elle était si jolie...

— Pssst !!! l'apostropha Jamie.

Surprise, elle se retourna.

— N'aie pas peur, c'est moi, Jamie. Tu veux venir ?
— Venir ? Où ça ? demanda Vivienne, confuse.
— Par ici.
— Qu'est-ce que tu fais là ?

Vivienne avait l'air perplexe, mais elle était contente de le voir. Ces six dernières semaines, les deux adolescents étaient devenus amis.

— Il n'y a que moi et les gars. Chase, Tommy, Steve, Rick et Gabe. On se fait une petite fiesta, genre des bonbons ou un sort.

Ça avait l'air si ridicule que Vivienne se mit à rire. Jamie s'était exprimé d'une voix légèrement pâteuse. Avait-il bu ? Quoi qu'il en soit, elle était flattée qu'il lui propose de se joindre à eux. Elle avait l'impression de rejoindre un club privé. Elle avait presque le sentiment de faire partie des leurs.

— D'accord, je viens.

Jamie écarta les buissons et la guida jusqu'à la clairière. Vivienne, son chapeau à la main pour qu'il ne se prenne pas dans les branches, s'approcha bientôt du petit groupe. Jamie était heureux qu'elle soit là. Il l'appréciait beaucoup, mais hésitait sur le comportement à tenir avec elle. D'un côté, il avait envie de lui proposer de sortir avec lui, mais de l'autre il avait peur de gâcher leur amitié naissante. Elle lui avait confié avoir rompu avec son petit ami à Los Angeles, alors peut-être était-ce trop tôt pour faire un premier pas. Il envisageait de lui téléphoner pour Thanksgiving, quand ils seraient dans leurs familles.

— Si tu dis à quelqu'un que tu nous as vus ici, nous devrons te tuer, dit Rick d'un ton qu'il aurait voulu effrayant, mais que son ivresse rendait inoffensif.

Il paraissait plus saoul que les autres, mais ils avaient tous beaucoup trop bu. Ne ferait-elle pas mieux de s'en aller ? Cependant, elle ne voulait pas passer pour une peureuse. Et puis, ce ne serait pas la première fois qu'elle toucherait à une goutte l'alcool. Un jour, en Californie, elle s'était un peu saoulée avec Zoé et Lana en buvant une bouteille de vin.

— Je ne dirai rien. Alors, où sont les friandises ?

Pendant un court instant, elle crut qu'ils avaient volé des bonbons dans la maison hantée, puis Chase lui tendit la bouteille de tequila. En la voyant, elle écarquilla les yeux.

— Oh, ce genre de friandise !

Voulant paraître cool, elle ne réfléchit pas longtemps. L'idée d'être amie avec eux lui plaisait. Ces garçons étaient tout de même les stars de l'école ! Elle pouvait bien boire un peu en leur compagnie. Elle avala une gorgée, scellant ainsi leur complicité. L'alcool lui brûla la gorge.

— Beurk ! Ce truc est dégueu !

— On a aussi bu de la vodka, dit Rick, mais je crois qu'on n'en a plus.

Il secoua la flasque, qui était effectivement vide.

— Il ne nous reste que de la tequila.

Tous les garçons continuaient à boire, sauf Tommy. Le regard vitreux, il était affalé contre l'arbre. Les autres voulaient encore faire la fête et Vivienne venait à peine d'arriver. Il semblait trop tôt pour partir. On redonna la bouteille à Vivienne. Si c'était là une sorte de rite d'initiation, elle ne voulait pas échouer.

— Cette saleté est vraiment forte, commenta-t-elle.

Elle commençait à se sentir un peu étourdie, l'effet de l'alcool se manifestant d'autant plus vite qu'elle n'avait pas dîné. Elle ne buvait jamais rien d'aussi fort normalement, tout comme les garçons d'ailleurs.

Mais ce soir-là, tous ensemble, sans vraiment s'en rendre compte, ils dépassaient leurs limites.

Soudain, enhardi par l'alcool, Jamie se pencha vers Vivienne et l'embrassa. Ravie, elle répondit à son baiser. Mais, tout près d'eux, Chase les observait, le regard lourd de colère. Lui aussi s'était entiché de Vivienne. Il était furieux contre Jamie. Hors de question qu'il lui prenne cette fille ! Il bouscula son ami et lui lança amèrement :

— Pourquoi t'as fait ça ? Ce n'est même pas ta copine.

Jamie répondit à Chase en le frappant. Celui-ci tomba, et les deux garçons se mirent à se battre à même le sol. Vivienne voulut s'interposer, mais elle vacillait et était trop ivre pour tenter quoi que ce soit. Les autres garçons titubaient tout autant, et seuls Steve et Gabe essayèrent de séparer les deux meilleurs amis. C'est alors que Rick, chancelant, s'approcha de Vivienne, l'agrippa et la renversa par terre. Il lui baissa brusquement ses collants et sa culotte, ouvrit sa braguette et la pénétra. Vivienne était sous le choc et beaucoup trop saoule. Aucun son ne sortait de sa bouche, elle n'arrivait pas à crier. Tommy, quant à lui, vomissait contre un arbre et ne voyait rien de ce qui se passait. C'est Steve qui fut le premier à réagir. Il se rua sur Rick, le repoussa loin de Vivienne et, dans son élan, tomba lui aussi. Vivienne semblait évanouie. Lorsque Gabe parvint à séparer Chase et Jamie, une nouvelle bagarre commença aussitôt. Jamie, bondissant sur Rick, lui asséna un coup de poing à la mâchoire. Chase contemplait la scène avec horreur. En un rien de temps, tout avait basculé. À cause de l'alcool, leur sympathique soirée de Halloween avait viré au cauchemar. Ils étaient tous sidérés par ce que venait de faire Rick qui, titubant, cherchait à partir.

— Elle n'aurait jamais voulu de moi ! Elle ne voulait que vous deux ! criait-il désespérément à Chase et Jamie.

— Espèce de salaud ! répondit Chase, fou furieux.

Il tenta de le frapper au visage mais rata son coup. Ils étaient tous trop saouls pour pouvoir gérer cette situation. Vivienne, allongée par terre, était toujours inconsciente.

— Qu'est-ce qu'on fait maintenant ? demanda Chase.

Il regardait la jeune fille en retenant ses larmes.

— On va tous aller en prison, dit Gabe, terrifié. On doit se tirer d'ici !

— On ne va quand même pas la laisser ! répliqua Jamie.

Lui aussi était prêt à s'effondrer. Il avait remonté la culotte et les collants de Vivienne et avait pu constater qu'elle respirait.

— On va retourner dans nos chambres et réfléchir à ce qu'on doit faire, suggéra Chase. On n'a qu'à appeler les vigiles et leur dire qu'on a entendu des bruits suspects dans le coin. Ils viendront vérifier et ils la trouveront. Je peux appeler en numéro masqué.

Dans son état de confusion, c'était la première idée qui lui était passée par la tête.

— Ne leur dites pas que c'était moi, les supplia Rick, larmoyant. Je ne voulais pas faire ça, je vous le jure.

— Mais tu l'as fait, répondit sèchement Jamie, qui avait repris ses esprits.

— Va chercher Tommy, ordonna Chase à Gabe, alors que tous rassemblaient leurs affaires.

Les garçons quittèrent le refuge des arbres. Ils avaient tous la nausée. Le couvre-feu était dépassé depuis deux heures mais ils avaient perdu la notion du temps. Avant qu'ils ne rejoignent leurs dortoirs, Chase appela les vigiles et déclara avoir entendu des bruits suspects du côté de la clairière. Il suggéra que quelqu'un était peut-être blessé, puis raccrocha. Chacun des garçons regagna sa chambre en toute discrétion et personne ne les remarqua. Rick se rendit aux toilettes et vomit à plusieurs reprises. Chase s'endormit comme une masse. Quant à Jamie, la chambre tournoyait autour de lui, et il songeait à ce qui était arrivé à Vivienne. Plus il pensait à son amie, plus il se sentait mal.

Quand les vigiles trouvèrent Vivienne, ils appelèrent aussitôt les secours. Ils ignoraient si la jeune fille était inconsciente du fait de l'ivresse, parce qu'elle était tombée et s'était cogné la tête, ou si elle avait été agressée.

La sirène de l'ambulance retentit à peine dix minutes après le retour des garçons dans leurs dortoirs. Ils étaient finalement soulagés que Chase ait averti les vigiles. Cependant, ayant promis à Rick de ne pas le dénoncer, ils se retrouvaient complices de l'acte. Si quelqu'un apprenait ce qui s'était passé ce soir-là dans la clairière, leur avenir et même leur vie seraient complètement gâchés. Et tout ça à cause d'une bouteille de tequila et d'une flasque de vodka. Mais, surtout, l'alcool avait fait d'une fille innocente la victime de la folie passagère d'un garçon ivre.

Lorsque l'ambulance arriva à l'hôpital, les garçons dormaient d'un sommeil lourd, et Vivienne était toujours inconsciente. Ce n'était que le début d'un long cauchemar. Cette fête de Halloween venait de changer leur vie à jamais.

Il était déjà minuit quand Adrian Stone, l'élève que chacun surnommait « le Geek », s'était faufilé hors de la salle d'informatique, comme il le faisait souvent depuis trois ans. La porte n'était pas difficile à ouvrir et il ne s'était jamais fait prendre. Il savait que, ce soir-là, tout le monde s'amuserait à la maison hantée jusque tard. En rentrant à son dortoir, il vit six garçons s'enfuir du bosquet en chancelant. Comme ils semblaient avoir quelque chose à se reprocher, Adrian se cacha pour les observer. À l'évidence, quelque chose clochait. Ce n'étaient pas ses affaires, certes, mais il était curieux. D'autant plus que ces types étaient parmi les plus populaires de l'école. Ceux à qui il rêvait de ressembler, dont il voulait même se faire des amis. Alors qu'eux ignoraient jusqu'à son existence. Que se passait-il ? Se retrouvaient-ils dans un lieu secret ? Faisaient-ils partie d'une sorte de club ? Il décida de se faufiler entre les arbres et d'aller jeter un coup d'œil. Il avança à travers les fourrés, gagna la clairière et trébucha sur la bouteille de tequila. Puis il vit Vivienne Walker, gisant au sol dans un costume de sorcière. Il la reconnaissait, c'était la plus belle fille de Saint Ambrose. Il s'approcha à pas lent. Vivienne semblait dormir paisiblement. Mais soudain, il crut deviner ce qui s'était passé. Non, elle ne dormait pas ! Ils l'avaient tuée. Pour quelle raison, il l'ignorait, mais il était convaincu que les garçons étaient responsables. Sous la lueur de la lune, elle était d'une pâleur extrême. Il n'osa pas la toucher et ne chercha pas à savoir si elle respirait encore. Il en était certain : Vivienne était morte. Devait-il prévenir quelqu'un ? Au fond, cela n'avait guère d'importance si la jeune fille n'était déjà plus de ce monde. Elle ne bougeait pas et n'émettait aucun son. Il remarqua alors la présence d'un étui à violon contre un arbre. Une idée terrifiante le submergea soudain : et si quelqu'un l'avait vu, comme *lui* les avait vus, et qu'il était accusé de meurtre ? Et s'il révélait le nom des garçons présents sur les lieux avant lui et que ceux-ci décidaient de le tuer ?

Tout frémissant de peur, il courut aussi vite que possible jusqu'à son dortoir. Essoufflé, le cœur tambourinant dans sa poitrine, il se faufila par un escalier de service, comme il le faisait toujours, et se glissa sans bruit dans la chambre. De toute façon, il n'avait pas grand-chose à craindre des deux garçons avec qui il cohabitait puisqu'ils ne lui adressaient jamais la parole et se couchaient tôt.

Adrian se mit au lit entièrement vêtu. Il tremblait. Le lendemain, quelqu'un trouverait le cadavre de Vivienne, et quoi qu'il arrive il ne dirait pas un mot. Dans le cas contraire, ce ne serait pas qu'un blâme pour être sorti après le couvre-feu qui l'attendait, mais la prison. Cinq minutes plus tard, il entendit la sirène d'une ambulance. Dieu merci, il avait filé suffisamment tôt ! Il aurait pu être accusé du pire. S'il était sincèrement désolé que Vivienne soit morte, il avait surtout très peur d'être envoyé injustement derrière les barreaux.

Après avoir retrouvé Vivienne dans la clairière, les vigiles téléphonèrent à Nicole Smith, la proviseure adjointe, qu'ils réveillèrent.

— Nous avons trouvé une jeune fille inconsciente. Elle est vivante, mais elle n'a pas de papiers d'identité sur elle. Il semble que son état soit lié à une consommation d'alcool excessive. Il y avait une bouteille de tequila vide à côté d'elle.

Ils précisèrent à Nicole l'endroit où se trouvait Vivienne et l'informèrent qu'ils avaient appelé une ambulance. Elle sentit un frisson la parcourir. De l'alcool et des adolescents : un cocktail dangereusement explosif. D'ailleurs, dans chaque lycée où elle avait exercé, il y avait eu des problèmes liés à l'alcool.

— Oh mon Dieu ! Je suis là dans deux minutes.

Elle bondit hors de son lit, enfila ses chaussures, jeta un manteau par-dessus son pyjama, prit son sac et son téléphone et fila. Quand elle arriva sur place, elle était à bout de souffle. Vivienne venait juste d'être installée dans l'ambulance, et elle grimpa à ses côtés. La jeune fille était en vie, lui assurèrent les ambulanciers. Ils soupçonnaient un coma éthylique. Le véhicule mit la sirène et fonça vers l'hôpital. Pour sûr, tout le monde se demanderait ce qui se passait. Quel professeur avait eu une crise cardiaque ? Quel élève souffrait d'une crise d'appendicite ? Nicole n'avait toujours aucune idée de ce qui avait pu arriver. Les vigiles lui avaient affirmé qu'il n'y avait aucun signe apparent de violence. Ils avaient simplement trouvé Vivienne allongée sur l'herbe, inconsciente, entièrement vêtue. En revanche, d'après eux, il était peu probable qu'elle ait bu seule. Pour l'instant, Nicole ne souhaitait qu'une seule chose : que la jeune fille survive. Il n'était pas rare que des adolescents décèdent des suites d'un grave abus d'alcool. Pourvu que Vivienne s'en sorte ! La recherche de la vérité viendrait ensuite.

Dès qu'ils arrivèrent à l'hôpital, les ambulanciers transportèrent Vivienne aux urgences, où une équipe l'attendait. Une infirmière confirma à Nicole que son alcoolémie était très élevée, qu'il s'agissait bien d'un coma éthylique et qu'ils allaient lui faire subir un lavage d'estomac. Ses jours pouvaient être en danger. Saint Ambrose n'avait encore jamais connu pareille situation. L'infirmière ajouta que, par précaution, ils allaient examiner Vivienne afin de s'assurer qu'il n'y avait pas eu d'agression sexuelle. En la déshabillant, l'équipe médicale avait en effet trouvé du sperme sur son ventre...

Les policiers de la ville voisine, rapidement appelés par les ambulanciers, arrivèrent dix minutes plus tard. Ils faisaient partie de la Brigade de protection des mineurs et informèrent Nicole qu'étant donné les circonstances, il fallait envisager toutes les possibilités. Certes, il pouvait s'agir d'un rapport sexuel consenti, mais comme la jeune fille avait été retrouvée seule et inconsciente, n'importe qui aurait pu profiter d'elle. Un inspecteur et deux agents avaient déjà été dépêchés sur place pour sécuriser la zone de la clairière. Nicole avait l'impression de vivre un cauchemar. Mais s'ils avaient raison ? Comment imaginer qu'un élève du lycée ait pu commettre un viol ?

Les policiers demandèrent à Nicole de leur communiquer toute information pouvant faire avancer l'enquête. Malheureusement, elle ne savait rien, sinon qu'on avait découvert Vivienne à la suite d'un coup de téléphone anonyme adressé aux vigiles.

— Si elle a été violée, le coupable peut être un intrus, un délinquant sexuel récemment libéré de prison, un membre du personnel, un professeur ou un élève... Nous serons en mesure d'éclaircir cela dès que nous pourrons lui parler.

Nicole hocha la tête. Elle attendait que le médecin lui donne des nouvelles pour appeler Taylor et les parents de Vivienne. Une heure s'écoula avant que le médecin en chef des urgences ne vienne lui faire un rapport.

— Son état est stable mais le taux d'alcool dans le sang est encore excessivement élevé. Nous pouvons affirmer qu'il y a bel et bien eu un rapport sexuel. Nous ne saurons pas s'il s'agit d'un rapport consenti ou d'un viol tant qu'elle n'aura pas repris ses esprits. Mais il n'y a aucun signe évident de violence. A-t-elle un petit ami à l'école ?

— Pas que je sache.

Nicole était sidérée. Elle ne parvenait pas à imaginer une seule seconde que Vivienne ait pu être violée. Les médecins avaient recueilli tous les échantillons de sperme et d'ADN nécessaires à l'enquête de police. Le médecin précisa que les unités de toxicologie et de recherche d'ADN de la police analyseraient les prélèvements plus tard.

— Pour l'instant, elle dort. Effet secondaire de l'alcool, ajouta le docteur.

— Est-ce qu'elle va s'en sortir ?
— Oui, bien sûr. Nous la surveillons de près. Elle aurait pu mourir si personne n'avait donné l'alerte. Les décès à la suite d'un coma éthylique sont courants chez les adolescents. Quel âge a-t-elle ?
— Dix-sept ans.
Le médecin hocha la tête. Il avait une fille du même âge.
— Dois-je signer quelque chose ? s'enquit Nicole. Nous avons les autorisations parentales nécessaires.
— Nous connaissons votre établissement. Vous pouvez signer les formulaires d'admission pendant qu'elle dort. Quelle nuit pour elle ! Vous vous chargez de prévenir ses parents ?

Nicole acquiesça d'un signe de tête, puis se rendit auprès de Vivienne, toujours inconsciente, et passa quelques minutes à son chevet. Elle se décida ensuite à appeler Taylor. Il était presque 2 heures du matin, et elle le tira d'un profond sommeil.
— Taylor, je n'ai pas de bonnes nouvelles, annonça-t-elle d'une voix sombre.
— Ce n'est jamais le cas à cette heure-ci. J'ai entendu les sirènes tout à l'heure. Je me suis dit que tu m'appellerais si c'était sérieux. Un des élèves est malade ?
— Pire que ça. Je suis à l'hôpital. Vivienne Walker souffre d'un coma éthylique et a peut-être été violée. Les médecins et la police ne sont encore sûrs de rien. Mais Dieu merci, elle est en vie. Quelqu'un a appelé les vigiles et ils l'ont retrouvée à temps. Nous devons prévenir ses parents.
— Oh mon Dieu !

Cette fois, Taylor était bien réveillé. Il songea aussitôt aux appels difficiles qui l'attendaient. Le silence s'éternisa, comme s'il était en train de mesurer l'horreur de la situation.

— S'il s'agit bien d'un viol, espérons que ce soit le fait de quelqu'un d'extérieur au lycée. Si le coupable est de chez nous, ça va être l'enfer.

Nicole en avait conscience elle aussi. Si un professeur, un employé ou un élève avait violé Vivienne, ce serait le scandale du siècle. Quant à Vivienne, elle venait de vivre un véritable traumatisme qui, hélas, lui laisserait des séquelles.

— Il est encore possible que ce ne soit pas le cas, précisa-t-elle. Il n'y avait aucun signe de violence, pas la moindre trace de blessure. C'est ce que l'hôpital m'a assuré. Nous en saurons plus quand elle se réveillera et qu'elle pourra nous parler. En espérant qu'elle se souvienne de quelque chose. Rien n'est moins sûr, après un coma éthylique... Mais la situation est suffisamment grave comme ça, ne pensons pas au pire maintenant.

— Pauvre gosse. Je vais téléphoner à ses parents.

En cas d'urgence, Taylor avait pour instruction d'appeler aussi bien le père que la mère de Vivienne. Comme bien des couples en plein divorce, Nancy et Christopher Walker s'évitaient et ne se parlaient plus. Monsieur Walker lui avait fait comprendre qu'il n'était pas tout à fait d'accord pour que Vivienne vienne étudier à Saint Ambrose ; c'était sa future ex-femme qui l'en avait convaincu.

Taylor appela d'abord Nancy et lui fit part de ce qu'il savait, aussi simplement que possible, sans émettre le moindre jugement. Que sa fille était à l'hôpital, qu'elle avait fait un coma éthylique, et qu'à l'évidence elle avait eu un rapport sexuel. Toutefois, elle allait sortir du coma saine et sauve et, à l'heure actuelle, on ne pouvait dire s'il s'agissait d'un viol. Il fallait attendre que Vivienne se réveille. Nancy commença par éclater en sanglots avant de reprendre ses esprits. Elle lui posa des questions auxquelles il n'avait malheureusement pas de réponse.

— Je me mets en route tout de suite !

Nancy Walker avait l'air dévastée. Elle résidait à New York, à cinq heures de Saint Ambrose. Elle arriverait au petit matin. Vivienne serait peut-être encore endormie à son arrivée. Taylor lui dit à quel point il était désolé. Au fond de lui, il avait le pressentiment que ce n'était que le début d'une longue histoire. Quoi qu'il se soit passé, ils auraient des comptes à rendre. Comment un tel événement avait-il pu se produire au sein de leur école ? Quelle horrible façon d'entamer la première année scolaire mixte ! Il songea à tous les membres du personnel qui s'étaient inquiétés des risques de la mixité. Quelle tristesse de constater que Larry Gray avait raison. Pourvu que rien de grave ne soit arrivé à Vivienne...

Taylor appela ensuite le père de la jeune fille, qui fondit en larmes en apprenant la nouvelle. Il posa les mêmes questions que sa femme et annonça son arrivée par le prochain vol. Sous le coup de l'émotion, il lui annonça que Vivienne allait revenir en Californie pour vivre avec lui. Taylor ne comprit pas tout, le pauvre homme était si désemparé qu'il était à peine cohérent. Nancy Walker avait réagi avec plus de calme, mais les deux parents avaient le cœur brisé par ce qui venait d'arriver. Ils avaient affirmé que cette histoire ne ressemblait pas du tout à Vivienne. C'était une jeune fille responsable, qui n'avait jamais vraiment consommé d'alcool, et elle n'avait rien d'une fille facile. Mais Taylor était bien placé pour savoir que les parents ne connaissaient pas toujours leurs enfants aussi bien qu'ils le pensaient.

Nicole Smith resta à l'hôpital toute la nuit, attendant la mère de Vivienne. Celle-ci roula certainement très vite, car elle arriva aux alentours de 7 heures du matin. Vivienne n'avait toujours pas repris connaissance. Cependant, quand sa mère entra dans la chambre, la jeune fille ouvrit brièvement les yeux, prononça quelques paroles incohérentes puis se rendormit. Nicole prit un taxi pour retourner à l'école : Taylor et elle allaient avoir beaucoup à faire. Jusqu'à ce qu'ils en sachent plus, ils devaient renforcer la sécurité pour protéger toute la gent féminine du lycée. Si un prédateur sexuel rôdait quelque part, il était hors de question de prendre le moindre risque.

Elle envoya donc un e-mail à tous les élèves, professeurs et employés, les convoquant à 9 heures. La présence de chacun était requise. Nicole était anxieuse. Désormais, on demanderait à tout le monde de se déplacer avec une extrême prudence, du moins pendant la durée de l'enquête de police. L'identité de la victime ne serait pas révélée, mais l'absence de Vivienne parlerait d'elle-même... Comment faire autrement ? C'était une situation terrible, et avant tout pour la jeune fille.

Nicole était livide et avait le cœur serré. Elle prit une longue douche, laissant l'eau chaude lui brûler la peau. Alors que la fête de Halloween promettait d'être exceptionnelle, voilà qu'ils étaient en plein cauchemar.

4

À 9 heures ce matin-là, Taylor et Nicole se présentèrent côte à côte sur l'estrade de l'auditorium. Un silence pesant régnait dans la salle. Tout le monde comprenait que quelque chose de grave avait eu lieu. La nuit passée, plusieurs élèves avaient entendu la sirène d'une ambulance. Allait-on leur annoncer le décès d'un camarade ? Mais dans ce cas, des rumeurs auraient déjà circulé. Or, à part le proviseur et son adjointe, personne n'avait la moindre information.

Nicole se montra à la hauteur des circonstances. Elle fit son annonce avec tact et ne chercha pas à édulcorer les faits. Une élève avait peut-être été agressée la nuit précédente. Son état n'était plus critique, en revanche elle allait devoir rester à l'hôpital pour se reposer. Chaque mot avait été soigneusement choisi, car à ce stade de l'enquête on ne pouvait rien affirmer. Le proviseur expliqua que la police mènerait une enquête au sein de l'école et que si quelqu'un avait des informations, avait vu quelque chose ou quelqu'un de suspect, il ou elle était instamment prié de se manifester.

Le temps que durerait l'enquête, toutes les femmes, qu'elles soient élèves ou enseignantes, allaient devoir se déplacer avec prudence et jamais seules. Les dortoirs et les salles de classe seraient fermés à clé. Chacun devait rester vigilant et signaler immédiatement au personnel ou à la sécurité de Saint Ambrose tout comportement anormal. Nicole leur rappela ensuite aussi fermement que possible qu'il était strictement interdit de boire de l'alcool au sein de l'établissement. L'école avait une politique de tolérance zéro en la matière, et ne pas respecter cette règle pouvait entraîner jusqu'à l'exclusion définitive des contrevenants. Enfin, la mine sombre, Taylor et Nicole mirent un terme à la réunion en les remerciant tous de leur attention.

Dès que le proviseur et son adjointe quittèrent les lieux, une immense confusion s'installa. Il y eut un grand brouhaha de conversations paniquées, de suppositions sur l'identité de la victime et ce qu'elle avait subi. On comprenait que des élèves avaient bu de l'alcool pendant la fête de Halloween et que quelqu'un avait été blessé.

Adrian Stone semblait tétanisé. Il avait l'impression très désagréable que tout le monde autour de lui savait qu'il était lié d'une manière ou d'une autre aux événements de la veille. Il pouvait être rassuré sur un point : Vivienne n'avait pas été tuée, puisque la direction venait d'affirmer que l'élève était *vivante*. Il repensait sans cesse à ce qu'il avait vu, à ce qui avait bien pu se passer aux abords de la clairière. Il se voyait déjà en prison s'il ne révélait pas l'identité des six garçons. Mais il ne les trahirait pas. Non, il laisserait cette tâche à quelqu'un d'autre. Après tout, ce n'étaient peut-être pas eux les auteurs de l'agression. Et puis, qui sait ? La police découvrirait peut-être par elle-même ce qui s'était passé. Hors de question que les garçons finissent derrière les barreaux par sa faute. Le cœur battant la chamade, il se faufila dehors et faillit rentrer dans Simon Edwards.

— Hé, Adrian, tu vas bien ?

Le jeune garçon était très pâle et semblait paniqué.

— Oui, merci, monsieur Edwards. J'ai cru avoir une crise d'asthme, mais ça va mieux.

— Je comprends. Cette histoire est terrible, n'est-ce pas ? Il faut attendre d'en savoir plus mais on dirait bien qu'une petite fête a mal tourné. Braver le règlement et boire… ce n'est jamais une bonne idée.

Adrian prétexta devoir aller chercher rapidement son inhalateur dans sa chambre pour s'esquiver. Simon lui trouvait une petite mine, mais c'était souvent le cas. En plus de son asthme, il avait de multiples allergies et, à cause des conflits à répétition entre ses parents, il souffrait d'anxiété et de troubles psychosomatiques.

Simon avait lui aussi été très secoué par la nouvelle et n'aurait jamais imaginé qu'un tel drame puisse avoir lieu à Saint Ambrose. Il avait déjà entendu parler d'histoires de beuveries et même de viols, mais jamais ici. Ici, tous les élèves étaient de bons gamins ! Il ne concevait même pas que l'un d'eux ait pu faire quoi que ce soit de mal.

Il regagna le gymnase en silence, accompagné de Gillian. Tous les deux avaient noté l'absence de Vivienne Walker à la réunion et avaient des soupçons. Quand même, quelle ironie qu'un tel drame ait eu lieu dans un endroit aussi paisible ! Pourvu que la victime ne soit pas gravement blessée. Les propos du proviseur étaient restés un peu vagues à ce sujet, ce qui n'était jamais bon signe, et les nouvelles consignes de sécurité laissaient craindre le pire.

Parmi les filles de terminale, seule Mary Beth avait remarqué l'absence de Vivienne. Elle alla jeter un œil dans sa chambre, car celle-ci pouvait très bien être malade. Elle avait un mauvais pressentiment et fut prise d'une violente nausée lorsqu'elle vit que le lit de sa camarade était vide et n'avait pas été défait. Il n'y avait pas l'ombre d'un doute, Vivienne devait être la victime de cette agression. Les autres filles du dortoir le comprirent et échangèrent des regards sombres. Quel cauchemar pour elle ! Elles étaient sincèrement désolées, bien sûr, mais aussi secrètement soulagées d'y avoir échappé, et elles entendaient suivre les recommandations de Nicole Smith. Elles passèrent un pacte entre elles : elles ne se déplaceraient désormais plus qu'en groupes, du moins jusqu'à ce que l'agresseur soit interpellé. Mary Beth referma la chambre de Vivienne et alla s'effondrer en larmes sur son propre lit.

Taylor avait à peine eu le temps de reprendre ses esprits qu'il vit deux policiers l'attendant dans le couloir. Il les invita dans son bureau et demanda à Nicole de les y retrouver.

— Deux inspecteurs de la Brigade de protection des mineurs de Boston doivent arriver cet après-midi, les informèrent-ils. Ce sont des enquêteurs spécialistes des cas d'agressions sexuelles. Nous sommes chargés de rassembler autant d'éléments que possible.

— En sait-on plus sur l'hypothèse du viol ? demanda Taylor. Avons-nous des pistes pour retrouver l'agresseur ? Comment va Vivienne, a-t-elle parlé ?

Il y eut un instant de silence dans la pièce.

— Ce matin, elle a confié à sa mère qu'elle avait bien été violée.

En entendant ces mots, Taylor prit conscience de la gravité des faits. Sa pire crainte venait d'être confirmée et il fut pris d'un malaise.

— Il s'agissait de quelqu'un qu'elle connaissait ? demanda calmement Nicole.

— Nous pensons que oui. Et nous supposons également qu'il y a eu un sérieux abus d'alcool avant que la situation ne dégénère. Hélas, la victime ne veut pas dire avec qui elle s'est enivrée. Pour le moment, son réflexe est de protéger la ou les personnes avec qui elle se trouvait.

— Oh mon Dieu ! Elle a été violée par plusieurs agresseurs ? demanda Nicole d'une voix étouffée.

— Non, un seul, d'après ses dires, répondit l'inspecteur en chef.

C'était le genre de situation que toute école pouvait redouter. Ne pas arriver à protéger ses élèves, voilà une affaire qui engendrerait de nombreux dommages collatéraux.

— Pensez-vous qu'elle finira par révéler de qui il s'agit ?

— Pas pour le moment. Les échantillons de sperme prélevés sur le ventre de Vivienne à l'hôpital finiront par nous le dire, poursuivit-il. Nous avons également retrouvé d'autres indices sur les lieux de l'agression, à commencer par un étui à violon qui appartiendrait à un certain Tommy Yee, ainsi qu'une bouteille de tequila vide. Tommy Yee... c'est bien l'un de vos élèves ? Nous aimerions lui parler.

Nicole comprit aussitôt que la police pourrait trouver des empreintes digitales sur la bouteille. Toutefois, sans le moindre souvenir ou aveu de Vivienne, l'enquête serait longue et complexe.

— Bien sûr. J'ai cependant du mal à croire que Tommy Yee soit mêlé à tout ça. C'est un jeune homme très scrupuleux et l'un de nos meilleurs éléments.

— Il devra pourtant nous expliquer comment son violon est arrivé là-bas, déclara l'inspecteur avec gravité.

Taylor acquiesça d'un hochement de tête.

— La bouteille de tequila est couverte d'empreintes, ce qui pourrait faciliter notre enquête. Comme vous le savez, le taux d'alcool de la victime était extrêmement élevé quand elle a été conduite à l'hôpital. En d'autres termes, elle a fait un coma éthylique et aurait pu y rester. Nous avons plusieurs hypothèses. La victime a pu être agressée par la personne avec qui elle s'est enivrée. Elle a aussi pu perdre connaissance et son ou ses acolytes ont eu peur d'avoir des ennuis. Ils l'ont alors abandonnée et quelqu'un a abusé d'elle. C'est une éventualité dont nous devons tenir compte, comme le fait qu'elle ait été violée par quelqu'un qui n'a aucun lien avec votre lycée, mais c'est peu probable. À notre avis, l'agresseur est plus vraisemblablement un de ses camarades. De toute façon, quelqu'un finira par parler, croyez-moi.

— Nous l'espérons vraiment, affirma Taylor. Nous ferons tout notre possible pour vous aider.

Nicole approuva d'un mouvement de tête.

— Nous allons faire analyser les empreintes sur la bouteille, et identifier les délinquants sexuels déjà condamnés qui se trouvent dans la région. Si nous ne pouvons pas établir de correspondance, et je doute que nous le puissions, nous aurons besoin de prendre les empreintes digitales de tout le monde à l'école, déclara l'agent d'un ton calme.

Il se racla la gorge et poursuivit :

— Si d'autres jeunes filles étaient présentes lors de cet épisode de beuverie, l'une d'entre elles pourrait parler et nous dire qui se trouvait là.

— Vous voulez relever les empreintes des 939 élèves ? demanda Taylor avec stupéfaction.

— Oui. Ainsi que celles des professeurs et du personnel. Nous voulons tout d'abord savoir en compagnie de qui elle buvait, et ce qui s'est passé. Si elle s'en souvient et accepte de nous parler, cela pourra nous aider à appréhender le violeur. Nous retournons bientôt à l'hôpital afin de l'interroger. Pour l'instant, elle éprouve la culpabilité classique des victimes de viol, et elle se sent mal d'avoir bu avec son ou ses agresseurs. L'alcool et la dynamique de groupe ne font pas vraiment bon ménage, et ce qui se passe là n'est pas une première ! Mais on ne peut pas en vouloir à Vivienne Walker, c'est souvent ainsi que réagissent les victimes.

Taylor et Nicole opinèrent en silence, dévastés par les événements, et remercièrent les policiers.

— Nous ferons tout notre possible pour coopérer avec vous, affirma de nouveau le proviseur.

Après le départ des agents, il poussa un profond soupir et confia son désarroi à son adjointe.

— La tempête arrive... Et tôt ou tard c'est la presse qui va s'en mêler.

— On ne peut pas faire grand-chose. Une histoire sordide dans une école chic ? Les gens vont adorer ! Et cette bouteille de tequila vide ? Ce n'est bon ni pour nous ni pour Vivienne. Bien sûr, rien ne justifie un viol, mais ça sera si facile pour tout le monde de penser qu'elle s'est mise elle-même en danger.

— L'hypothèse de la police, qu'un groupe d'élèves l'ait abandonnée là-bas, inconsciente, et que quelqu'un d'autre l'ait trouvée et agressée, me semble tout à fait plausible.

— C'est tout aussi terrible, mais je préférerais que ce soit le cas, dit Nicole d'un air triste. Je pense cependant que le coupable est l'un de nos élèves et je voudrais juste savoir lequel, qu'on en finisse rapidement.

— Nous devrons réfléchir à l'expulsion de ceux qui ont bu de l'alcool ce soir-là, décréta Taylor.

— Impossible, nous n'allons pas expulser une fille qui a été violée alors qu'elle était en état d'ivresse. Suspendre ou expulser les autres, je suis d'accord, mais en ce qui concerne Vivienne, nous devons l'épargner. Quant au responsable de l'agression, il doit évidemment être jugé.

Taylor était du même avis. Il savait déjà que ce terrible événement pouvait ébranler l'école et que plus personne ne serait le même après ce drame.

— Cette histoire va effrayer bien des familles. Aucun parent ne voudra plus inscrire sa fille dans un lycée où une élève a été violée, lâcha-t-il, songeur.

— C'est exactement pour cette raison que je n'ai pas postulé à Yale. À l'époque où je devais envoyer mon dossier d'admission, il y avait eu une série de viols chez eux. Je n'ai plus envisagé une seule seconde d'aller étudier là-bas et à la place j'ai choisi Harvard.

— Il paraît que ce n'est pas trop mal, la taquina-t-il. Ce que je veux dire, c'est qu'il est difficile de nous vanter d'être une école mixte si nos étudiantes ne sont pas en sécurité. Nous allons devoir être extrêmement attentifs, notamment avec l'impact médiatique que l'affaire pourrait avoir. On va probablement être jetés en pâture, on dira que nous sommes incapables de protéger nos élèves, que nous avons des pratiques laxistes, ou que sais-je encore ! Mais les ados restent des ados, avec tout ce que cela implique. À cet âge, ils aiment enfreindre les règles, surtout en matière d'alcool. Ça arrive partout, on le sait, mais que cela entraîne des agressions, non, ce n'est pas possible !

Il poussa un soupir et ajouta :

— Cela risque d'être violent.

— Comme cela le fut pour Vivienne, murmura Nicole.

Dire que cet abus d'alcool aurait pu entraîner son décès. Dieu merci, Vivienne était vivante !

Lorsque Nicole quitta son bureau, Taylor appela Shepard Watts et lui rapporta le peu qu'il savait. Shepard en fut bouleversé. Il espérait de tout son cœur que la jeune Vivienne ne s'était pas fait agresser par tout un groupe de garçons. Malheureusement, au cours des dernières années, ce genre de drame s'était produit jusque dans les meilleurs lycées privés.

— Je suis incapable d'imaginer que cela se soit produit ici, dit Taylor. Il faut que nous contactions très vite tous les parents avant qu'ils ne l'apprennent autrement. Je vais rédiger un communiqué aujourd'hui, et les assurer que nous les tiendrons informés de l'avancée de l'enquête.

— Cela va déclencher un tollé, répondit Shepard d'un ton dubitatif.

— Ce serait pire si nous tentions de cacher les faits. Les élèves sont au courant et ne vont pas tarder à en parler à leurs familles. C'est moi qui dois les en informer ; toi aussi, d'ailleurs, en tant que parent et président du conseil d'administration.

— Je pense que nous devrions garder le silence aussi longtemps que possible. Tu avais vraiment besoin de l'annoncer aux élèves ?

— Bien sûr. Nous devons absolument protéger les jeunes filles et les femmes qui vivent ici. On ne peut pas leur cacher quelque chose comme ça ! Elles doivent être alertées et nous devons tous nous montrer prudents ! Avec ce qui vient de se passer, elles sont toutes en danger !

— En as-tu parlé à Jamie ? Peut-être a-t-il entendu quelque chose. Si c'est le cas, il nous le dira, on peut compter sur lui.

— Je n'ai encore parlé à aucun élève en tête à tête depuis que c'est arrivé. Je suis sûr que Jamie nous informera s'il sait ou entend quelque chose. Les policiers envisagent de relever les empreintes digitales de tout le monde à l'école. Ils veulent savoir avec qui Vivienne buvait avant que les faits se produisent. Ils espèrent que quelqu'un parlera et les aidera à identifier le violeur, puisque Vivienne, manifestement, n'est pas encore prête à se confier.

— Cette fille m'a l'air d'être une fautrice de troubles ou d'une véritable alcoolique, rétorqua Shepard avec agacement. Nous n'avons vraiment pas besoin d'une histoire comme ça ! J'étais sur le point de lancer une nouvelle campagne de collecte de fonds. C'est impossible, maintenant, avec cette histoire de viol !

— Je ne pense pas qu'elle soit alcoolique, Shep. C'est une jeune fille de 17 ans. Je sais très bien que les élèves peuvent nous enquiquiner de temps à autre, surtout les plus âgés. Ils ont beaucoup de pression sur les épaules, ils en ont marre d'être traités comme des enfants… Ils veulent voler de leurs propres ailes. En attendant, ils essaient de se divertir d'une manière ou d'une autre. Dans un an, ça sera avec leurs copains de l'université qu'ils s'enivreront. Les terminales sont toujours un groupe difficile à gérer et c'est comme ça dans tous les lycées. Mais un viol, Dieu merci, cela n'arrive pas tous les jours, et nous ne laisserons pas un tel crime impuni à Saint Ambrose. Vivienne a tout notre soutien.

— Eh bien, je ne vais pas pouvoir vous obtenir dix millions de dollars supplémentaires avec une histoire merdique comme celle-là au lycée ! râla Shepard.

Taylor sourit.

— Appelle Joe Russo. Il te fera sûrement un chèque de cinq millions.

— Je crois qu'il a déjà donné le maximum. Tiens-moi informé. Et je ne te dis pas merci pour les mauvaises nouvelles.

— Il en allait de mon devoir de te mettre au courant.

— Oui, je sais, acquiesça Shepard à contrecœur.

— La police va envoyer une équipe directement depuis Boston. Des spécialistes de ce genre d'affaire. Elle arrive dans la journée et, avec ma permission, va tout passer au peigne fin. Nous le devons à Vivienne, ainsi qu'à toutes les femmes de Saint Ambrose, qu'elles soient élèves, professeures ou employées.

— Débarrassons-nous de cette histoire aussi vite que possible. Il faut découvrir l'identité du violeur, l'envoyer en prison et renvoyer la fille d'où elle vient avant qu'elle ne nous crée d'autres problèmes.

— Ce n'est jamais aussi simple que ça, rétorqua Taylor avec calme.

— Ça devrait l'être !

Après avoir raccroché, Taylor eut la visite de sa femme, Charity.

— Tu tiens le coup ? lui demanda-t-elle.

En tant que proviseur du lycée, la situation était stressante pour lui aussi. Il lui lança un regard inquiet.

— Il faut s'attendre au pire, n'est-ce pas ?

— Oui, et la situation va inévitablement s'aggraver. Mais on va gérer ça et, un jour, ce sera enfin derrière nous.

Charity faisait preuve d'une détermination incroyable malgré les circonstances, et Taylor aimait plus que tout cette assurance qu'elle dégageait.

— Tu crois que cela va détruire l'école ? demanda-t-il, osant mettre des mots sur ses pires craintes.

— Non, je ne le pense pas. Je suis sûre qu'en cent vingt-deux ans d'existence cet établissement a vécu des événements terribles. C'est la vie. L'école y survivra, et toi aussi. Ainsi que Vivienne, qui sera aidée psychologiquement quand elle sera rétablie. Mais le coupable doit être puni.

— Tu crois que c'est arrivé parce que nous avons ouvert l'école aux filles ?

Charity secoua la tête, le sourire aux lèvres.

— Toi, tu as encore discuté avec Larry Gray ! Cesse de te remettre en question. C'était une bonne chose que Saint Ambrose devienne une école mixte. Cette histoire... C'est vraiment dur, pour Vivienne, et pour le lycée, mais inutile de te flageller. Tu n'y es pour rien !

— Dieu merci, je n'ai pas vu Larry depuis que la nouvelle a été annoncée ce matin. Il doit être en train d'exulter dans son bureau – qu'il a sans doute décoré pour l'occasion avec des banderoles : « Je vous l'avais bien dit ! ». Il avait effectivement prédit qu'un terrible événement aurait lieu.

Taylor était découragé.

— Vivienne a peut-être été violée par quelqu'un qui n'a aucun lien avec notre lycée, suggéra Charity. Tu vas devoir faire montre de sérénité. Tout sera sans doute difficile pendant un certain temps.

— C'est déjà le cas. La pauvre fille... Shepard a eu des mots très durs. Il est furieux car il craint que cette histoire entrave sa prochaine levée de fonds.

— Alors dis-lui de la repousser de six mois. Pour l'amour du ciel, tu ne pouvais pas prévoir un tel drame !

— Non, c'est certain.

Charity savait toujours lui redonner courage. Il l'embrassa tendrement, puis se remit au travail. Il s'agissait maintenant de rédiger avec le plus grand soin le communiqué destiné aux parents.

À l'hôpital, les policiers durent attendre jusqu'à 11 heures avant de pouvoir s'entretenir avec Vivienne. Celle-ci souffrait encore de maux de tête mais les médecins la jugeaient désormais apte à les recevoir.

La jeune fille était épuisée et bouleversée. Ivre ou non, ce n'était pas la question. Elle avait vécu une expérience traumatisante pour toute femme.

— Te souviens-tu de quelque chose à propos de la nuit dernière, Vivienne ? lui demanda l'inspecteur en chef.

Elle hésita avant de répondre :

— J'ai quelques souvenirs. Pas beaucoup.

— Tu peux nous en dire plus ?

— Je suis allée boire avec un groupe de filles après avoir quitté la maison hantée dans le gymnase.

— Qui étaient ces filles ?

— Je ne saurais pas dire. On n'est pas en cours ensemble et... je ne les connais pas très bien.

— Combien étaient-elles ?

— Deux... quatre... peut-être six...

— Et qu'avez-vous bu ?

Vivienne baissa la tête.

— De la tequila.

— C'est un peu fort pour des jeunes filles, non ? C'est toi qui as eu l'idée d'apporter cette bouteille ?

— Non. Une des filles a une fausse carte d'identité et elle l'a achetée en ville. C'était censé être une sorte de fête de Halloween.

Là, elle disait vrai, songea l'inspecteur. Mais pas pour le reste.

— Et que s'est-il passé après avoir bu avec ces filles ? reprit-il.

— Je ne sais pas. Je me revois allongée par terre... avec un homme sur moi. Et puis je me suis évanouie. Je viens juste de me réveiller.

Elle semblait tellement innocente.

— Et tu ne te souviens pas de l'homme ? Ni d'aucun autre détail de l'agression ?

— Non, rien. Je me souviens juste de lui sur moi, et puis je me suis évanouie.

— Tu le connaissais ? Tu l'avais déjà vu auparavant ? Un élève de l'école peut-être ?

— Non.

Il savait par expérience qu'elle mentait, mais il ne fit aucune remarque.

— Est-ce qu'il a bu avec vous avant cela ?

— Je ne crois pas.

— C'est un élève du lycée ?

— Je ne sais pas. Je ne me rappelle pas à quoi il ressemblait. Il s'est jeté sur moi, m'a déshabillée, m'a agressée et je me suis évanouie.

Elle paraissait troublée en racontant cela. L'inspecteur scruta son visage.

— As-tu vu des hommes ou des garçons rôder autour de vous quand tu étais encore consciente ?

— Non, je crois qu'il n'y avait que nous.

— Nous allons avoir besoin de plus d'éléments que ça pour avancer dans notre enquête et retrouver l'agresseur, fit-il gentiment remarquer.

— C'est tout ce dont je me souviens.

Vivienne posa la tête sur son oreiller, ferma les yeux un instant avant de les rouvrir.

— Je n'ai vu personne, ni homme ni garçon de mon âge, juste celui qui était sur moi avant que je m'évanouisse.

— Très bien.

Les policiers se levèrent et remercièrent Vivienne et sa mère avant de quitter la chambre.

— Cette jeune fille ment comme un arracheur de dents, commenta l'inspecteur une fois en tête à tête avec son partenaire dans l'ascenseur. Elle protège le coupable, qui est peut-être même son petit ami. Mais si je lui demande si elle en a un, je suis sûr qu'elle niera aussi. Je vais laisser l'équipe de Boston prendre le relais. Ce sont des spécialistes, et moi je suis incapable d'obtenir des réponses claires d'une adolescente, y compris de ma propre fille. Bon, il faut que je m'arrête en chemin avant qu'on rentre au commissariat.

— Pour quoi faire ?

Cette affaire s'annonçait difficile. Sans la coopération de la victime, l'enquête risquait d'être longue.

— J'ai envie d'une bonne rasade de tequila pour bien commencer la journée, pas toi ?

— Pendant nos heures de service ? s'inquiéta son partenaire, interloqué.

Son supérieur ne buvait jamais durant le travail, mais il s'abstint de tout commentaire et demeura silencieux jusqu'à ce qu'ils s'arrêtent devant l'unique magasin de spiritueux de la ville. L'inspecteur entra et demanda au vendeur de la tequila.

— La seule bouteille que j'avais est restée sur l'étagère pendant quatre ans ! Personne ne boit de tequila par ici. Je crois que c'est plutôt un truc de la côte Ouest. Ça fait des années que je n'en mets plus en rayon.

— Désolé d'entendre ça.

— Je peux vous aider avec autre chose ?

— Pas aujourd'hui, mais merci.

Une fois dehors, le supérieur se tourna vers son partenaire.

— Elle ment aussi à ce sujet. Je ne sais pas où ils ont eu la tequila, mais ce n'est pas dans cette boutique. À mon avis, il n'y a pas un seul mot de vrai dans ce qu'elle nous a dit. Elle n'était pas en compagnie de filles, ou en tout cas pas seulement. Et elle n'a pas non plus perdu connaissance avant de se réveiller à l'hôpital ce matin avec un simple mal de tête. Je pense qu'elle sait très bien ce qui s'est passé, et qu'elle ne nous le dira pas. Soit elle a peur du violeur, soit elle le protège parce qu'elle le connaît. Il y a beaucoup trop de choses que l'on ignore encore dans cette histoire.

Ils regagnèrent le commissariat et découvrirent les premiers rapports d'expertise sur leur bureau. Il s'agissait des résultats d'analyse des empreintes retrouvées sur la bouteille vide. Il y en avait sept différentes. L'une d'elles était bien celle de Vivienne, et les six autres ne correspondaient à aucun criminel ou délinquant sexuel connu des services de police. Il ne s'agissait donc ni d'un repris de justice ni d'un violeur en série qui se serait aventuré dans la région. Six personnes avaient partagé la bouteille de tequila avec Vivienne, et l'inspecteur en aurait mis sa main au feu : il ne s'agissait pas de filles, mais plutôt de six garçons fréquentant le lycée. Et l'un était l'agresseur. Ils allaient donc devoir relever les empreintes de tout le monde à Saint Ambrose. Autant dire qu'ils avaient du pain sur la planche. Après le déjeuner, ils retourneraient à Saint Ambrose pour interroger Tommy Yee, le propriétaire du violon retrouvé sur les lieux. Jusqu'à présent, c'était le seul garçon qui avait un lien direct avec l'affaire et les policiers espéraient en apprendre davantage grâce à lui. Peut-être pourrait-il même leur révéler l'identité du violeur.

Quand Tommy se réveilla après leur fête, il avait un mal de tête carabiné et des scènes de la nuit précédente lui revenaient en mémoire comme s'il avait vécu un film d'horreur. Il se dirigea vers la salle de bains en titubant, car les effets de l'alcool se faisaient encore sentir. Il tenta de reprendre ses esprits et fut pris de panique lorsqu'il se rendit compte que son violon n'était plus en sa possession. Il se rappelait très bien maintenant : il avait oublié son instrument dans la clairière lorsqu'ils avaient décampé. Mais si Vivienne avait été retrouvée, cela voulait aussi dire que... Soudain, il comprit deux choses. D'abord, que la police allait faire de lui un témoin et qu'il allait être interrogé, voire même qu'il serait considéré comme un suspect potentiel. Ensuite, que ses parents allaient le tuer. Son violon avait coûté près de 100 000 dollars à son grand-père. Ils ne lui pardonneraient jamais de l'avoir abandonné. Et comment allaient-ils réagir en apprenant que leur fils était soupçonné de viol ? Il se voyait déjà en prison. Quel cauchemar ! Il envisagea de retourner dans la clairière pour remettre la main sur le violon, mais c'était risqué maintenant que la police avait sécurisé la zone. Comment avait-il pu être assez stupide pour participer à cette beuverie ? La veille, il n'avait rien vu de ce qui s'était passé, c'étaient les autres garçons qui lui avaient tout raconté. Et désormais il était impliqué dans cette affaire et il avait juré de se taire pour protéger Rick, qui n'était même pas un ami.

Quand il lut l'e-mail annonçant la convocation dans l'auditorium, il en devina le motif. Il pria pour que Vivienne ne soit pas morte après avoir été laissée inconsciente dans la clairière. Après tout, ils avaient appelé les vigiles, enfin Chase l'avait fait. Oh oui, il aurait préféré ne pas s'être trouvé avec eux, mais il était trop tard à présent pour éprouver des regrets. Il faisait partie de leur groupe, et comme eux il finirait en prison.

5

Taylor déjeuna seul d'un sandwich dans son bureau. La nouvelle s'était répandue : une élève avait été victime d'une agression sexuelle au sein même de l'école. Nicole avait mobilisé tous les tuteurs et tutrices afin de veiller sur le moral des lycéens. L'enquête de police était menée activement et les deux agents revinrent comme prévu. En les voyant arriver, Taylor eut un nœud à l'estomac. Nicole ne tarda pas à les rejoindre.

— Nous sommes venus pour discuter avec Tommy Yee, expliqua l'inspecteur. Nous pouvons l'emmener ou nous entretenir avec lui ici. Cependant, nous obtiendrions sans doute de meilleurs résultats au poste.

— J'aimerais que les choses soient claires, leur dit Nicole. Tommy est le fils unique d'une famille chinoise extrêmement conservatrice, et il est certainement notre meilleur élève. En d'autres termes, ce gosse est fragile, et l'impression d'avoir déshonoré sa famille pourrait avoir sur lui de graves conséquences... On ne sait pas, il pourrait penser à se suicider. Si vous l'emmenez et qu'il doit rester au commissariat, je tiens à ce qu'il soit surveillé pour éviter un autre drame. Pouvez-vous nous le garantir ?

Taylor n'avait pas pensé à cette éventualité. Il fut reconnaissant envers Nicole d'y avoir songé.

— Nous pouvons lui parler ici, si vous pensez que c'est risqué de l'emmener, répondit l'inspecteur avec calme.

— Ce serait préférable, assura Nicole.

Taylor acquiesça d'un mouvement de tête et son adjointe partit chercher Tommy. Elle le trouva à la sortie de la cafétéria, étonnamment seul ; il paraissait fébrile et nerveux. S'adressant à lui aussi gentiment que possible, Nicole l'informa que des policiers voulaient le voir. Tandis qu'ils avançaient côte à côte dans le long couloir, Tommy ne prononça pas un mot. Nicole était incapable de l'imaginer en train de violer qui que ce soit. Quand il pénétra dans le bureau de Taylor et vit les deux agents qui l'attendaient, elle crut qu'il allait fondre en larmes. Il leur serra poliment la main et s'assit.

— Sais-tu pourquoi nous voulons te voir, Tommy ?

Dans un premier temps, Tommy acquiesça d'un hochement de tête, puis se ravisa et fit un signe de dénégation.

— Nous avons trouvé ton violon à l'endroit même où, hier, une élève de ce lycée a été agressée. Nous voulons savoir ce qu'il faisait là et où tu te trouvais la nuit dernière.

— Je suis allé à la maison hantée après le dîner, puis je suis retourné dans ma chambre pour dormir. On m'a volé mon violon hier. Je l'avais laissé au gymnase dans l'après-midi et, à mon retour, il avait disparu.

L'inspecteur hocha la tête.

— Et tu as déclaré son vol ?

— Pas encore. J'allais le faire aujourd'hui. J'espérais que quelqu'un le trouverait et me le rapporterait. Il y a mon nom dessus.

Il parlait d'une voix posée. Après avoir longuement tergiversé, il avait fini par retourner dans les bosquets de bonne heure pour essayer de récupérer son violon, mais un périmètre de sécurité avait été établi et l'instrument n'y était plus. Il était déjà sans doute entre les mains des policiers. Il avait alors imaginé une explication au cas où on l'interrogerait.

— Nous avons vérifié. Il s'agit d'un violon Gagliano, un instrument très précieux, qui se vend environ 100 000 dollars. Je suis surpris que tu n'aies pas signalé sa disparition tout de suite.

— Tout le monde est très honnête ici, et il y a mon nom sur l'étui.

— Oui, c'est comme ça que nous avons su qu'il t'appartenait.

L'inspecteur demeura silencieux un instant tout en continuant de fixer Tommy du regard.

— Sais-tu qui a agressé Vivienne, Tommy ? Ne t'inquiète pas, nous ne révélerons pas que c'est toi qui nous as informés. Il est très important que tu nous aides à trouver le coupable. As-tu vu ou entendu quelque chose hier soir ?

— Non, je n'ai rien vu, répondit le jeune homme d'une voix étouffée. Je ne sais rien.

Soudain, des larmes roulèrent sur ses joues. Taylor et Nicole le scrutaient avec attention.

— Je ne l'ai pas violée... Je ne l'ai pas violée, je vous le jure.

Tommy pleura pendant cinq bonnes minutes. Les quatre adultes demeurèrent silencieux jusqu'à ce qu'il recouvre son sang-froid.

— Je te crois. Mais sais-tu qui l'a fait ? reprit l'inspecteur.

Pour toute réponse, Tommy secoua la tête.

— Si tu entends quelque chose, ou si tu te rappelles quoi que ce soit, tu voudras bien nous en faire part ?

Tommy acquiesça et s'essuya les yeux.

— Puis-je récupérer mon violon ?

— J'ai bien peur que non. Même s'il t'a été volé, c'est une pièce à conviction. Du moins jusqu'à la résolution de l'affaire.

— Mes parents vont très mal le prendre. C'est mon grand-père qui me l'a offert. Si vous ne me le rendez pas, je ne pourrai pas m'exercer.

— Nous pouvons te prêter un violon, Tommy, proposa gentiment Nicole. Il ne sera peut-être pas aussi performant que le tien, mais tu pourras jouer. C'est un modèle de Gustave Villaume qu'un ancien élève a légué au lycée.

Elle l'avait appris par le directeur du département de musique. C'était un bon violon, mais il était loin d'être à la hauteur de celui que Tommy venait de « perdre ».

— Merci.

Le jeune homme semblait à la fois dévasté et effrayé par la réaction que ses parents ne manqueraient pas d'avoir.

— Tu peux y aller, maintenant, dit l'inspecteur.

Tommy fit un signe de tête, le remercia puis quitta la pièce.

Le policier poussa un long soupir avant de s'adresser à Taylor et Nicole :

— Et de deux ! La victime nous ment, et ce jeune homme fait de même. Je ne crois pas un seul instant que son violon ait été volé. Un garçon aussi consciencieux que lui n'aurait jamais perdu de vue un instrument aussi précieux.

Nicole se rappela en effet que Tommy ne se déplaçait jamais sans son violon.

— Vivienne nous a menti ce matin à propos de la tequila, poursuivit l'inspecteur. Elle prétend avoir bu en compagnie d'un groupe de filles, dont l'une aurait réussi à acheter une bouteille. Nous avons vérifié une partie de son histoire et c'est tout simplement un mensonge. Soit elle a peur de celui qui l'a violée, soit c'est un de ses amis et elle le protège.

— Cela n'a aucun sens, s'impatienta Taylor. Pourquoi protégerait-elle quelqu'un qui lui aurait fait du mal ?

— Les adolescents, et les victimes en général, ont parfois un comportement irrationnel. À mon avis, Tommy nous cache des choses. Je le crois quand il dit qu'il ne l'a pas violée, mais il a peut-être vu la scène sans avoir pu ou su intervenir.

— À Saint Ambrose nous accordons une attention toute particulière à la morale, basée sur des valeurs familiales, dit Taylor d'un ton crispé. Nos élèves n'ont pas pour habitude de... s'agresser, vous voyez ?

— Vous n'aviez jamais eu de filles ici..., lui rappela l'inspecteur. Je suis désolé, mais il va falloir que l'on relève les empreintes digitales de tous les élèves. Nous allons commencer par là, et qui sait, cela suffira peut-être. Nous devons savoir qui était avec Vivienne. Il y a six séries d'empreintes en plus des siennes sur la bouteille, et je suis prêt à parier que Tommy Yee faisait partie de la bande. Je n'ai pas voulu insister et risquer de le pousser à bout, vu ce que vous nous avez dit à son sujet.

Il se tourna vers Nicole.

— Nous relèverons dès demain ses empreintes en même temps que celles des autres élèves. D'ailleurs, nous ne nous limiterons pas uniquement à eux. Je vais devoir demander à ce que les professeurs, les jardiniers, enfin tout le personnel y passe. Et pas seulement les hommes, mais les filles aussi puisque Vivienne prétend qu'elle était avec des copines. Nous verrons bien si les empreintes de ces demoiselles correspondent avec celles de la bouteille. Nous allons appeler des renforts logistiques pour mettre en place la prise d'empreintes.

Taylor acquiesça. Cette opération d'envergure ne lui plaisait guère mais il comprenait bien l'impasse dans laquelle se trouvaient les policiers, d'autant plus qu'aucun élève ne voulait dire la vérité.

— Nous serons prêts, dit-il.

Après le départ des policiers, il se tourna vers Nicole, l'air las.

— Tu crois que nous devons prévenir les élèves ?

Elle secoua la tête.

— Non, je ne pense pas. Mieux vaut les surprendre. Je ne veux pas que le coupable s'éclipse.

— Tu crois vraiment que c'est un de nos élèves qui est coupable ?

Taylor semblait si anxieux que Nicole resta silencieuse un instant avant de répondre :

— Je pense que c'est possible. Tout est possible. Et je suis d'accord avec l'inspecteur : il est évident que Tommy sait quelque chose et qu'il ment au sujet du violon.

— Très bien. Nous ne les informerons que demain matin du relevé d'empreintes. Nous procéderons classe par classe, en commençant par les terminales et en finissant par les élèves de troisième.

Nicole acquiesça d'un signe de tête puis regagna son propre bureau.

Taylor était toujours tracassé par la situation quand l'inspecteur le rappela, une heure plus tard.

— Nous avons une correspondance entre les empreintes qui se trouvent sur le violon et celles sur la bouteille de tequila. J'avais donc raison, Tommy a bel et bien participé à la soirée qui a probablement conduit au viol.

— Allez-vous l'arrêter ?

— Pas encore. À partir de cet après-midi, c'est l'équipe de Boston qui prend le relais dans cette enquête. Nous allons leur transmettre les éléments en notre possession. Ce sera à eux de décider. Nous verrons ce que nous découvrirons une fois que nous aurons les empreintes de toute l'école.

— Nous avons prévu de commencer avec les élèves de terminale. Ce sera sûrement plus utile pour vous.

— Je vous remercie. Je passerai demain pour voir comment tout cela se déroule.

— Merci, inspecteur.

Lorsqu'il raccrocha, Taylor était anxieux. Que diable leur réservait la suite des événements ?

Chase et Jamie déjeunèrent ensemble à la cafétéria, comme ils le faisaient toujours, mais ils n'échangèrent que quelques mots. Ils étaient encore nauséeux et n'avaient vraiment pas faim. Aucun des deux ne parvenait à comprendre pourquoi et comment les choses avaient ainsi dégénéré. Qu'est-ce qui avait poussé Rick à commettre un acte aussi odieux ? Les deux meilleurs amis étaient également mal à l'aise par rapport à leur bagarre ; cela ne leur ressemblait pas du tout donc ils s'abstinrent d'évoquer le sujet.

Personne ne vint les rejoindre à leur table. Steve, Rick et Gabe avaient déjeuné avec d'autres élèves. Ils avaient vu Nicole Smith venir chercher Tommy mais ne savaient pas pourquoi...

Tandis qu'ils se rendaient à leur cours de mathématiques, Gabe s'adressa à Chase.

— Tu vas bien ? lui demanda-t-il.

— Oui, oui. Très bien, répondit Chase d'un ton laconique, avant d'aller s'asseoir au dernier rang de la classe, loin de lui.

Il était manifestement angoissé mais il essayait de paraître décontracté. Ils se demandaient tous quelle serait la suite des événements, mais Chase était sûr qu'aucun d'entre eux ne révélerait quoi que ce soit. Pas même Tommy. De toute façon, il n'avait rien vu et rien fait, à part vomir et pleurer dans son coin.

Cette tequila leur avait fait perdre la raison. Chase aurait voulu discuter de la situation avec quelqu'un, mais il en était incapable. Depuis le début de la matinée, Jamie semblait au bord des larmes. Il ne pensait qu'au délicieux moment où il avait échangé un baiser avec Vivienne. Elle était si belle ! Quelle horreur de la voir ensuite étendue sur l'herbe, pâle et inconsciente. Il aurait voulu plus que tout lui rendre visite à l'hôpital, mais hélas c'était impossible, puisqu'ils n'étaient même pas censés connaître l'identité de la victime. Sa visite risquerait fort de faire naître des soupçons.

Après le cours, Gabe se rapprocha de Chase.

— Tu penses qu'on devrait lui envoyer des fleurs ou un petit cadeau ? murmura-t-il.

— Tu es dingue ? Ils remonteraient jusqu'à nous. Laisse tomber. Ce qui est fait est fait. Maintenant, nous devons vivre avec, espérer qu'elle se remette et que personne ne parle.

Le comportement de Rick les avait tous mis en danger, et ils étaient furieux contre lui. Néanmoins, ils tenaient à lui éviter d'aller en prison, comme ils l'avaient promis.

— Personne ne parlera, assura Gabe. Je pensais juste...

— Ne pense pas. Il est trop tard pour cela, dit Chase avec colère, avant de s'éloigner.

Désormais, aucun d'entre eux ne serait plus jamais le même. Vivienne non plus. Chaque fois qu'il pensait à elle, Chase en avait la nausée. Il n'aurait jamais dû perdre son sang-froid parce que Jamie l'avait embrassée. S'il avait mis sa jalousie de côté, il aurait peut-être pu empêcher Rick de commettre l'irréparable. Il aurait pu la protéger. Comment se pardonnerait-il d'être intervenu trop tard ?

Tandis que Vivienne dormait et que sa mère s'était assoupie sur une chaise, Chris Walker fit son entrée dans la chambre. Il resta un instant à regarder Vivienne, et en songeant à l'horreur de la situation il ne put retenir ses larmes. Nancy ouvrit les yeux, comme si elle avait senti sa présence, et découvrit l'homme avec qui elle avait été mariée pendant vingt-deux ans. Elle aurait préféré ne pas le voir ici. Se retrouver à ses côtés lui faisait encore trop mal.

Leurs regards se croisèrent un court instant et aucun d'eux n'osa prononcer un mot. Si Nancy l'évitait depuis leur rupture, Chris savait qu'ils devraient, pour leur fille, faire front ensemble. Nancy avait une forte personnalité, teintée d'une douceur qu'il avait toujours aimée et qu'il regrettait désormais. Hélas, il n'y avait plus rien d'autre que de la douleur entre eux. Ça, et leur merveilleuse fille, un vrai cadeau de la vie pour lequel il serait toujours reconnaissant envers Nancy. Il était arrivé ce matin de Los Angeles, après avoir pris l'avion et roulé depuis l'aéroport de Boston pendant deux bonnes heures.

— Comment va-t-elle ?

D'un geste, Nancy lui indiqua la porte. Il la suivit dans le couloir où ils pourraient discuter plus tranquillement.

— Son état n'a guère évolué. Elle est très secouée, ce qui est compréhensible. Elle ne veut pas en parler, même à moi. Elle dit que tout ce dont elle se souvient c'est d'un type au-dessus d'elle qu'elle n'avait jamais vu auparavant, puis qu'elle s'est évanouie. Je pense qu'elle a honte de s'être mise dans cette situation. Elle aurait pu mourir si quelqu'un n'avait pas appelé le service de sécurité du lycée. Ses amis l'ont laissée là-bas, totalement inconsciente. Cette histoire risque fort de la marquer psychologiquement pendant longtemps, dit-elle d'un ton affligé.

C'était un cauchemar terrible pour ses parents, et son père sanglotait.

— Ça ne lui ressemble pas. Et je croyais qu'ils avaient une politique stricte en matière d'alcool dans ce lycée.

— C'est le cas, mais même dans les meilleures écoles les enfants transgressent les règles...

Elle le laissa seul quelques minutes puis revint, un café pour lui à la main, avec exactement ce qu'il aimait de lait et de sucre. Si Chris était touché de cette attention, Nancy ressentait plutôt de la pitié pour lui. Il adorait sa fille et avait toujours été un père merveilleux, cela il fallait bien le reconnaître, et Nancy savait combien il avait été bouleversé par le déménagement de sa fille à New York. Mais il aurait été trop insupportable pour elle d'imaginer Vivienne vivre à Los Angeles aux côtés de la jeune femme de 25 ans que Chris fréquentait. Leur relation durait depuis deux ans déjà lorsque Nancy avait découvert son existence. Ce fut un jour dramatique pour elle, car c'est dans le lit conjugal qu'elle les avait surpris, un après-midi qu'elle rentrait plus tôt du travail. Elle s'en souviendrait toute sa vie, c'était durant les vacances scolaires du printemps car Vivienne était partie avec des amis. La maîtresse de son mari, Kimberly, semblait très à l'aise chez eux. Une semaine plus tard, Nancy avait démissionné de son poste à Los Angeles, s'était envolée pour New York, avait trouvé un emploi dans un cabinet d'avocats et demandé le divorce. Aux premiers jours de l'été, Vivienne et Nancy vivaient ensemble à New York, et Kimberly emménageait avec Chris. Depuis, Chris avait été sommé de vendre la maison et de verser à Nancy la part qui lui revenait. Celle-ci ne voulait pour rien au monde que Kimberly vive dans cette maison qu'elle avait tant aimée, et qu'elle avait transformée en un chaleureux foyer familial. Si elle devait recommencer à zéro, qu'il en aille de même pour Chris. Il avait 50 ans et elle 42 ; elle était assez âgée pour être la mère de sa petite amie, ce qui rendait la situation encore plus insupportable.

Chris l'avait suppliée de rester à Los Angeles, ou au moins de laisser Vivienne vivre avec lui pour sa dernière année de lycée, ce que leur fille souhaitait également. Mais Nancy s'y était opposée et Chris avait finalement cédé. Pour lui, c'était doublement cruel : son ex-femme l'empêchait de voir sa fille, mais en plus ce n'était même pas pour qu'elles soient ensemble ! Et maintenant Vivienne venait de subir une agression. Il tenait à la ramener à Los Angeles dès sa sortie de l'hôpital. Il était même prêt à demander à Kimberly de déménager et à lui trouver un appartement jusqu'à ce que Vivienne aille à l'université. Ce n'était pas pour Nancy qu'il choisissait de se séparer temporairement de sa compagne, mais pour sa fille. Il tenait à faire tout son possible pour l'aider à surmonter le cauchemar qu'elle venait de vivre.

Ils restèrent un moment assis côte à côte dans le couloir, près de la chambre de Vivienne, attendant qu'elle se réveille.

— Ils savent qui est le coupable ? demanda-t-il.

— Non, pas encore...

Elle hésita un instant et poursuivit :

— En réalité, la police a des doutes quant à la version des faits que donne Vivienne. Les agents pensent qu'elle ment, et je le crois aussi. Ils sont persuadés qu'elle connaît le garçon qui l'a violée et qu'elle le protège.

— Pourquoi diable ferait-elle cela ? Cela n'a aucun sens !

— Peut-être qu'ils étaient amis, qu'elle a bu avec lui et ses copains, et que les choses ont dérapé. Jusqu'à présent, les policiers ignorent complètement l'identité des personnes qui se trouvaient avec elle. Ils ne savent même pas s'il s'agit seulement de filles comme elle le prétend, ou s'il y avait des garçons. Viv dit qu'elle ne se souvient pas des filles avec lesquelles elle s'est saoulée et qu'elle ne connaît pas leurs noms. Rien de tout cela ne tient, et les policiers sont perplexes. Une équipe spécialisée dans les affaires de viol arrive de Boston aujourd'hui. Ils ont l'habitude de travailler avec des jeunes, et la direction de l'école coopère du mieux qu'elle peut avec la police. Un inspecteur m'a dit tout à l'heure que demain ils vont relever les empreintes digitales de tous les élèves. Ensuite, ils les compareront avec celles trouvées sur la bouteille de tequila qu'ils ont ramassée sur les lieux.

— S'ils découvrent le coupable, est-ce qu'ils vont l'envoyer en prison ? En général, ce n'est jamais le cas dans ces écoles pleines de fils à papa, dit-il avec colère.

— C'est vrai qu'il y a beaucoup d'enfants de familles très riches, concéda Nancy, mais plusieurs lycées réputés ont eu à affronter de tels scandales et les médias les ont littéralement mis au pilori. Je ne pense pas que Saint Ambrose ait envie de vivre cela, d'autant plus qu'ils inaugurent tout juste le passage du lycée à la mixité. Plus aucun parent n'y enverrait sa fille.

— Pourquoi est-ce arrivé à Vivienne ? lâcha Chris, les yeux brillants de larmes.

Il était terrifié à l'idée que Vivienne ne se remette jamais de cet horrible événement et qu'elle en soit marquée à vie. Et c'était un risque bien réel. Durant tout l'après-midi, Nancy avait discuté avec Vivienne : malgré l'horreur de la situation, elle ne devait pas se laisser anéantir et encore moins culpabiliser. Quoi qu'il en coûte, elle devait aller de l'avant, et ne surtout pas garder trop de ressentiment en elle. Taylor avait téléphoné à Nancy pour l'informer que l'école réglerait tous les frais médicaux de Vivienne, ainsi que les consultations psychiatriques dont elle aurait besoin par la suite. Enfin quelque chose de positif dans ce lycée ! avait pensé Chris, qui considérait l'établissement comme bien trop huppé pour sa fille.

Le père de Vivienne était un modèle de réussite personnelle et d'ascension sociale. Après avoir grandi dans la pauvreté, il avait su se faire sa place tout seul. Il n'avait donc pas beaucoup d'estime pour le genre de snobs pourris gâtés qui, selon lui, fréquentaient des écoles comme Saint Ambrose. Nancy s'était efforcée de le convaincre que tous les élèves du lycée n'étaient pas nés avec une cuillère d'argent dans la bouche et que leurs pères n'avaient pas tous étudié à Princeton ou à Yale – même si c'était le cas pour beaucoup d'entre eux. Chris avait toujours éprouvé une sorte d'amertume envers ces gens-là. Quand il était à l'université, lui, il travaillait de nuit, et il avait gagné beaucoup d'argent grâce à son intelligence et à son sens des affaires, sans bénéficier de l'enseignement ou des relations de la prestigieuse Harvard Business School.

Ils virent une lumière clignoter au-dessus de la porte de Vivienne. Elle avait dû utiliser la sonnette pour appeler l'infirmière, ce qui signifiait qu'elle était réveillée. Nancy laissa Chris entrer en premier, elle savait à quel point Vivienne serait heureuse de voir son père. Dès qu'il pénétra dans la pièce, ils fondirent tous les deux en larmes. Chris s'approcha et la prit dans ses bras, caressant doucement ses longs cheveux blonds, comme il le faisait quand elle était petite. Ce geste tendre fit redoubler les pleurs de Vivienne. Elle se sentait tellement coupable de s'être enivrée… et de ce qui s'était passé ensuite. Ses parents avaient toujours été des modèles en matière d'éducation. Jamais elle n'aurait dû rester seule avec un groupe de garçons déjà ivres au milieu des bois !

— Je vais te ramener à Los Angeles, si ta mère est d'accord.

Chris avait l'habitude de tout prendre en charge sans même consulter sa femme. Or, les choses avaient désormais changé. Nancy avait rompu et leur divorce serait bientôt définitif. Elle ne lui pardonnerait jamais mais au moins leur relation serait officiellement finie.

Vivienne était ravie de la proposition de son père. Aussi, dès que sa mère entra dans la chambre, elle lui demanda :

— Maman, est-ce que je peux retourner à Los Angeles avec papa ?

Nancy, prise au dépourvu, se contenta d'une réponse pragmatique.

— La police pourrait avoir besoin de toi ici.

Cela faisait plusieurs mois qu'elle avait le mauvais rôle dans la vie de Vivienne : d'abord, elle l'avait obligée à quitter son père, ses amies et la Californie pour venir s'installer à New York, puis elle l'avait placée dans un internat. Mais elle avait ses raisons et estimait qu'il serait préférable pour leur fille d'être loin d'eux durant la procédure de divorce. Elle n'avait jamais parlé à Vivienne de l'infidélité de Chris, ni du fait que celle-ci durait depuis plus de deux ans. Nancy pouvait se montrer sévère par moments, mais elle était franche et protectrice. Elle n'avait jamais essayé de monter Vivienne contre son père. Elle avait espéré ne plus le revoir, lui, mais aujourd'hui ils étaient tous les trois réunis, confrontés à la pire crise de leur existence.

Depuis leur départ de Los Angeles, Chris et Nancy ne s'adressaient la parole qu'en cas d'absolue nécessité, ils s'échangeaient à peine un e-mail et laissaient leurs avocats régler le divorce.

Ils discutèrent un moment tous les trois, puis Chris alla leur chercher à dîner dans un restaurant voisin. Vivienne semblait apaisée et heureuse de l'avoir vu. Elle avait toujours cet air tranquille quand son père était là.

— Tu lui en veux encore vraiment, hein, maman ?

Nancy ne répondit pas. Ce n'était pas le moment de s'engager dans une telle discussion.

— C'est à cause de la fille avec qui il a commencé à sortir après notre départ ?

Nancy ne voulait pas lui confier toute la vérité sur cette histoire.

— C'est à cause de beaucoup de choses. Notre mariage ne fonctionnait plus.

Peu importait à quel point elle détestait Chris, elle ne s'abaisserait pas à salir son image auprès de leur fille.

— Je ne te crois pas. Tu l'aimais, maman. Et tout à coup, tu te mets à le haïr et tu nous obliges à déménager. Tu devais avoir une bonne raison pour agir ainsi.

Cela faisait six mois que Vivienne essayait de découvrir la cause de la séparation de ses parents. Aucun des deux ne voulait le lui dire, sans doute parce que son père avait trop honte et que sa mère voulait la protéger.

— Tu devrais en discuter avec ton père.

— Il ne veut pas en parler non plus. Il se contente de dire qu'il a fait de très grosses erreurs et que tu ne lui pardonneras pas. Vous ne pouvez pas au moins être amis ?

— Un jour, peut-être..., répondit vaguement Nancy. Il faudra beaucoup de temps.

Elle fixa alors sa fille, et changea de sujet.

— Viv, tu dois dire à la police tout ce dont tu te souviens. Est-ce que tu buvais seulement avec des filles, ou y avait-il aussi des garçons ?

Vivienne détourna la tête.

— Il y en avait peut-être un ou deux, avoua-t-elle, mais je ne les connaissais pas. Je ne me souviens de rien.

À son regard fuyant, Nancy savait qu'elle ne disait pas la vérité.

— As-tu peur qu'on te fasse des reproches pour ce qui s'est passé ?

Vivienne ne répondit pas. Chris arriva à ce moment-là, chargé de barquettes de spaghettis et de boulettes de viande, ainsi que d'une pizza en provenance d'un restaurant italien. Il leur distribua les plats et malgré les circonstances ils passèrent un bon moment ensemble.

— Combien de temps dois-tu rester à l'hôpital ? demanda Chris un peu plus tard.

— Nous ne le savons pas encore, répondit Nancy. Les médecins veulent la garder en observation et elle doit être disponible pour la police.

Chris acquiesça d'un signe de tête et promit de rester avec Vivienne aussi longtemps que possible. Il s'arrangerait pour travailler à distance. Et dès que leur fille pourrait quitter l'hôpital, si Nancy était d'accord, il la ramènerait à Los Angeles. De toute façon, il était hors de question qu'elle retourne à Saint Ambrose. Une fois chez lui, elle n'aurait pas besoin de raconter à ses amies ce qui s'était passé lors de cette sinistre soirée de Halloween. Il lui suffirait de dire qu'elle n'aimait ni New York ni le pensionnat. Il voulait discuter de tout cela avec Nancy dans les jours à venir car il tenait à ce que Vivienne s'éloigne le plus vite possible d'ici.

Ce soir-là, Vivienne souffrit de terribles maux de tête, aussi les médecins lui prescrivirent-ils un somnifère pour l'aider à dormir. Ses parents quittèrent la chambre pendant qu'elle sombrait dans le sommeil, promettant de revenir le lendemain. Nancy proposa à Chris qu'ils se relayent. Elle ne voulait pas passer des heures à l'hôpital avec lui dans les parages. C'était très bien de se montrer courtois l'un envers l'autre, mais chaque fois qu'elle le regardait, elle le revoyait au lit avec sa maîtresse. Elle en avait la nausée. Elle lui souhaita bonne nuit devant l'hôpital. Chris offrit de la raccompagner, mais elle préférait prendre l'air et marcher. Elle avait laissé sa voiture à l'hôtel où elle logeait, le plus proche de l'école, une auberge pittoresque de la Nouvelle-Angleterre. Pour sa part, Chris avait trouvé un motel un peu plus loin. Nancy était soulagée qu'ils ne séjournent pas au même endroit. Elle l'avait aimé durant de longues années, mais son amour pour lui était mort à présent. Certaines choses ne pouvaient être oubliées, encore moins pardonnées.

6

Gwen Martin et Dominic Brendan étaient partenaires depuis bientôt sept ans au sein de la Brigade de protection des mineurs de Boston. Irlandais de souche, enfants de familles nombreuses, tous deux avaient grandi dans le même quartier. Âgée de 37 ans, Gwen avait quatre grands frères, dont trois étaient policiers, comme l'avaient déjà été son père et son grand-père. En grandissant, elle avait souhaité suivre leurs traces et devenir policière à son tour. Elle avait commencé au sein de la Brigade des mœurs avant d'intégrer celle de protection des mineurs, où elle avait choisi de rester. Au sein de cette brigade, elle avait le sentiment d'effectuer un travail salutaire, une mission qui avait du sens, bien qu'elle ait le cœur brisé à force de voir ce que subissaient les victimes. Certaines jeunes filles se faisaient agresser par des voyous dans les bas-fonds où elles vivaient, mais parfois c'était carrément par leur propre père ou par leur frère.

Dominic Brendan, lui, était l'aîné de sept enfants. Lorsque son père, également policier, avait été abattu dans l'exercice de ses fonctions, il s'était retrouvé responsable de ses jeunes frères et sœurs. Aussi, même s'il aimait profondément ses neveux et nièces, il n'avait jamais voulu se marier ni avoir d'enfants. « Je suis marié à mon travail » était son leitmotiv et sa réplique préférée lorsqu'on le taquinait au sujet de son célibat. Mais à 46 ans il menait la vie qui lui plaisait et il occupait son temps libre comme bon lui semblait. Son poste à la Brigade de protection des mineurs le satisfaisait pleinement et il était doué pour créer des relations de confiance avec les enfants. Une fois, il avait dit à Gwen que passer cinq jours par semaine à se disputer avec elle ou à l'entendre se plaindre était une version assez proche du mariage ! Ils n'étaient jamais sortis ensemble, mais tous les deux formaient une équipe formidable.

La veille, Gwen et Dominic avaient passé l'après-midi à examiner les preuves dans l'affaire Vivienne Walker avec la police locale. Le dossier était encore assez mince : sept jeux d'empreintes avaient été relevés sur une bouteille de tequila trouvée sur place, dont cinq ne pouvaient encore être reliés à personne. La victime affirmait n'avoir quasiment aucun souvenir de la soirée. Elle ne connaissait pas son agresseur et admettait avoir été ivre au moment du viol. L'inspecteur local chargé du dossier était convaincu qu'elle mentait, soit par peur des représailles, soit pour protéger quelqu'un. Quoi qu'il en soit, elle ne leur était d'aucune aide pour le moment, ce qui n'était pas inhabituel dans ce genre de cas, comme ils le savaient. Les empreintes d'un élève, propriétaire d'un violon de grande valeur découvert sur les lieux de l'agression, figuraient sur la bouteille de tequila. Les policiers du coin le soupçonnaient de mentir lui aussi, mais ils étaient presque convaincus que ce n'était pas lui le coupable. En fin de compte, les tests ADN permettraient d'établir la vérité concernant le jeune Tommy Yee.

— Alors, par où veux-tu commencer ? demanda Gwen. Les agents locaux vont être occupés une bonne partie de la journée. Ils doivent relever les empreintes digitales de toute l'école, à savoir 939 élèves, sans parler des professeurs et des autres employés.

En même temps, l'hôpital effectuait des tests ADN avec le sperme recueilli sur la victime à son arrivée aux urgences.

— Tôt ou tard, ils vont obtenir une correspondance, poursuivit-elle. Ce sera un sacré scandale pour une école comme celle-ci. J'ai travaillé sur un viol dans un lycée réputé pour l'élite quand j'ai débuté dans le métier. Six garçons avaient violé une fille de troisième, pendant que sept autres les regardaient faire. C'était comme s'ils leur avaient vendu des billets pour assister à ça ! Et les parents étaient si riches, si influents, que personne n'est allé en prison. Le juge leur a laissé une « chance ». Ils ont eu six mois de probation, et leurs avocats ont tout fait pour rejeter la faute sur la fille. C'était il y a dix ans, et par chance la justice ne fonctionne plus comme ça ! Enfin... pas dans le monde réel.

Ils savaient tous les deux que les lois du Massachusetts concernant les affaires d'agression sexuelle empêchaient les avocats de la défense de s'en prendre à une victime sur la question du consentement. Cependant, ils pouvaient toujours lui nuire par d'autres biais, ne serait-ce qu'en salissant sa réputation. C'est malheureusement pourquoi de nombreuses victimes étaient si effrayées à l'idée de dénoncer un viol. Dans le cas présent, il ne fallait pas négliger l'éventualité que Vivienne connaisse le garçon et ait consenti à avoir des relations sexuelles avec lui. Cependant, vu l'état d'ivresse dans lequel elle se trouvait, l'inspecteur local avait plutôt tendance à écarter cette possibilité.

Dominic jeta un coup d'œil à Gwen. Elle avait des cheveux d'un roux flamboyant ainsi que de nombreuses taches de rousseur qui lui donnaient l'air plus irlandais que tous les Irlandais qu'il connaissait.

— Si un des élèves est reconnu coupable et condamné à la prison, ses parents vont se battre comme des lions pour lui éviter d'aller derrière les barreaux. Saint Ambrose est un lycée hyper chic. Les enfants qui fréquentent ce genre d'établissement finissent immanquablement par me rendre nerveux. Ils sont si charmants, si sophistiqués, que j'ai toujours l'impression de leur être inférieur, de ne pas être à la hauteur en tout cas.

Dominic était certes un peu fruste, mais c'était le policier le plus intelligent avec lequel Gwen ait travaillé. Leur relation professionnelle était basée sur une affection mutuelle et un profond respect.

— Pas à la hauteur pour quoi ? Pour envoyer en prison un gamin qui a violé une fille ? Tu es largement à la hauteur, Dom.

Gwen portait un jean et des baskets et ressemblait elle-même à une adolescente. Elle avait choisi cette tenue pour que les élèves se sentent à l'aise en sa compagnie et qu'ils n'aient pas peur de se confier. Dans une affaire aussi délicate que celle-ci, elle aimait traîner sur le terrain et se familiariser avec les éléments. Vivienne aurait dû avoir hâte qu'ils trouvent son agresseur mais ce n'était pas le sentiment qui se dégageait de son comportement. Elle se montrait réticente à parler et peu coopérative, ce qui rendait l'affaire plus difficile.

Les deux inspecteurs de Boston se garèrent sur l'un des parkings du lycée. Avec stupéfaction, Gwen remarqua que tous les élèves étaient en uniforme : les garçons portaient des cravates, les filles des jupes écossaises, des chemisiers blancs ou des chandails élégants, et tous les élèves, quel que soit leur sexe, avaient une jolie veste ornée de l'emblème de l'école. Saint Ambrose était un lycée vraiment *très* traditionnel.

— Mince, j'aurais peut-être dû mettre une robe et des talons !

Dominic éclata de rire. Ils descendirent de voiture et observèrent les lieux. C'était magnifique.

— On dirait Harvard, dit Gwen, impressionnée.

À dire vrai, il était difficile de ne pas l'être.

Ils se dirigèrent vers le bâtiment administratif, où on les conduisit jusqu'au bureau lambrissé de bois de Taylor. Nicole se trouvait déjà sur place. Le proviseur et son adjointe passaient en revue les emplois du temps des élèves. En effet, à cause des relevés d'empreintes digitales, les cours allaient être perturbés toute la journée. Les inspecteurs se présentèrent, et Taylor les invita à s'installer sur deux canapés qui faisaient face à la cheminée.

— Les choses sont un peu chaotiques en ce moment, déclara Taylor d'un ton sombre. Nous sommes tous dévastés par les événements et fort inquiets.

Gwen hocha la tête. Elle n'avait pas réalisé que l'école serait aussi formelle et se sentait un peu ridicule dans sa tenue d'adolescente. Nicole, au contraire, portait un tailleur gris foncé et des escarpins comme à son habitude. La secrétaire de Taylor vint le prévenir que Joe Russo était au téléphone et qu'il voulait lui parler de toute urgence. Taylor s'excusa auprès des inspecteurs et les laissa en compagnie de Nicole, la chargeant de les mettre au courant de ce qui se passait. Ils n'avaient rien découvert d'autre, et personne ne savait quoi que ce soit à propos de cette nuit-là. En résumé, il fallait briser le mur du silence car aucun élève ne parlait.

— Il est encore tôt, dit Gwen.

Elle avait tout de suite apprécié Nicole, qui lui semblait être une femme intelligente, directe et franche.

— Il y a toujours quelqu'un, quelque part, qui sait ou a vu quelque chose et qui finit par parler, ajouta-t-elle. À un moment donné cette personne est presque *forcée* de se confier, car le secret devient trop lourd à porter. Tôt ou tard, elle parle. Quelqu'un a des informations sur ce qui s'est passé cette nuit-là, c'est certain.

— Pour l'instant, nous n'en savons rien, répondit Nicole. Nous venons juste d'informer les élèves de terminale que les policiers allaient relever leurs empreintes aujourd'hui. Il était plus logique de commencer par eux, Vivienne étant aussi en terminale.

Dominic ne fit aucun commentaire.

— Quand doivent-ils débuter ? demanda Gwen.

— Ils sont arrivés il y a une demi-heure et ils ont déjà commencé. Ils ont 194 élèves à voir.

— Ils devraient en venir à bout assez vite, commenta Gwen.

Néanmoins, elle avait souvent constaté qu'en dehors des grandes villes la police manquait de personnel et les agents étaient parfois plus lents qu'elle ne le souhaitait. Mais ils étaient aussi scrupuleux et méthodiques. Jusqu'à présent, l'équipe locale avait traité l'affaire avec efficacité, respectant chaque étape sans négligence, et l'école coopérait pleinement.

— Nous ferons venir les élèves de première dès que vos collègues auront terminé avec le premier groupe, assura Nicole.

— J'aimerais me rendre sur place, histoire de voir si nous pouvons glaner quelques informations, lâcha Gwen.

— Nous avons dit aux élèves que Vivienne Walker avait été renvoyée chez elle, pour cause de mononucléose. Ils ne sont pas dupes, et je pense qu'ils ont tous compris que c'était elle la victime. Mais c'est le moins que nous puissions faire pour elle, les informa Nicole.

Gwen hocha la tête.

Les filles de terminale avaient effectivement deviné, mais elles étaient restées discrètes.

De son côté, Taylor essayait de calmer Joe Russo. Rick l'avait appelé et Joe débordait d'indignation, furieux que son fils soit sur le point d'être traité comme un « criminel de droit commun », selon ses termes. Il menaçait de ne plus jamais faire de don à l'école si Taylor ne retirait pas immédiatement Rick de la file des élèves qui attendaient que l'on relève leurs empreintes.

— Vous savez que c'est impossible, Joe. Nous devons coopérer avec la police, il ne peut y avoir d'exceptions. Si nous refusons de les laisser prendre ses empreintes digitales, cela risque au contraire d'insinuer que votre fils a quelque chose à cacher. Si c'était votre fille, vous voudriez que tout soit mis en œuvre pour retrouver ses agresseurs, n'est-ce pas ? Pour l'amour du ciel, même moi je vais devoir faire relever mes empreintes, ainsi que tous les professeurs. Je ne suis pas coupable, et pourtant je dois m'y résoudre aussi. Tout le monde est à la même enseigne, Joe, y compris les femmes.

Après avoir entendu les explications de Taylor, Joe Russo semblait un peu plus calme.

— Rick m'a dit qu'ils ne relevaient que celles des élèves de terminale, lâcha-t-il, déconcerté.

— Ce matin, oui. Ensuite, ce sera le tour des autres élèves, puis des employés et des professeurs. Il fallait bien commencer par un groupe.

— Je comprends mieux, mais je ne sais pas pourquoi vous relevez celles d'élèves que vous connaissez aussi bien que Rick, Jamie et Chase, les stars de l'école. Qu'en est-il de Chase, d'ailleurs ? Est-ce qu'il doit se prêter à ce petit jeu, lui aussi, ou bien a-t-il droit à un traitement spécial ?

Il était toujours un peu envieux de la notoriété des parents du jeune homme.

— Bien sûr que non ! Personne n'a droit à un traitement particulier. Le fait que son père soit un acteur célèbre ne le dispense pas de coopérer avec la police.

Taylor ignorait si les parents de Chase étaient au courant de ce qui se déroulait à l'école en ce jour, mais ils n'avaient pas demandé de traitement de faveur. Malgré leur notoriété, ils avaient toujours tenu à ce que leur fils soit traité comme n'importe quel autre élève.

— Je posais juste la question, dit Joe d'un ton bourru. Quelle histoire terrible, mon Dieu !

La nouvelle du viol de Vivienne l'avait choqué. Il était désolé pour la jeune fille et pour ses parents.

— C'est vrai, acquiesça Taylor, tandis que sa secrétaire lui glissait un petit mot indiquant que Shepard Watts était au téléphone.

Il fit un signe de tête pour indiquer qu'il allait prendre l'appel.

— Je dois vous laisser, Joe. J'ai dans mon bureau deux inspecteurs spécialement venus de Boston. Ils sont de la Brigade de protection des mineurs. Nous restons en contact.

— D'accord, merci, Taylor, répondit Joe d'un ton bien plus aimable qu'au début de leur discussion.

Taylor raccrocha et prit l'appel de Shepard.

— Bonjour, Shep. C'est la folie ici. Que puis-je faire pour toi ?

Avant qu'il puisse ajouter un mot, Shepard déversa sur lui toute sa colère. Comment osaient-ils prendre les empreintes digitales de son fils ? Il était à la tête du conseil d'administration, Jamie était leur meilleur élève, leur meilleur athlète, Taylor connaissait toute la famille, ils étaient amis, qu'est-ce qui n'allait pas chez lui, Taylor n'avait-il aucune notion de bienséance et de courtoisie ? Une quelconque loyauté envers eux ? Son fils n'était pas un violeur ! L'idée que l'on relève les empreintes digitales de Jamie comme s'il s'agissait d'un criminel l'avait rendu fou. Taylor passa plus d'un quart d'heure à le calmer, pour finalement devoir couper court. Il retourna auprès des inspecteurs et de Nicole. Après avoir discuté avec Gwen et Dominic, son adjointe semblait encore plus stressée qu'auparavant.

— Les parents commencent à appeler pour se plaindre de la prise d'empreintes digitales de leurs enfants, lâcha-t-il, fatigué.

Charity avait raison, la situation s'aggravait.

— Je suppose que chaque parent pense que son enfant est spécial, dit Gwen avec sympathie. Ça doit être difficile à gérer dans un moment pareil.

Taylor opina.

— Ils sont tous spéciaux, mais personne n'a droit à un traitement particulier. Ce ne serait pas juste pour les autres.

Dominic appréciait ses remarques. Taylor Houghton était conservateur et traditionnel, il semblait honnête et sincère, et voulait vraiment trouver le violeur, quoi qu'il en coûte.

— Et si je vous conduisais dans la salle où se trouvent les élèves de terminale ? suggéra Nicole, autant pour donner un peu de répit à Taylor que pour accéder à la requête des inspecteurs.

L'équipe de police chargée des prélèvements s'était installée dans l'auditorium. Trois longues files d'élèves y attendaient patiemment leur tour, bavardant tranquillement. Nicole laissa les inspecteurs entre eux puis s'apprêta à regagner son bureau.

— Vous savez où me trouver, dit-elle avant de les quitter.

Gwen remarqua que plusieurs étudiants les fixaient avec curiosité. Le processus se déroulait assez rapidement : les policiers remplissaient une carte avec le nom de l'élève, sa date de naissance, sa classe à Saint Ambrose, puis ils prenaient ses empreintes digitales, et c'était terminé. Si le geste était complètement indolore, il impliquait toutefois une cruelle vérité, à savoir que parmi eux pouvait se trouver un violeur. La police était bien déterminée à découvrir son identité. Et personne n'était au-dessus des soupçons.

En repartant, Jamie et Chase se croisèrent. Ils étaient venus séparément à l'auditorium et s'étaient efforcés de ne pas passer trop de temps ensemble ces deux derniers jours. Chase lui avait demandé ce qu'il était advenu de la bouteille mais aucun des deux ne s'en souvenait. Mis à part Taylor et Nicole, personne ne savait qu'elle était entre les mains des policiers, qui avaient déjà relevé des empreintes dessus. Chase et Jamie étaient extrêmement nerveux. Quant à Rick, il leur avait confié avoir vomi ces deux derniers jours. Il ignorait s'il s'agissait d'une conséquence de l'abus d'alcool ou à cause du stress. Quand Jamie se retourna pour partir, il vit Gwen Martin en train de les observer. Qui était cette femme ? Elle n'avait pas l'air d'une policière mais elle ne ressemblait pas non plus à une professeure. Elle paraissait mal à l'aise dans son jean, son sweat-shirt et ses baskets. Quant à l'homme qui l'accompagnait, il était plutôt mal habillé et semblait s'ennuyer.

Gwen aurait voulu savoir qui étaient ces deux beaux jeunes hommes blonds qui débordaient de confiance en eux, mais il n'y avait personne dans le coin à qui elle pouvait poser la question. Elle demanderait à Nicole plus tard. Elle observa les files qui continuaient à avancer. Aux alentours de midi, tous les élèves de terminale s'étaient soumis au prélèvement de leurs empreintes digitales. Après la pause de midi, ce serait au tour des premières.

Gwen et Dominic restèrent à Saint Ambrose jusqu'à la fin du déjeuner, puis Gwen informa son partenaire qu'elle voulait passer voir Vivienne.

— Elle est assez en forme pour que nous lui rendions visite ?

— Je crois que oui. Elle s'est entretenue avec les agents locaux hier. Nous verrons bien.

Dix minutes plus tard, ils étaient à l'hôpital. L'infirmière qui se trouvait à l'accueil leur désigna la chambre de Vivienne située au bout du couloir et les informa que ses parents s'étaient absentés le temps d'aller déjeuner. C'était parfait. Une fois devant la porte de la chambre, Gwen frappa et entra sans attendre, laissant Dominic dans le couloir. Vivienne était réveillée et fut étonnée de la voir. Elle ignorait qui était Gwen. L'inspectrice lui adressa un large sourire pour la mettre à l'aise.

— Ça va, tu es assez en forme pour une visite ?

Elle n'était ni malade ni blessée, mais elle subissait encore les effets du coma éthylique.

— Bien sûr.

Vivienne lui sourit en retour. Elle pensait avoir affaire à une employée de l'hôpital ou peut-être à une autre psy. Elle en avait déjà vu une ce matin-là.

— Je suis de la police de Boston, annonça Gwen en s'asseyant.

Aussitôt, le visage de Vivienne se crispa.

— J'ai déjà parlé à la police hier, gémit-elle, et à vrai dire j'ai un peu mal à la tête.

— Je comprends. Et je t'avoue que ton cas nous donne aussi des maux de tête. Nous voulons t'aider, mais nous n'avons pas assez d'éléments pour que notre enquête progresse. Crois-tu être capable de te souvenir de quelque chose ? De ce qui s'est passé cette nuit-là, ou même en début de soirée ? De quelqu'un que tu aurais vu traîner dans le coin ?

— Je l'ai déjà dit hier à vos collègues : j'ai bu beaucoup de tequila et je me suis évanouie.

— Mais tu ne te rappelles pas avec qui tu as bu cette tequila ?

— Non, je ne m'en souviens pas. Je ne les connaissais pas bien. Quelle différence est-ce que cela fait ? Je buvais avec un groupe de filles.

Elle avait trouvé une couverture parfaite. Elle était trop ivre pour les identifier, elle ne connaissait pas le garçon qui l'avait violée, et elle avait perdu connaissance pendant qu'il commettait cet acte ignoble.

— Mes parents vont revenir d'une minute à l'autre, annonça-t-elle en une vaine tentative pour décourager Gwen.

Mais Vivienne ne connaissait pas la détermination de cette inspectrice. Elle était tenace dans toutes ses enquêtes et n'abandonnait jamais.

— Très bien. Dans ce cas, je vais te tenir compagnie jusqu'à leur retour.

Soudain, une idée traversa l'esprit de Gwen. Elle voulait une réponse à une question qu'elle se posait depuis quelques heures et Vivienne était une source d'information aussi fiable qu'une autre.

— Je regardais les agents prendre les empreintes digitales des élèves ce matin, dit-elle avec désinvolture.

— Ils relèvent les empreintes digitales ?
— Oui, de tout le monde à l'école. C'est la routine dans un cas comme celui-ci. Même celles du proviseur.

Vivienne sourit en l'entendant.

— J'ai remarqué deux blonds, grands et beaux, dans la file des terminales. Des amis à toi ?

Vivienne haussa les épaules d'un air détaché, mais à son regard Gwen comprit qu'elle devenait méfiante.

— Oui, je les connais. Celui qui a les cheveux bouclés c'est Jamie Watts, son père est à la tête du conseil d'administration, et l'autre c'est Chase Morgan. Ses parents sont Matthew Morgan et Merritt Jones. Vous les connaissez sûrement... Ils sont tous les deux partis faire des films, son père en Espagne et sa mère aux Philippines.

Elle semblait en savoir beaucoup sur eux. Cela étant, il y avait moins de 200 élèves en terminale, donc ce n'était pas très étonnant.

— J'imagine que ce sont les vedettes de l'école, les beaux mecs que tout le monde connaît.

— Je suppose.

Elle continuait à afficher un air détaché.

— Tu es déjà sortie avec l'un d'eux ?

Gwen la questionnait comme si elles ne faisaient que bavarder entre filles, mais elle voyait bien que Vivienne ne lui faisait pas confiance. Elle était visiblement sur ses gardes.

— Non, je ne suis sortie avec personne depuis que je suis ici. Je pense que ce serait bizarre, du fait que nous vivons sous le même toit.

— Ou pratique.

Gwen lui fit un large sourire auquel Vivienne répondit.

— Peut-être. Les garçons ici ne sont pas très cool. Ils le sont plus à Los Angeles.

— C'est probablement vrai. Ils ne sont pas cool à Boston non plus. Tu devrais voir mon coéquipier. On dirait qu'il s'habille à l'Armée du Salut.

Cette fois, Vivienne laissa échapper un rire.

— Alors, que veux-tu qu'il se passe maintenant, Vivienne ?

C'était une question apparemment innocente, mais Vivienne tomba dans le piège. Gwen savait parfaitement ce qu'elle faisait.

— Je veux juste oublier ce qui est arrivé l'autre nuit, répondit-elle d'un air triste.

— La nuit dont tu ne te souviens pas ? Qu'est-ce que tu veux oublier, si tu ne te rappelles rien ?

Vivienne se rattrapa aussitôt.

— Le fait d'avoir trop bu, et ce qui se passe maintenant. Le tapage que tout le monde fait autour de cette affaire. Les empreintes digitales, la police qui veut m'obliger à me souvenir de choses que j'ignore, etc. J'ai tout oublié sauf que je me suis saoulée avec un groupe de filles. Je ne suis même pas sûre que c'étaient des élèves de terminale et je suis incapable de me rappeler à quoi ressemblait le garçon.

Rien de tout cela n'était vrai. Gwen le lisait dans ses yeux.

— Oui, se saouler à ce point... c'est très dangereux, tu sais. C'est pareil pour les adultes. Mais qui que soit le garçon qui t'a agressée, il doit rendre des comptes. Tu ne peux pas laisser passer cela, Vivienne, sinon il pourrait recommencer. Tu imagines s'il faisait subir la même chose à d'autres filles ? Beaucoup de lycéens se saoulent, mais ils ne deviennent pas des violeurs pour autant. Ce garçon a fait quelque chose d'ignoble et nous devons lui mettre la main dessus. Il a commis un crime terrible, pour lequel il doit être puni. Dans le cas contraire, ce ne serait pas juste envers toi.

— Mais s'il était ivre quand il s'en est pris à moi ?

— Ce n'est pas une excuse. Il n'y a absolument aucune excuse d'ailleurs. Est-ce que tu le connaissais ?

Vivienne parut soudain à la fois effrayée et en colère.

— Je vous ai déjà dit que non. Personne à Saint Ambrose ne ferait ça.

— Peut-être que si, répondit Gwen avec douceur. Je te le répète. Qui que ce soit, il doit être arrêté et traduit en justice pour ce qu'il t'a infligé.

Des larmes jaillirent des yeux de Vivienne, elle hocha la tête.

— Il ne recommencera probablement pas, dit-elle comme si elle connaissait le garçon.

Gwen la scrutait avec attention.

— Tu ne peux pas en être sûre. Tu ne sais même pas qui il est. Ce garçon porte le mal en lui. Les gentils garçons ne violent pas les filles.

Vivienne hocha à nouveau la tête. Soudain, elle eut l'air paniquée, comme si elle estimait que Gwen en savait déjà trop.

— J'ai vraiment mal à la tête, geignit-elle.

— Je vais te laisser pour que tu puisses te reposer. Je reviendrai une autre fois, dit Gwen avant de se lever.

Vivienne ne semblait pas du tout ravie à l'idée de la revoir. Gwen quitta la pièce afin que la jeune fille puisse réfléchir à leur échange. Elle ne pourrait pas sans cesse jouer au chat et à la souris et à ce jeu-là Gwen était bien plus douée qu'elle. Non, Vivienne ne pourrait pas continuer à mentir indéfiniment. Tôt ou tard, elle parlerait car elle en aurait besoin. Elle portait un fardeau trop lourd pour s'y accrocher éternellement et, le moment venu, Gwen serait là pour recueillir ses aveux. Elle voulait que le violeur de Vivienne Walker soit arrêté, et elle n'aurait de cesse de chercher des indices pour découvrir son identité.

— Comment ça s'est passé ? demanda Dominic à Gwen tandis qu'ils remontaient le couloir.
Gwen était pensive. Elle se remémorait son échange avec Vivienne.
— Elle a peur, dit-elle enfin. Je ne suis pas encore sûre de quoi. De son agresseur, d'elle-même, de nous. Peut-être d'être traitée comme une traînée s'il y a un procès, et qu'on lui reproche les faits d'une manière ou d'une autre. C'est ce qui arrive généralement. Des parents influents sont impliqués dans cette affaire. Ce matin, au lycée, j'ai repéré deux garçons dans la file d'attente. D'après ce que m'a dit Vivienne, l'un est le fils du président du conseil d'administration de Saint Ambrose, l'autre est le fils de Matthew Morgan, l'acteur. Des gens comme ça ne vont pas se laisser faire si leur fils est accusé de viol. Nous allons avoir besoin de preuves solides avant de pouvoir arrêter le coupable.

— Nous avons les preuves médicales, la rassura Dominic, et les empreintes sur la bouteille.

— Les deux ne coïncident pas nécessairement. Selon elle, les empreintes sur la bouteille seraient celles d'un groupe de filles.

Voilà pourquoi les agents avaient également relevé les empreintes des filles : pour vérifier si cette partie de l'histoire tenait la route. Donc, sur les 939 élèves, un petit groupe s'était enivré avec Vivienne. Gwen s'inquiétait de cette histoire de boisson car l'avocat de la défense pourrait utiliser ça contre la victime. Quel genre de fille était-elle pour boire au point de n'avoir quasiment aucun souvenir de son viol ? attaquerait-il. Elle s'était mise dans un sérieux pétrin avec son récit des événements, que Gwen soupçonnait d'être faux. Vivienne protégeait quelqu'un, et elle voulait savoir qui. À moins qu'elle redoute simplement la réaction des gens s'ils apprenaient qu'elle avait subi un viol.

Gwen poussa un long soupir alors qu'ils montaient dans la voiture de police banalisée.

— Il y a des éléments dans cette affaire qui ne me plaisent guère, lâcha-t-elle.

— Lesquels ?

Dominic faisait toujours confiance à l'instinct de sa coéquipière. Il avait appris à écouter ses théories. Elles étaient généralement solides, même si, par le passé, elles lui avaient souvent semblé insensées. Dans les premiers temps de leur collaboration il se disputait régulièrement avec elle quand elle lui exposait sa façon de voir. Désormais, il lui prêtait une grande attention. Ses théories s'étaient révélées juste dans de nombreuses affaires, et elle possédait un instinct incroyable en ce qui concernait les adolescents.

— Je ne sais pas. Pour une raison ou une autre, tout le monde a peur. Vivienne a peur, bien que nous ne soyons pas sûrs de quoi, et la direction du lycée a peur également. Les parents vont devenir hystériques si leurs enfants sont impliqués d'une manière ou d'une autre, ou carrément accusés de viol. Ce cas ne sera pas facile à traduire en justice, surtout si la victime refuse de coopérer avec nous. Il est dans l'intérêt de tous d'étouffer cette affaire, mais pas de chance pour eux, c'est contraire à notre éthique. Nous avons une victime, un crime odieux, et ils souhaitent tous que nous enterrions cette histoire : la victime, l'école, le type qui a commis cet acte abominable, et les parents. Dom, nous allons devoir nous accrocher et tenir bon !

Gwen semblait soucieuse. Dans la majorité des cas, ils recevaient bien plus de soutien. Or, il était maintenant évident que Vivienne ne jouait clairement pas dans leur équipe. Ils allaient devoir la rallier à leur cause.

— Ce n'est pas la première fois, lui rappela son partenaire. Nous ne sommes pas toujours les héros de l'histoire.

Surtout quand une victime était mise en pièces à la barre car les avocats de la défense s'arrangeaient pour rejeter la responsabilité sur elle, d'une manière ou d'une autre. C'était un risque pour Vivienne et ils le savaient tous les deux. Elle était nouvelle à l'école, elle avait admis être ivre au point de perdre conscience, et son alcoolémie était vraiment très élevée. Si elle n'avait pas été violée, elle aurait déjà été expulsée du lycée, selon la politique de l'école en matière d'alcool – « une seule fois et c'est le renvoi » –, qui semblait un peu extrême pour des enfants de cet âge. Apparemment, les écoles traditionnelles et prestigieuses comme Saint Ambrose appliquaient une tolérance zéro en la matière.

 S'ils trouvaient le coupable et qu'un procès avait lieu, Vivienne serait amenée à témoigner à la barre. La défense se régalerait à la faire passer pour une alcoolique, et peut-être même pour une fille facile. Mais aujourd'hui les choses commençaient à changer, et on prêtait plus d'attention aux paroles des victimes. Vivienne allait devoir être assez courageuse pour parler et Gwen voulait l'aider et la convaincre de le faire. L'attitude de la société à l'égard des violeurs n'était plus aussi tolérante que par le passé. Les tribunaux étaient plus avisés et plus sévères.

 — Tu crois qu'ils vont essayer d'enterrer l'affaire ? La fille et l'école, je veux dire ? demanda Dominic.

 Cette idée venait juste de lui traverser l'esprit. Au début, ce dossier lui semblait assez simple, mais finalement l'affaire était plus ardue que prévu. Une victime qui ne voulait pas coopérer était un problème majeur. Ils ne pouvaient pas l'aider à se défendre si elle ne leur faisait pas confiance, et surtout si elle ne comprenait pas que c'était aussi pour son bien.

 — C'est possible, répondit Gwen après un moment de réflexion. Mais ce n'est pas à eux de décider. C'est entre les mains de la police, à présent, et si elle veut poursuivre, elle le fera, même s'il n'y a rien d'évident à affronter un lycée aussi prestigieux que Saint Ambrose. Il leur faudra aussi tenir compte de ce qui se passera quand les journalistes s'empareront de l'histoire, et ils le feront, c'est certain. Quelqu'un en ville appellera les médias ou bien un parent mécontent s'en chargera. Je suis même surprise que les équipes des chaînes nationales ne soient pas déjà garées devant Saint Ambrose et que cette histoire n'ait pas encore fait l'ouverture de tous les journaux télévisés. À mon avis, ce n'est qu'une question de jours.

Dominic acquiesça d'un hochement de tête. Beaucoup de choses allaient se passer dans les jours à venir. Ils allaient devoir attendre, observer et voir ce qui ressortirait de l'étude des empreintes digitales. Cela pourrait forcer Vivienne à leur dire la vérité.

— Allons manger, je suis affamé, suggéra-t-il. Ensuite, nous irons voir quelles sont les correspondances avec les relevés d'empreintes des élèves de terminale.

— Oui, moi aussi j'ai une faim de loup, concéda-t-elle.

— Maintenant, je sais que tu es inquiète.

— Pourquoi dis-tu cela ?

Il lui sourit.

— Parce que tu manges seulement quand tu te fais du souci pour une affaire. Le reste du temps, un hamster ne pourrait pas survivre avec ce que tu avales.

Gwen était petite et avait une ossature fine, ce qui la faisait paraître plus jeune qu'elle ne l'était. Parfois, on pouvait presque la prendre pour une gamine. C'était d'ailleurs une des raisons pour lesquelles les enfants et les adolescents se confiaient facilement à elle. Dominic était un homme de haute stature, avec une bonne dizaine de kilos en trop. Mais il aimait manger, surtout quand ils travaillaient sur une affaire compliquée.

Ils se rendirent dans un petit restaurant près de l'hôpital, Gwen commanda un hamburger et Dominic le plat du jour, un pain de viande avec de la purée de pommes de terre copieusement arrosée de sauce.

— Si j'étais mariée avec toi, je te mettrais au régime.

— Voilà pourquoi je ne serai jamais marié avec toi ! Ni avec une autre femme d'ailleurs. La liberté, c'est le bonheur.

— Mmm.

Gwen écouta son répondeur. Elle avait reçu 22 messages, tous portant sur d'autres enquêtes. Elle allait en déléguer une bonne partie puisque l'enquête à Saint Ambrose ne faisait que commencer.

Au même moment, Taylor et Nicole discutaient du problème des médias. Comment allaient-ils les gérer ? À dire vrai, ils étaient tous les deux étonnés qu'aucun journaliste ne les ait encore contactés. Néanmoins ils se savaient en sursis. Taylor aurait aimé en parler avec le président du conseil d'administration, mais après sa conversation désagréable avec Shepard Watts ce matin-là, il n'était guère pressé de l'appeler. Cependant, dès que les médias auraient eu vent de l'histoire ils devraient prendre de rapides décisions.

— Nous ne savons pas encore où cela va nous mener. À l'heure actuelle, aucun de nos élèves n'est impliqué dans cette affaire. Et même s'ils ont bu une bouteille de tequila en compagnie de Vivienne, cela ne signifie pas qu'ils l'ont violée, dit Nicole d'un ton qu'elle voulait optimiste. Nous devons attendre les résultats des analyses. Inutile de paniquer pour l'instant, Taylor.

Ils voulaient que justice soit faite, mais ils désiraient aussi protéger l'école. Or, ces deux objectifs risquaient de ne pas être compatibles. Il fallait d'abord répondre aux besoins de Vivienne. Taylor et Nicole avaient bien conscience que, si les parents d'élèves n'étaient pas satisfaits de la façon dont ils géraient la situation, cette terrible histoire pourrait leur coûter cher.

— Je ne panique pas encore, mais ça va venir, avoua Taylor.

Il n'avait pas vu Larry Gray depuis qu'il avait commencé à gérer cette crise, il savait que ce dernier ne manquerait pas de lui faire des remarques sur la situation.

— Faisons profil bas pour l'instant, je préférerais quand même que nous ayons un communiqué prêt au cas où des journalistes nous contactent. Je dois écrire aux parents, mais j'aimerais attendre de savoir ce que révèlent les empreintes digitales. J'ai déjà reçu des appels de plusieurs familles, en particulier celles qui ont des filles ici. Je leur ai assuré que nous avions renforcé la sécurité, que la police était présente et que nous avions demandé à toutes les femmes de ne se déplacer qu'en groupes. Mais je dois m'adresser aux parents de tous les élèves. Je vais préparer un courrier.

Nicole hocha la tête.

— Et moi, je vais commencer à rédiger une déclaration pour les médias. Cela risque de devenir urgent, fit-elle remarquer.

Ils étaient d'accord sur tous les plans. Taylor se rendit compte que Nicole était la personne idéale avec qui collaborer en période de crise. Elle était intelligente et discrète, courageuse et honnête, ce qui était une combinaison parfaite. De plus, si elle ne travaillait à Saint Ambrose que depuis deux mois, sa loyauté envers l'école était indéniable. Grâce à Charity et Nicole, Taylor se sentait efficacement soutenu en cette période difficile, même si la responsabilité finale lui revenait.

— La police a dit que nous aurions des nouvelles d'ici ce soir s'ils trouvaient une correspondance avec les empreintes de la bouteille, ajouta Nicole. Ils vont tout analyser dans leurs bureaux de Boston, avec une machine plus rapide et plus moderne que l'équipement dont on dispose ici.

Taylor hocha la tête, et quelques minutes plus tard Nicole le laissa seul. Il s'installa à son bureau et, en regardant par la fenêtre, il ressentit soudain une profonde compassion pour le capitaine du *Titanic*. Eux aussi avaient heurté l'iceberg et il espérait simplement que le *Saint Ambrose* ne coulerait pas. C'était la situation potentiellement la plus explosive qu'il ait connue de toute sa carrière. Pourvu qu'ils s'en sortent sans trop de dégâts. En cette morne journée, il avait l'horrible impression d'avoir le poids du monde sur les épaules.

Cet après-midi-là, après les cours, Steve Babson et Rick Russo vinrent rejoindre Jamie dans sa chambre. Il semblait choqué de les voir.

— Qu'est-ce que vous faites ici ? chuchota-t-il.

— Il fallait qu'on te voie, dit Steve d'un air piteux. À cause de mes mauvaises notes, je ne suis pas bien vu de l'administration. S'ils trouvent la bouteille avec nos empreintes dessus, je serai viré en moins de deux.

— Vous vous foutez de moi ? protesta Jamie à voix basse. Tu ne vas pas te faire expulser. Ce qui va se passer, c'est que nous allons tous aller en prison à cause de ce que Rick a fait, et de notre obstination à le couvrir. Nous sommes tous complices. Et peut-être bien que nous le méritons.

En disant cela, il songeait à Vivienne. Mais ils avaient promis à Rick de ne pas l'abandonner, et malgré la cruauté de son acte et les risques encourus, ils se sentaient tous obligés de le soutenir, par loyauté et amitié.

— Mon père ne laissera pas une telle chose arriver, affirma Rick avec plus de confiance qu'il n'en éprouvait. Il nous sortira de là d'une manière ou d'une autre. Il dit que l'argent finit toujours par gagner. Pourquoi aucun de nous n'a pensé à emporter la bouteille quand on s'est tirés de là-bas ?

Jamie était mal à l'aise de constater que Rick ne montrait aucun regret. Leur ami s'inquiétait seulement de son propre sort.

— On a paniqué et on a oublié cette bouteille, voilà, lâcha-t-il d'un ton amer.

Chase, qui les entendait discuter depuis sa chambre, vint les retrouver. Quand il vit qui rendait visite à Jamie, il s'emporta.

— Qu'est-ce que vous foutez là, bande d'idiots ? Nous étions convenus de rester loin les uns des autres, chuchota-t-il.

— Ils ont nos empreintes maintenant, lui rappela Steve. S'ils ont trouvé la bouteille, ils sauront qu'on buvait avec elle.

— Ce n'est pas de nos empreintes qu'il faut s'inquiéter, fit remarquer Chase, le regard sombre.

Depuis que Rick avait violé Vivienne, il était torturé. Il ne dormait plus et on avait l'impression qu'il avait perdu trois kilos en deux jours, ce qui était probablement le cas. Aucun d'entre eux n'avait bonne mine. Chase et Jamie, plus particulièrement, ne cessaient de penser à Vivienne, jusqu'à en perdre le sommeil. Mais ils n'en discutaient pas entre eux. C'était impossible. Une sorte d'absurde rivalité masculine avait soudain explosé entre eux, tout cela à cause de la tequila.

— Ils doivent avoir la bouteille, j'en suis sûr, dit Steve avec anxiété.

— Je me fiche de la bouteille, lâcha Chase. Si Vivienne parle, nous sommes morts. Et elle a le droit de nous blâmer, nous et Rick.

— Je ne pense pas qu'elle le fera, assura Jamie.

— Ils ont l'étui à violon de Tommy, leur rappela Rick. Je l'ai vu hier. Il m'a dit qu'il l'avait oublié là-bas, mais ça ne prouve rien non plus. Ça ne tiendra pas devant un tribunal.

Hélas, ce n'était pas non plus une bonne nouvelle. Tommy avait carrément peur de s'approcher d'eux. Il devait faire face à sa propre terreur.

— Il a dit à la police que son violon lui avait été volé pendant qu'il était dans la maison hantée. Il pense qu'ils l'ont cru.

— Qui sait ce qu'ils croient vraiment ? rétorqua Chase avec cynisme. Vous feriez mieux de partir. On va attendre et voir ce qui se passe avec les empreintes digitales qu'ils ont relevées aujourd'hui. Vous avez déjà parlé à vos parents ?

Steve secoua négativement la tête. En ce qui le concernait, c'était la dernière chose qu'il avait envie de faire. Parler à la police lui semblait bien plus facile.

— Et vous ? demanda-t-il.

À son tour, Chase secoua la tête. Ses parents étaient toujours en plein tournage à l'autre bout du monde.

— Moi, oui, répondit Jamie. J'ai appelé mon père. Il a piqué une crise quand il a su que la police allait relever nos empreintes digitales. Il a appelé Houghton à ce sujet. Le proviseur lui a expliqué que les flics prenaient les empreintes digitales de tout le monde, même celles des filles, du personnel, de tous les profs, et qu'il ne pouvait pas les en empêcher.

— Mon père l'a appelé aussi, Houghton lui a dit la même chose, confirma Rick.

Rick et Steve se dirigèrent vers la porte, s'apprêtant à quitter la chambre de Jamie. L'espace d'un instant, les quatre garçons se fixèrent du regard, s'interrogeant mutuellement en silence. Comment diable tout ceci avait-il pu arriver ? Ils ne pouvaient s'empêcher de penser à Vivienne. L'image d'elle allongée sur l'herbe, inconsciente, resterait à jamais gravée dans leur mémoire. Malgré leur état d'ivresse de cette nuit-là, certains souvenirs étaient encore bien vivaces, surtout les pires, comme cet horrible moment où ils avaient réalisé que Rick l'avait violée, pendant que Jamie et Chase se battaient.

— À plus tard, dit Rick en partant.

Une fois qu'ils eurent quitté la pièce, Steve et lui se séparèrent rapidement.

Au même moment, Adrian Stone se trouvait à l'infirmerie, victime de sa deuxième crise d'asthme en deux jours. L'infirmière de l'école venait d'appeler le médecin car, manifestement, le traitement d'Adrian ne fonctionnait plus.

7

Après le départ de Steve et de Rick, Jamie rejoignit Chase dans sa chambre. Il le trouva devant son ordinateur et les deux garçons s'observèrent d'abord un instant avant que Chase lui désigne son lit, l'invitant à s'asseoir. Ils restèrent silencieux un long moment… Jamie finit par prendre la parole.

— À ton avis, que va-t-il se passer ?

— Nous risquons d'aller en prison pour complicité, répondit Chase d'un ton grave. Nous étions présents et nous n'avons pas pu empêcher Rick de violer Vivienne. Et maintenant, nous ne coopérons pas avec la police.

— Tu crois que nous devrions tout avouer ?

Jamie avait fermé la porte en entrant dans la chambre. C'était pour lui un sacré soulagement de pouvoir enfin discuter de cette horrible soirée avec quelqu'un. Depuis deux jours, il ressassait les événements sans parvenir à comprendre comment Rick avait pu commettre un acte d'une telle violence. Quelle folie s'était donc emparée de leur ami ? Comment la situation avait-elle pu dégénérer ainsi ? Pourquoi ? Que devaient-ils faire à présent ?

— Je me suis posé la même question... Bon, si nous avouons, ils enverront sûrement Rick en prison, ce qui ne me plaît pas particulièrement, et en même temps nous avons une dette envers Vivienne. J'aimerais pouvoir en parler à mon père mais il est injoignable. Il se trouve en montagne, en plein tournage, et son équipe ne peut le joindre que par radio et en cas d'urgence. Je ne peux pas lui parler de ça dans ces conditions ! Il va falloir que j'attende son retour.

Il regarda Jamie d'un air sérieux.

— Je suis désolé de m'être battu avec toi cette nuit-là. C'était ridicule. Vivienne est une fille formidable. Je crois qu'elle nous aime bien tous les deux. J'étais jaloux, je ne voulais pas qu'elle devienne ta petite amie.

Il semblait anéanti, et Jamie l'était tout autant.

— Je me sens si stupide maintenant. Si nous ne nous étions pas saoulés puis battus, nous aurions pu empêcher Rick de faire ce qu'il a fait. Ça me rend malade rien que d'y penser. J'ai envie de lui flanquer mon poing dans la figure chaque fois que je le vois.

— Moi aussi, concéda Jamie.

— Et dire que c'est moi qui ai apporté cette saloperie de tequila !

Une larme roula sur sa joue et il l'essuya d'un geste de dépit, consumé par le regret.

— Merde, si seulement nous pouvions revenir en arrière ! Si seulement nous n'avions pas fait la fête ce soir-là ! Ça semblait amusant au départ. À cause de Rick, tout a vrillé...

Et par sa faute ils risquaient gros.

— Si nous allons voir la police maintenant, je crains que ça ne fasse qu'empirer les choses, lâcha Jamie. N'oublions pas que nous avons fait une promesse à Rick. Et en même temps, je me dis que si Vivienne ne parle pas à la police, c'est qu'elle non plus ne veut pas que les gens apprennent ce qui s'est passé.

— Ce n'est pas faux. Bon sang, mon père va me tuer si jamais cette affaire s'ébruite.

— Le mien aussi. Tu crois que le père de Rick peut vraiment lui éviter la prison avec un super avocat ?

— Je ne sais pas, soupira Chase. Si j'étais coupable comme Rick, je crois que mon père s'attendrait à ce que je sois puni.

— J'ignore ce que le mien ferait. Il me tuerait, je pense.

Protéger Rick était un lourd fardeau et allait à l'encontre de ce qu'ils estimaient devoir à Vivienne. Cette promesse avait déclenché en eux un conflit moral insupportable.

Chase le regarda avec tristesse.

— Cela tuerait mon père. Pour le bien de tous, j'espère que cette histoire ne sortira jamais d'ici. Mais ça craint pour Vivienne. J'aimerais qu'on puisse se rattraper.

— Tu penses qu'elle va s'en sortir ?

À présent, des larmes roulaient aussi sur les joues de Jamie. Ils pleuraient tous les deux en silence. Ils vivaient un cauchemar, mais mieux valait pleurer ensemble que seul dans son coin. Jamie n'avait personne d'autre à qui se confier. Il savait que, désormais, chaque fois qu'il verrait Chase, il se remémorerait ce souvenir ; cet affreux épisode dans le bosquet de Saint

Ambrose et leur silence faisaient maintenant partie intégrante des liens qui les unissaient irrévocablement.

— Je ne sais pas, dit Chase. Comment pourrait-elle aller bien ? Elle va probablement être dans un sale état pendant un long moment. Je continue à penser que nous devrions témoigner, mais je ne veux pas nous envoyer tous derrière les barreaux, ça gâcherait nos vies !

— Peut-être que nous le méritons. Peut-être que ce ne serait que justice, chuchota Jamie.

— Si Vivienne voulait nous voir en prison, il lui suffirait de raconter ce qui s'est passé. Or, elle ne l'a pas fait vu que la police est en train de relever les empreintes de tout le lycée, y compris celles du proviseur et du personnel. Elle ne leur a rien dit, et je ne pense pas qu'elle le fera.

Chase en était quasiment certain. Et il avait du mal à voir ce qui était juste ou pas. Toutes les personnes impliquées dans cette affaire seraient à jamais affectées par sa décision, quelle qu'elle soit.

— Peut-être qu'elle est gênée de s'être saoulée avec nous. Mais ce que Rick a fait... Elle ne méritait pas cela. Personne ne le mérite.

Jamie cherchait à comprendre ce qu'aucun d'eux ne pouvait expliquer.

— Ce qui n'est pas juste, c'est que Rick s'en tire comme ça, déclara Chase d'un ton solennel. Je me demande vraiment ce que mon père ferait. C'est l'homme le plus honnête que je connaisse.

— Vivienne gardera toujours un horrible souvenir de nous tous. À ton avis, pourquoi elle n'a rien dit aux flics ?

Il s'était posé la question des dizaines et des dizaines de fois.

— Peut-être qu'elle a peur. Même si ce qui est arrivé est de notre faute, ils pourraient retourner la situation au tribunal et la faire passer pour coupable de ce qui s'est passé. Nos avocats la sacrifieraient pour nous sauver, en somme. Ou peut-être qu'elle a bon cœur et ne veut pas mettre nos vies en l'air, même si nous avons souillé la sienne... Bref, attendons de voir ce qui se passera demain avec les empreintes, dit Chase.

Ils réfléchirent silencieusement à cette discussion et un long moment s'écoula avant que Jamie ne quitte la pièce. Cette affaire lui pesait tellement qu'il avait l'impression d'avoir pris mille ans. Il alla s'allonger sur son lit et pleura. C'est le cœur lourd qu'il songea à Rick, lui qui aurait dû avoir des remords, et qui pourtant n'en montrait aucun signe.

Ce soir-là, à 21 heures, l'inspecteur Dominic Brendan téléphona à Taylor.

— Nous avons le rapport préliminaire concernant les élèves de terminale, annonça-t-il d'un ton neutre.

— Y a-t-il des correspondances avec les empreintes sur la bouteille ?

Taylor pria en silence pour que la réponse soit négative, tout en sachant qu'il se berçait certainement d'illusions. Mais en son for intérieur, il refusait d'envisager que le coupable du viol soit un élève de leur lycée.

— Les empreintes trouvées sur la bouteille correspondent à celles de six garçons de terminale, ainsi qu'à celles de Vivienne Walker. Désormais, nous passons aux choses sérieuses, monsieur Houghton. Nous allons devoir faire venir ces élèves au commissariat pour les interroger. Nous les conduirons aussi à l'hôpital pour des prélèvements qui seront comparés avec les échantillons de sperme relevés sur le corps de la victime. Nous pouvons annuler la suite des relevés d'empreintes digitales. Nous avons ce qu'il nous faut.

Du point de vue de la police, cette première étape, très importante, était réussie.

— Allez-vous les arrêter ? s'enquit Taylor d'une voix rauque.

— Cela dépendra de ce qui va se passer à partir de maintenant, de ce qu'ils nous disent, si l'un d'eux avoue le viol, ou de ce que nous révéleront les prélèvements. Pour l'instant, ces jeunes gens ont juste été localisés sur une scène de crime, en train de boire de la tequila. Ce n'est pas un crime en soi, ce sont simplement des mineurs qui se sont enivrés. Ils se sont peut-être trouvés au mauvais endroit au mauvais moment. Nous devons procéder pas à pas. Si aucun des échantillons d'ADN ne correspond, ce sera à vous de décider de la manière dont vous voulez gérer ce problème d'alcool. Nous ne les arrêterons pas pour consommation d'alcool. En revanche, si l'un des échantillons d'ADN correspond à celui de la victime, ce sera une tout autre histoire. Nous voulons trouver l'homme qui a violé Vivienne. Si ces garçons sont ses amis, c'est peut-être la raison pour laquelle elle ne nous a rien dit, et qu'elle prétend avoir bu avec un groupe de filles dont elle ne se souvient pas. J'ai du mal à croire qu'elle protégerait un garçon qui l'a violée, à moins qu'elle ne soit amoureuse de lui, mais on ne sait jamais avec les jeunes. Les raisons de leur loyauté sont parfois étranges. Et il ne faut pas négliger le fait qu'un procès pour viol serait dur à vivre pour la victime. S'ils étaient sur les lieux de l'agression au moment où il s'est produit, les garçons seraient jugés pour complicité, ainsi que pour obstruction à la justice pour ne pas l'avoir signalé, et dans le cas de Tommy Yee pour avoir menti. Cela dépendra aussi de ce que ces jeunes hommes nous diront désormais, s'ils nous mentent ou disent la vérité, et des éléments que Vivienne corroborera. Ils ont tous moins de 18 ans, donc le procès aurait lieu à huis clos. Cependant, dans le cadre d'une affaire de viol, étant donné qu'ils ont déjà 17 ans, ces garçons risquent de ne pas être traités comme des mineurs. Si l'un d'eux est le coupable, il sera peut-être jugé comme un adulte et se verra puni comme tel, ce qui pourrait signifier cinq à huit ans de prison. Je sais que certains viols commis dans des lycées comme le vôtre ont attiré l'attention des médias et que les garçons impliqués ont écopé de peines assez légères. À mon avis, la plupart des juges ne sont désormais plus disposés à être aussi cléments. Les médias les accusent de donner des peines sévères aux gens ordinaires et six mois de probation aux garçons de familles fortunées, et les gens n'aiment pas ça. De nos jours, les tribunaux prennent plus que jamais les affaires de viol très au sérieux. Donc si l'un de vos élèves est accusé de viol, je ne pense pas qu'il aura la vie facile. Mais j'anticipe. Nous aimerions venir les chercher demain matin pour les interroger, et je souhaiterais que vous et Mlle Smith soyez présents à la place de leurs parents lorsque nous les interrogerons. Par ailleurs, je ne veux pas que vous les avertissiez avant notre arrivée. Nous ne voulons pas que l'un d'entre eux nous file entre les doigts.

— Bien sûr. Je comprends. Pouvez-vous me dire maintenant de quels élèves il s'agit ?

Taylor sentait son cœur battre la chamade. Tout ce stress allait-il finir par le tuer ?

— Je vous le dirai si vous m'assurez que cela reste entre nous pour l'instant. Je préfère que vous n'informiez pas leurs familles avant que nous ayons amené ces garçons au commissariat. À ce moment-là, nous en saurons un peu plus grâce aux prélèvements d'ADN, mais vous voudrez peut-être prévenir leurs parents demain, une fois que leurs fils auront été interrogés.

— Je suis dans l'obligation de le faire.

— Je ne vous envie pas, dit Dominic avec sympathie. Ça ne doit pas être facile, surtout dans une école comme celle-ci.

Mais ils savaient tous les deux que tout parent, quelle que soit sa classe sociale, aurait été terrifié de savoir son enfant dans une telle situation. Au moins les familles de Saint Ambrose pouvaient-elles s'offrir des avocats extrêmement réputés, ce qui n'était pas le cas de tout le monde. D'ailleurs, les parents dont les enfants bénéficiaient d'une bourse afin de pouvoir étudier à Saint Ambrose risquaient d'avoir des difficultés à régler les frais d'un procès si on en arrivait là.

— Mis à part celles de la victime, nous avons six jeux d'empreintes d'élèves de terminale qui correspondent à celles relevées sur la bouteille. Ce sont celles de Jamie Watts, Gabe Harris, Steven Babson, Rick Russo, Tommy Yee et Chase Morgan.

À cette énumération, Taylor ferma les yeux, étourdi.

— Ces garçons font partie de nos meilleurs élèves, et Chase est le fils de Matthew Morgan, l'acteur, ce qui signifie que les médias de tout le pays vont se déchaîner si cette affaire va plus loin qu'une simple consommation d'alcool. Nous allons avoir la presse sur place pendant des semaines. Cela va être un véritable enfer, inspecteur Brendan. Ce malheureux événement va déclencher une tornade !

— Ça se pourrait. Pouvons-nous venir à 8 heures demain matin ou est-ce trop tôt pour vous ?

— Non, c'est parfait. Nous serons tous prêts. Merci de m'avoir prévenu avant de venir. À demain matin.

— Il faudra d'abord aller à l'hôpital, ça ne prendra que quelques minutes. Les infirmiers leur feront un prélèvement. Vous avez un véhicule assez grand ?

— Nous les emmènerons dans un de nos minibus.

— L'inspecteur Martin et moi vous suivrons. Bonne soirée.

Quand Taylor raccrocha, ses mains tremblaient. Au même moment, Charity pénétra dans son bureau. En voyant la mine bouleversée de son mari, elle se précipita vers lui.

— Que s'est-il passé ?

L'inquiétude la gagnait. Taylor était d'une pâleur mortelle. Cette terrible histoire était l'un des plus grands défis qu'il ait eu à relever dans sa carrière, ou même sa vie.

— Les empreintes de six garçons de terminale correspondent à celles relevées sur la bouteille de tequila trouvée sur la scène du crime. Ils font partie de nos meilleurs élèves.

Ses lèvres tremblaient, et des larmes perlaient à ses yeux en songeant à ce qui risquait d'arriver. Que se passerait-il si ces garçons ne s'étaient pas contentés de s'enivrer lors de la soirée de Halloween, si l'un d'eux avait commis le pire ? Si l'ADN correspondait, le garçon aurait droit à un procès, et s'il était condamné, il irait en prison. Comment imaginer un avenir aussi sordide pour un jeune de 17 ans ? C'était inimaginable. Pourtant...

Il leva les yeux et regarda Charity. Elle était sa femme et il avait entièrement confiance en elle. Il pouvait tout lui confier, même un secret aussi lourd que celui-ci.

— Il s'agit de Steve Babson, Rick Russo, Gabe Harris, Tommy Yee, Jamie Watts et Chase Morgan.

— Oh mon Dieu ! s'écria Charity, en se laissant tomber sur une chaise à côté de lui. Tu vas appeler leurs parents ?

— L'inspecteur m'a demandé de n'en rien faire. Ils vont les emmener pour un interrogatoire et des tests ADN demain matin. Je dois attendre que tout cela ait eu lieu avant de joindre leurs familles. Nicole et moi serons sur place avec eux, nous serons leurs garants en l'absence des parents.

— Mais ne devrais-tu pas téléphoner à Shep ? s'inquiéta Charity. Il est tout de même à la tête du conseil.

— C'est impossible. Je dois suivre les ordres de la police. L'inspecteur craint que l'un des garçons tente de s'enfuir. Et je suis d'accord. Je pense que certains d'entre eux en seraient capables. D'autre part, Nicole est inquiète pour Tommy Yee. Nous ne voulons pas avoir un suicide sur la conscience. Et d'ici peu, les médias vont ajouter leur grain de sel. J'espère juste qu'on s'en sortira, et que tout ira bien pour les garçons. Celui qui a commis ce crime mérite d'être puni, mais les autres risquent d'être poursuivis en justice eux aussi.

— La seule chose que tu puisses faire pour l'instant, mon chéri, c'est de te reposer. Tiens bon.

Elle l'embrassa et, quelques instants plus tard, ils se dirigèrent vers leur chambre. Elle le mit au lit comme un enfant. Demain, Taylor allait devoir se montrer résistant à toute épreuve. Si seulement elle pouvait lui transmettre ses propres forces, songea-t-elle en le serrant contre elle, tandis qu'il pleurait entre ses bras.

Cette même nuit, Adrian Stone dormait à l'infirmerie. Betty Trapp voulait le garder en observation au cas où se manifesterait une autre crise d'asthme. Le médecin lui avait prescrit des comprimés en complément de son traitement par inhalateur. Il était de bonne humeur, détendu, et profitait de la télévision tout en prenant son dîner sur un plateau. Maxine Bell, la psychologue scolaire, se rendit à l'infirmerie pour le voir.

— Comment va-t-il ? demanda-t-elle à l'infirmière avant d'aller au chevet d'Adrian.

— Assez bien, pour l'instant. En revanche, il était très agité en milieu de journée, et il semblait anxieux.

— Ses parents ont-ils encore bataillé en justice pour sa garde ? Quand c'est le cas, ses crises d'asthme augmentent.

— Pas que je sache. Je lui ai demandé s'il avait eu des nouvelles d'eux récemment, et il m'a répondu par la négative. Il n'a eu aucun contact avec eux depuis la rentrée scolaire.

— C'était il y a deux mois ! fit remarquer Maxine en fronçant les sourcils. Il n'y a pas à dire, ce sont vraiment des parents merveilleux, qui s'occupent bien de leur fils ! Ils le traînent au tribunal dès qu'ils en ont l'occasion afin de se punir mutuellement, mais ils ne prennent aucune nouvelle de lui ! Est-ce que vous les avez appelés aujourd'hui après sa crise ?

— J'ai pour consigne de ne communiquer avec eux que par texto, donc c'est ce que j'ai fait. Je leur ai écrit à tous les deux. J'ai dit qu'il allait mieux, je les ai informés que le Dr Jordan avait ajouté des médicaments à son traitement, mais aucun d'eux n'a répondu. Je pense qu'ils estiment qu'il va bien, et que nous le surveillons comme il faut.

Maxine hocha la tête et se rendit au chevet d'Adrian, qui paraissait effectivement aller bien. C'était un garçon menu, petit pour son âge, et maigre. En pyjama, on lui donnait plutôt 12 ans que 16, et il avait à peine atteint la puberté. Alors que certains garçons de sa classe se rasaient déjà, Adrian n'avait qu'une légère ombre de duvet sur la lèvre supérieure. Ses cheveux un peu longs lui donnaient aussi l'air plus jeune.

Ils bavardèrent quelques minutes. Maxine ne voulait pas l'empêcher de regarder l'émission qui semblait lui plaire. Elle le quitta donc rapidement et alla boire une tasse de thé avec Betty, qui se réjouissait d'avoir un peu de compagnie. Après le décès de son mari, Betty était devenue l'infirmière du lycée, mais elle était restée seule dans la vie et n'avait pas d'enfants. D'une certaine manière, le poste lui convenait parfaitement. Maxine, elle, n'avait jamais été mariée. Elle exerçait dans des pensionnats depuis trente ans. Les deux quinquagénaires étaient devenues de bonnes amies, et toutes deux étaient dévouées à leur travail et aux élèves.

— J'ai reçu un e-mail il y a quelques minutes m'informant que nous n'avons plus besoin de faire relever nos empreintes digitales. Il y a du nouveau ? s'enquit Maxine.

— Je l'ai reçu aussi. Il n'y avait pas d'explication. Juste que l'opération était annulée.

— J'espère qu'ils vont bientôt découvrir ce qui s'est réellement passé. Tous les élèves sont tendus en ce moment, et beaucoup de filles ont peur.

Les deux femmes causèrent tranquillement, discutant de divers sujets, puis Maxine regagna sa chambre, située près de son bureau. Elles étaient déjà convenues de passer Thanksgiving ensemble et ce week-end elles iraient assister à une pièce de théâtre à New York, comme elles l'avaient déjà fait auparavant. Ce serait bon de s'échapper un peu.

Pendant ce temps, Vivienne était à l'hôpital, allongée dans son lit. Ses parents étaient retournés à leurs hôtels respectifs. Elle réfléchissait aux propos de Gwen, à savoir que le garçon qui l'avait violée devait rendre compte de son acte. Elle n'avait pas menti à l'inspectrice à propos de son mal de tête. Il avait empiré. Elle était persuadée que, si elle disait la vérité, un nouveau cauchemar s'abattrait sur elle. Oui, si elle révélait leur responsabilité à tous, notamment celle de Rick, les avocats réputés que ne manqueraient pas d'engager leurs familles la mettraient en pièces au tribunal. Ils la feraient passer pour une moins que rien, et ses parents auraient honte d'elle. Certes, elle avait eu tort de s'enivrer avec eux, mais elle ne s'attendait certainement pas à ce que les choses dégénèrent ainsi.

Elle aimait beaucoup ce petit groupe, surtout Chase et Jamie, mais désormais elle se sentait mal à l'aise rien qu'en pensant à eux. Plus jamais ils ne pourraient être amis. Cependant, elle ne voulait pas gâcher leur vie, ni les faire expulser pour avoir bu de l'alcool. Elle ne voulait pas non plus être celle qui enverrait Rick en prison. C'était une trop grande responsabilité ! Ce qu'il avait fait était mal, mais ruiner sa vie n'y changerait rien. Que faire ? Et à qui parler ? Elle n'avait aucune envie d'en discuter avec ses parents. C'était très dur d'imaginer Rick enfermé durant des années à cause d'elle. D'un autre côté, l'inspectrice n'avait pas tort. Ce qu'il lui avait fait… c'était également très dur à vivre. Était-ce de sa faute si tout ceci était arrivé ? Parce qu'elle s'était saoulée en leur compagnie ? Avait-elle encouragé Rick d'une manière ou d'une autre ? Pourtant, même ivres, Chase et Jamie ne l'avaient pas violée, eux ! Une fois qu'elle aurait dit la vérité, elle ne pourrait plus revenir en arrière. Ce serait au tribunal et au jury de décider de l'avenir des garçons. Plus personne ne l'écouterait. Mieux valait ne rien dire et s'efforcer de tout oublier. Les conséquences de ses révélations risquaient d'être trop extrêmes.

Depuis cette terrible soirée, elle n'avait pas envoyé un seul texto à ses meilleures amies, Lana et Zoé, et ne répondait pas à leurs appels. Elle ne savait pas quoi leur dire. Certes, elle n'était pas responsable de ce qui lui était arrivé, mais elle avait quand même honte. Trop honte pour en parler, même à sa mère. Ses parents étaient déjà bien assez contrariés par le fait qu'elle ait enfreint le règlement en consommant de l'alcool.

Lana et Zoé lui avaient demandé comment s'était passée sa fête de Halloween, mais elle ne leur avait pas répondu. Pas question qu'elles sachent ce qui lui était arrivé. Elles ne la regarderaient plus jamais de la même façon. Si elle leur disait la vérité, elles penseraient sûrement que ce qui était arrivé était de sa faute parce qu'elle avait secrètement retrouvé un groupe de garçons après le couvre-feu, et qu'elle avait bu en leur compagnie. C'est ce que tout le monde penserait, d'ailleurs.

Vivienne n'aspirait plus qu'à une chose : rentrer chez elle avec son père, remonter le temps et retrouver sa vie d'avant. Peut-être choisirait-elle de ne voir personne pendant son séjour là-bas. Elle ne se sentait pas capable de faire face à Lana ou Zoé. Mais au moins, elle serait avec son père dans cette maison où elle se sentait protégée. Après avoir été violée par un garçon qu'elle connaissait, elle avait perdu tout espoir de se sentir à nouveau en sécurité, sauf là-bas. Jamais elle n'aurait imaginé qu'une soirée aussi festive puisse ainsi détruire sa vie.

8

Le lendemain, Nicole se rendit à la cafétéria à 7 h 45. Taylor et elle s'étaient mis d'accord. À cette heure matinale, les élèves relèveraient moins la présence de la proviseure adjointe que celle de leur proviseur. Installé dans le minibus, Taylor attendait donc à l'extérieur. Les deux inspecteurs de Boston arriveraient à 8 heures pour les escorter à l'hôpital puis au commissariat.

Nicole repéra tout d'abord Jamie et Chase qui, comme d'habitude, prenaient leur petit déjeuner ensemble. Devant eux étaient posés des bols de porridge fumant. Les deux garçons avaient l'air fatigués. Elle s'arrêta à leur hauteur et s'adressa à eux discrètement, afin que personne d'autre ne l'entende.

— Je suis désolée, les garçons, mais vous allez devoir nous accompagner en ville. Si vous voulez bien sortir d'ici, le proviseur vous attend dans un minibus.

Pendant un instant, leurs visages affichèrent une mine effrayée, mais ils se reprirent bien vite, et firent alors preuve d'une bravade qu'ils étaient loin d'éprouver. Ils se levèrent, débarrassèrent leur table puis jetèrent leurs petits déjeuners inachevés, avant de quitter la cafétéria. Ils eurent à peine le temps d'échanger deux mots en chemin.

— Merde, pourquoi ils nous font venir, à ton avis ? chuchota Jamie.

— Rien de bon, je suppose. Reste cool. Ne dis rien.

Jamie acquiesça d'un signe de tête, puis tous deux remarquèrent leur proviseur qui les attendait dans le minibus. D'autres élèves le virent aussi, mais la plupart n'y prêtèrent pas attention. Ils étaient pressés d'aller prendre leur petit déjeuner avant les cours.

Dans la cafétéria, Nicole nota que Steve Babson était accompagné de Gabe. Les deux garçons semblaient se disputer. Elle avança jusqu'à eux et leur demanda de sortir, puis elle fit de même avec Rick, qui venait tout juste de remplir son plateau et n'avait pas eu le temps d'y toucher. Ensuite, elle se mit en quête de Tommy Yee et s'inquiéta de ne pas le trouver. Puis elle le vit, un étui à violon à la main – il l'avait emprunté au département de musique. Il se contenta de prendre une banane et était sur le point de filer, mais elle le rattrapa et l'escorta jusqu'au minibus où patientaient ses camarades. Les garçons étaient tous extrêmement pâles. Ils montèrent dans le véhicule en saluant poliment leur proviseur assis à l'avant. Taylor se contenta de répondre à leur salut avec la même politesse, sans rien ajouter. De peur d'en dire trop et que l'un d'eux tente de s'échapper, il préférait laisser les explications aux policiers.

Il était exactement 8 heures. La voiture des inspecteurs Martin et Brendan était garée tout près. Nicole démarra, les inspecteurs la suivirent. Dans l'habitacle, un silence total régnait. Pas plus que Taylor, Nicole n'expliqua où ils se rendaient, et aucun des élèves n'osa poser de questions. Ils se voyaient sur le point d'être arrêtés. Aussi furent-ils surpris quand Nicole se gara sur le parking de l'hôpital. Allait-on les confronter à Vivienne ? Leur camarade les avait-elle accusés ? À leur grand étonnement, Dominic et Gwen les conduisirent à un laboratoire au rez-de-chaussée, où on leur expliqua qu'on allait procéder sur eux à un frottis dans la joue pour un test ADN. Quand les prélèvements furent terminés, Chase eut finalement le courage de leur demander à quoi cela servait.

— Cela vous innocentera de toute implication dans le viol de Vivienne Walker, ce qui serait une très bonne chose, expliqua Gwen. De toute façon, la police l'exige dans le cadre de son enquête. Les résultats complets prendront plusieurs semaines, mais nous aurons un rapport préliminaire dans quelques jours.

— Pourquoi nous ? demanda Rick, essayant d'adopter un air à la fois surpris et indifférent.

— Nous en parlerons quand nous arriverons au poste de police, répondit Gwen en les raccompagnant au minibus.

Une fois sur place, les garçons, visiblement impressionnés, étaient de nouveau silencieux. Aucun d'entre eux n'était jamais entré dans un commissariat. L'endroit était vétuste et bruyant, éclairé par des néons à la lumière criarde. Il y avait aussi quelques cellules destinées aux ivrognes et aux personnes coupables de délits mineurs. Le poste de police n'avait vraiment rien d'accueillant et les six garçons étaient terrifiés.

— Est-ce que vous nous arrêtez ? s'enquit Jamie.

— Non. Nous vous avons amenés ici pour vous interroger, annonça Gwen alors que Dominic et elle les guidaient vers une salle à l'abri des regards.

Ils invitèrent les garçons à s'asseoir autour d'une large table, légèrement délabrée, tandis que Nicole et Taylor prenaient place au fond de la pièce.

— Vous êtes ici, jeunes gens, parce qu'une bouteille de tequila vide a été retrouvée sur le lieu où Vivienne Walker a été violée, expliqua Gwen. Cette bouteille portait plusieurs séries d'empreintes digitales, les vôtres, ce qui signifie que vous étiez potentiellement sur la scène du crime la nuit où il s'est produit. La bouteille était neuve, il n'y avait aucune trace de poussière ou de terre dessus, ce qui signifie qu'à un moment donné, ce soir-là, vous avez, tous les six, bu de la tequila avec Vivienne. Nous ignorons ce qui s'est passé ensuite. Voici donc l'occasion pour vous de nous dire la vérité. Racontez-nous ce que vous savez, ce que vous avez vu, ce qui s'est passé, si les choses ont dérapé ou non, à quelle heure vous êtes partis, quand vous avez vu Vivienne pour la dernière fois et dans quel état elle était à ce moment-là. Comprenez bien une chose : si vous mentez, quelqu'un finira de toute façon par parler, ou alors un élément nous conduira à la vérité. Je vous demande instamment de faire preuve de franchise. Les choses seront beaucoup plus simples pour vous. Nous allons nous entretenir avec chacun d'entre vous séparément, et si vos histoires ne correspondent pas, nous saurons que vous mentez. Pour l'instant, vous n'êtes pas en état d'arrestation, à moins que vous ne fassiez des aveux complets aujourd'hui. Cependant, vous faites tout de même l'objet d'une enquête. Vous ne pouvez pas quitter la région. Pour le dire autrement, il vous est interdit de sortir de l'enceinte de Saint Ambrose. J'insiste sur l'importance pour vous d'être honnêtes avec nous. Même si vous savez que vos amis ne disent pas la vérité, il serait beaucoup plus judicieux pour vous de le faire. La loyauté entre amis est une chose merveilleuse, mais pas quand il s'agit d'enfreindre la loi et de cacher un crime. Je suis persuadée que vos parents vous diraient la même chose.

Gwen demanda alors à deux adjoints du shérif de les rejoindre, et leur fit comprendre que les garçons ne devaient pas converser entre eux. Les adjoints s'installèrent avec les garçons autour de la table. Sur ce, Gwen et Dominic emmenèrent Steve Babson dans une pièce adjacente et lui ordonnèrent de s'asseoir. À leur demande, Nicole les avait accompagnés. Elle s'assit à son tour.

Gwen indiqua à Steve qu'elle allumait un magnétophone.

— Dis-nous ce qui s'est passé le soir de Halloween, Steve. À quel moment as-tu retrouvé tes amis ? Aviez-vous un plan pour la soirée ? Comment Vivienne s'est-elle retrouvée avec vous ?

Gwen n'avait nullement adopté un ton sévère ou menaçant pour poser sa question, mais il était clair qu'elle représentait l'autorité et que les projecteurs étaient braqués sur Steve Babson. Au moment de répondre, ce dernier sentit son cœur s'emballer.

— Nous sommes tous allés à la maison hantée, et nous avons décidé de nous faire une petite fiesta

après. On connaissait cet endroit derrière les arbres. Personne n'y va jamais. On s'y retrouve parfois.
— Vous avez déjà fait la fête là-bas ?
Steve hésita, puis hocha la tête.
— Une fois ou deux en trois ans.
— Qui était là le soir de Halloween ?
— Moi, Gabe, Rick. Jamie et Chase sont arrivés un peu plus tard.
— Qui a apporté la tequila ?
De nouveau, il hésita. Plus longtemps cette fois.
— Je ne me rappelle pas.
Bien sûr qu'il s'en souvenait. Mais il n'était pas question de trahir Chase.
— C'était toi ?
— Non.
— Vivienne était-elle avec vous ?
— Non.
— Est-ce que l'un d'entre vous sort ou est sorti avec elle ?
Steve secoua la tête. Les deux inspecteurs l'observaient avec attention. Il ressemblait à un gamin nerveux, et visiblement il était effrayé.
— Non. C'est la première année qu'il y a des filles à Saint Ambrose alors on ne les connaît pas encore très bien. Vivienne est gentille. On lui a déjà parlé à la cafétéria.
— Pourquoi l'avez-vous invitée à la fête ?
— On ne l'avait pas invitée. Mais on l'a entendue passer sur le chemin derrière les buissons alors on lui a proposé de se joindre à nous.
— Vous aviez déjà bu à ce moment-là ?
Steve acquiesça d'un hochement de tête.

— Beaucoup ?
— Pas mal.
— Étiez-vous ivres quand elle vous a rejoints ?
— En quelque sorte. Mais pas trop. Juste un peu. Oh, et avant ça, Tommy était passé sur le chemin lui aussi, et on l'avait invité à nous rejoindre.
— Y avait-il d'autres filles là-bas ?
— Non, seulement Viv.
— Pourquoi Vivienne ?
— Parce qu'elle passait par là. Et parce qu'elle est jolie, vraiment jolie, et sympa.

Gwen scrutait ses yeux. Pour elle, la vérité passait toujours par le regard. Jusqu'à présent, tout allait bien. Dominic se faisait ses propres observations en fonction du langage corporel, des gestes de Steve et de l'accélération de son débit de paroles quand sa nervosité s'amplifiait.

— A-t-elle bu avec vous ?

Elle connaissait la réponse à cette question, mais voulait entendre ce qu'il avait à dire.

— Oui, on a fait circuler la bouteille.
— Une fois, deux fois ?
— Plein de fois. Je ne sais plus combien.
— Et elle a continué à boire ? Est-ce que l'un d'entre vous s'est arrêté à un moment donné ?
— Tommy, je crois. Pas Vivienne. Elle a bu comme nous, à chaque tour.
— Avait-elle l'air vraiment ivre ? Je veux dire, complètement ivre ?
— Elle l'était, mais pas plus que nous.
— Est-ce qu'elle s'est évanouie ?
— Non.

— Que s'est-il passé ensuite ? Vous avez continué à boire ? Ou bien vous avez cessé ?
— On a fini la bouteille, et on est partis. Le couvre-feu était dépassé, et on ne voulait pas se faire prendre.
— Sur le chemin du retour... vous étiez saouls, ou juste un peu éméchés ?
— On était bien.
— Et où était Vivienne ? Est-elle partie avec vous ?
— Non, on l'a laissée là-bas.
— Dans la clairière ? Pourquoi ?

Il hocha la tête et Gwen remarqua que son regard devenait méfiant.

— Les dortoirs des filles sont à l'opposé des nôtres. Il y a un raccourci depuis la clairière.
— Et donc, vous l'avez laissée ? Vous l'avez vue quitter le bosquet ?
— Non. On est partis, c'est tout. Et je suppose qu'on s'est dit qu'elle rentrerait toute seule.
— De quoi avait-elle l'air quand vous l'avez quittée ?
— Elle avait l'air bien elle aussi... Elle était à peu près dans le même état que nous. J'ai pensé qu'elle allait retourner dans son dortoir. Peut-être que quelqu'un lui a sauté dessus après notre départ.
— Est-ce qu'elle attendait quelqu'un ? A-t-elle dit quelque chose ?
— Non, on s'est juste dit au revoir. Je pense qu'elle était encore là quand nous sommes partis. Peut-être qu'elle attendait quelqu'un, je ne sais pas, elle n'a rien dit.

Son débit s'était soudain accéléré, remarqua Gwen.

— Et ensuite ?
— Rien d'autre. On est retournés dans nos chambres et on s'est mis au lit.

— Est-ce qu'il y a autre chose que tu pourrais nous dire ? Quelque chose que tu aurais vu ou que Vivienne aurait dit. As-tu remarqué quelqu'un d'autre sur le chemin quand vous êtes partis ?

— Non. Le couvre-feu était dépassé pour les plus jeunes et pour nous aussi. Il était plus tard que nous le pensions.

— Te souviens-tu de l'heure qu'il était ?

— Non.

— Vous n'avez vu aucun membre du personnel, aucun inconnu, aucun adulte en partant ?

De nouveau, il secoua la tête.

Son récit tenait la route. Il était tout à fait plausible, mais Gwen n'était pas certaine que Steve ait dit toute la vérité. Quelque chose clochait dans cette histoire. Pourquoi seraient-ils partis en abandonnant une fille avec laquelle ils avaient partagé une bouteille d'alcool, sachant qu'elle était ivre ? À moins qu'ils n'aient eux-mêmes été trop saouls pour s'en soucier.

— Est-ce que tu as appelé les vigiles de l'école cette nuit-là ?

— Non.

Il ne mentait pas. C'était Chase qui s'en était chargé.

Gwen réfléchit un instant. Si son histoire était vraie, la question était de savoir ce qui s'était passé entre le moment où ils avaient quitté Vivienne et celui où les vigiles avaient reçu un appel anonyme. Elle avait nettement l'impression que Steve leur mentait maintenant.

— Est-ce que Vivienne était consciente quand vous l'avez quittée ?

— Oui. Comme je vous l'ai dit elle était à peu près dans le même état que nous.

Gwen le remercia, le raccompagna et demanda à Rick Russo de la suivre. Ce qu'il fit d'un air plein d'assurance. Elle s'apprêtait à passer en revue les mêmes détails qu'avec Steve. Aussi fut-elle surprise quand, dès qu'elle lui eut posé sa première question, Rick la regarda droit dans les yeux, lui sourit et déclara :

— Je suis désolé, inspecteur Martin, mais mon père m'a conseillé de ne répondre à aucune question tant que je n'aurai pas un avocat à mes côtés. C'est mon droit d'être interrogé en présence d'un avocat, ou de l'un de mes parents.

— C'est vrai, tu as ce droit. C'est pour cela que Mme Smith remplace tes parents aujourd'hui. Tu as également l'obligation de coopérer à notre enquête étant donné que tes empreintes digitales ont été relevées sur la bouteille, ce qui te place sur la scène du crime cette nuit-là. Quand as-tu contacté ton père ? demanda Gwen, agacée.

— Je lui ai envoyé un texto en chemin, depuis le minibus. Il peut s'arranger pour qu'un avocat vienne ici quand vous voulez.

— Bien. Fais donc. Mais vite.

Elle lui fit quitter la pièce. Rick paraissait soulagé. Gwen avait échangé un regard acéré avec Dominic, qui avait haussé un sourcil. Ou ces gamins vivaient vraiment dans un univers parallèle, ou ils regardaient trop la télévision. Assise sur son siège, Nicole n'avait fait aucun commentaire, mais la réponse de Rick ne l'avait pas surprise.

Gwen fit ensuite venir Gabe Harris, dont l'histoire corrobora à peu près celle de Steve avec de simples variations. Selon lui, aucun d'eux n'était excessivement ivre et, d'après ses souvenirs, quand ils étaient partis Vivienne allait bien. Il ne trouvait pas non plus étrange que leur petit groupe ait quitté les lieux en l'abandonnant seule sur place, en état d'ébriété. Si ce qu'il racontait était vrai... la galanterie n'existait plus, songea Gwen. Gabe crut se rappeler que Vivienne avait parlé de retrouver des amis après leur départ.

— Après le couvre-feu ? demanda Gwen sans le quitter des yeux. Tu as dit qu'il était déjà tard et que le couvre-feu pour les élèves de terminale était dépassé. Vivienne avait l'intention de rester dehors si tard ?

— Je suppose que oui, répondit-il, d'un air un peu cavalier. Mais elle allait bien. On ne se faisait pas de souci pour elle.

— Ça ne tient pas, commenta Gwen d'un ton caustique. Vivienne nous a raconté avoir tellement bu qu'elle s'est évanouie. Elle n'a donc aucune idée de ce qui s'est passé après. Et toi tu me dis qu'elle allait parfaitement bien.

— Eh bien, elle était un peu saoule, mais pas vraiment évanouie.

— Qu'est-ce que ça veut dire « pas vraiment évanouie » ? Soit elle l'était, soit elle ne l'était pas. Était-elle inconsciente ?

— Non. Elle allait bien.

— Et vous ne l'avez pas vue partir ?

— Non, mais de toute façon, elle serait allée dans la direction opposée à la nôtre pour regagner son dortoir.

Donc aucun d'entre eux ne l'avait vue partir. Gwen raccompagna Gabe et fit venir Jamie, qui lui tint le même discours que Rick. Il se montra extrêmement poli et respectueux, mais il s'adressa à elle d'un ton ferme. Il ne parlerait pas sans la présence d'un avocat. Comme Rick, Jamie avait lui aussi envoyé un texto à son père. Un moment plus tard, Chase lui tint les mêmes propos.

— Mes parents sont à l'étranger, annonça-t-il d'un ton calme, mais ils ne voudraient pas que je sois interrogé sans la présence de leur avocat.

Quand elle fit venir Tommy Yee dans la pièce, Gwen était quelque peu irritée. De toute évidence effrayé, Tommy ne tenait pas en place et s'agitait sur son siège. Sans même s'en rendre compte, il déchiqueta le mouchoir en papier qu'il avait entre les mains, tandis que Gwen lui posait les mêmes questions qu'à ses camarades. Cependant, ses réponses différaient légèrement. Il admit avoir consommé de l'alcool avec ses copains, mais selon lui Vivienne avait bu très peu de tequila. Par ailleurs, d'après ses souvenirs, la jeune fille s'en était allée avant eux et avait certainement déjà regagné son dortoir au moment où eux-mêmes avaient quitté la clairière. Gwen ignorait pourquoi le récit de Tommy n'était pas calqué sur celui de ses camarades, mais elle se retrouvait donc avec deux versions différentes de la fin de leur soirée de Halloween, et la moitié des garçons qui ne voulaient pas répondre à ses questions sans la présence d'un avocat. Leurs histoires seraient-elles également différentes ? s'interrogea-t-elle. Aucun des récits qu'ils avaient entendus jusqu'ici ne correspondait avec celui de la victime. Pour l'instant, elle ignorait encore quoi penser, mais une chose était sûre : certains d'entre eux, sinon tous, mentaient, y compris Vivienne.

Avant leur départ, elle réunit tous les élèves dans la salle en compagnie de Taylor et Nicole, et s'adressa à eux avec sévérité :

— Je veux vous rappeler à tous que le moment est venu de libérer votre conscience, et non de jouer au plus malin. Si vous nous dites la vérité, ou même si vous avouez quelque chose que vous souhaiteriez ne jamais avoir fait, tout ira beaucoup mieux pour vous tous. Si vous nous mentez, et que nous le découvrons, grâce à des preuves, ou aux aveux de l'un d'entre vous, ou parce qu'un témoin de la scène se présentera à nous, vous aurez beaucoup plus de mal à négocier avec la justice.

Tels des enfants obéissants, les garçons hochèrent la tête.

— Et je tiens également à vous rappeler qu'une enquête est toujours en cours. Vous ne pouvez en aucun cas quitter la région. Pour l'instant, je dis bien *pour l'instant*, vous n'êtes pas encore accusés du viol de Vivienne Walker, mais vous n'êtes pas non plus tirés d'affaire.

Elle jeta un regard acéré à Nicole et Taylor leur rappelant ainsi que leurs élèves devaient absolument demeurer à Saint Ambrose jusqu'à la fin de l'enquête. Tous deux manifestèrent leur accord d'un mouvement de tête.

Lorsqu'ils se retrouvèrent seuls dans la salle, Gwen et Dominic étaient toujours aussi dubitatifs.

— Alors quel est ton avis sur ce que nous ont dit ces garçons, Dom ?

— Certains d'entre eux sont de sacrés bons menteurs, mais pas autant qu'ils le pensent. Ces petits imbéciles ont bien joué leur coup en refusant de parler sans la présence d'un avocat. Une vraie tactique de gosse de riche ! Il n'y a qu'eux pour penser à cela. Ils se sont vite tirés d'affaire avec ces conneries. Je vais informer leur proviseur qu'ils ont trois jours pour se présenter à nouveau avec un avocat et répondre à nos questions, sinon nous les enverrons dans un centre pénitentiaire pour mineurs en attendant une enquête plus approfondie. Nous ne pourrions pas les garder plus de deux jours, mais cela leur flanquerait un peu la trouille. Et nous voilà avec trois versions différentes de la soirée : deux racontées par eux, plus celle de la victime. Version numéro un : ils sont partis en la laissant seule, et selon eux elle a dû quitter les lieux après leur départ, mais personne n'en sait rien en réalité. Version numéro deux : elle est restée pour retrouver d'autres amis, même si le couvre-feu était dépassé – pourquoi diable aurait-elle pris le risque d'être punie ? Version numéro trois : d'après Tommy Yee, elle est partie avant eux. Alors qu'est-ce qui est vrai dans tout cela ? Oh, et j'oubliais : ils étaient tous ivres comme pas possible, mais elle, elle était « bien » ? Or Vivienne affirme elle-même avoir été tellement ivre qu'elle s'est évanouie. Soi-disant, elle était avec des filles et n'a jamais passé la soirée avec eux. Tout ça, Gwen, ce n'est qu'un ramassis de mensonges. Mais peut-être que ça n'a pas d'importance. Nous aurons la réponse grâce aux tests ADN. Si le coupable se trouve parmi eux, nous le saurons bientôt. Si nous obtenons une correspondance avec les prélèvements effectués aujourd'hui, ces six garçons vont se retrouver dans une belle panade ! Et ils s'en mordront les doigts, crois-moi ! À mon avis, ils finiront par nous dire la vérité. Pour l'instant, je ne crois pas un mot de leur histoire, et encore moins la version de la victime.

— Je veux retourner la voir, déclara Gwen d'un air décidé.

— Quand ?

— Maintenant.

— Bon sang, tu ne me laisses jamais manger en paix.

— Je t'inviterai à déjeuner quand nous aurons vu Vivienne.

Dominic accepta à contrecœur. Gwen saisit son sac et ils se dirigèrent vers leur véhicule. Au même moment, les garçons regagnaient leur lycée. Chacun était silencieux. Tous semblaient soulagés et moins nerveux que lorsqu'ils avaient quitté l'école quelques heures plus tôt. Durant le trajet du retour, Jamie avait envoyé un message à chacun d'eux pour qu'ils se retrouvent dans sa chambre. Au lieu d'aller déjeuner, le petit groupe se réunit donc sur place.

— Alors, comment ça s'est passé pour vous ? demandèrent Chase et Jamie.

Seuls trois d'entre eux avaient répondu aux questions des policiers, les trois autres s'étaient abstenus.

— Vous n'aviez pas besoin de leur parler, fit remarquer Rick. Il vous suffisait d'invoquer votre droit à être accompagné d'un avocat.

— Mes parents n'ont pas les moyens de m'en payer un de toute façon, lâcha Gabe. Si on se retrouve dans la merde à cause de cette affaire, je n'aurai que l'avocat commis d'office.

Ils espéraient tous ne pas en arriver là.

Très vite, ils se rendirent compte que leurs versions de la soirée différaient. Jamie poussa un profond soupir.

— Super, maintenant ils savent que nous mentons.

— Ils ne sont pas stupides, commenta Rick. Ils le savent probablement de toute façon.

— Vous leur avez dit que la tequila, c'était moi ? s'inquiéta Chase.

— J'ai raconté à l'inspectrice que je ne me rappelais pas qui l'avait apportée.

— Merci, souffla Chase, soulagé.

— D'après elle, Vivienne leur a déclaré qu'elle était tellement ivre qu'elle était tombée dans les pommes. Et nous, nous avons tous affirmé qu'elle allait bien.

À ces mots, l'image de Vivienne allongée par terre au beau milieu de la clairière leur revint à l'esprit et ils frissonnèrent.

— Pourquoi Vivienne leur dirait-elle qu'elle était inconsciente ? demanda Gabe avec perplexité.

— Parce qu'ainsi, elle ne nous a jamais vus, elle ne peut donc pas nous identifier, expliqua Chase d'un ton reconnaissant. Malgré ce que Rick lui a fait subir, elle essaie de nous épargner. Ce qui en dit long sur elle... Que se passerait-il si l'un de nous avouait ?

— On se ferait tous baiser, rétorqua Rick. Et pourquoi on lâcherait le morceau ?

— Tu te sens à l'aise par rapport à nos mensonges ? répliqua Chase.

— Bordel, oui. Je me sentirais bien plus mal si j'allais en prison.

— Moi aussi, j'ai pensé à tout avouer, intervint Jamie.

— Ne faites pas ça, les supplia Steve d'un ton paniqué. Rien de bon n'arrivera si nous nous retrouvons tous derrière les barreaux.

— Nous sommes tous des menteurs, lâcha Chase, écœuré.

Puisqu'il avait demandé à avoir un avocat, il allait devoir raconter cette histoire à ses parents. La véritable histoire. Les choses étaient allées trop loin.

De retour dans son bureau, Taylor avait pris les choses en main. Par courtoisie, il téléphona tout d'abord à Shepard, père de Jamie et président du conseil d'administration du lycée. À peine eut-il entendu ses propos que Shepard monta sur ses grands chevaux.

— Comment cela, ils ont interrogé Jamie ? Pourquoi ne les en as-tu pas empêchés ?

— C'est impossible. Leurs empreintes ont été relevées sur une bouteille de tequila découverte sur la scène de crime. Ils étaient tous sur place, Shep. Ce qui s'est passé avant, pendant et après, personne ne le sait pour l'instant. Mais ils étaient là durant une partie de la soirée et Vivienne se trouvait avec eux. À la fin de la soirée, elle a été violée et elle a failli mourir d'un coma éthylique. Ils ne sont pas encore complètement innocentés. Cette affaire n'est pas sous mon contrôle, ni le tien, ni même le leur. Il s'agit d'une enquête criminelle. Je prie juste pour qu'il n'y ait pas de correspondance d'ADN, parce que s'il y en a une, le coupable finira en prison.

— Il faudra d'abord qu'ils me passent sur le corps ! s'emporta Shepard.

— N'oublie pas que Vivienne aurait pu perdre la vie, lui rappela Taylor. Nous sommes dedans jusqu'au cou.

Il ne nous reste plus qu'à attendre la suite de l'enquête. Il faut que tu encourages Jamie à leur dire la vérité.

— Est-ce que tu insinues que mon fils est un menteur ?

— Je dis ce que nous savons tous déjà. Quelque chose de terrible s'est passé cette nuit-là, et nous ignorons qui est le coupable. À ce stade, tout est possible, mais grâce aux analyses ADN nous apprendrons la vérité.

— Cette fille est sûrement une véritable traînée.

En l'entendant parler ainsi de Vivienne, Taylor se crispa. Comment son ami pouvait-il tenir des propos aussi dégradants ? À l'évidence, il était prêt à dire ou faire n'importe quoi pour éviter des ennuis à Jamie. Taylor savait à quel point Shepard aimait son fils, mais la situation actuelle avait changé la donne. La vie d'une jeune fille venait d'être marquée à jamais par un acte ignoble. Même s'il aimait beaucoup Shepard et sa famille, Taylor ne pouvait pas prendre ce viol à la légère, ni en tant qu'être humain ni en tant que proviseur du lycée. Depuis le début de l'affaire, il n'avait pas eu l'occasion de discuter avec Ellen, la mère de Jamie. Il n'avait parlé qu'avec Shepard, non seulement en tant que père, mais aussi comme président du conseil d'administration. Il ignorait complètement ce qu'Ellen pensait de cette histoire.

— Tu dois lui trouver un avocat, Shep. Les policiers veulent revoir Jamie pour l'interroger dans les trois jours à venir, accompagné de son avocat, puisqu'il a refusé de leur répondre aujourd'hui.

— Mais bon sang, tu ne peux donc rien faire pour arrêter ça ? Passer un coup de fil ? Tirer quelques ficelles ?

Shepard était à la fois exaspéré et furieux contre Taylor.

— Je n'ai aucune ficelle à tirer. Un acte horrible a été commis sur une de nos élèves. Ce sont les inspecteurs de police qui ont les cartes en main. Ils essaient de trouver le coupable.

— Eh bien, ce n'est pas mon fils !!

— J'espère que non, déclara Taylor avec sincérité.

Après avoir raccroché avec Shepard, il appela Joe Russo et lui tint les mêmes propos. Il devait trouver un avocat pour son fils. Comme Shepard, Joe s'emporta contre lui. Ces hommes n'étaient pas du genre à se soumettre à qui ou quoi que ce soit, pas même à la loi, et ils feraient tout pour protéger leurs enfants. De la part de Joe Russo, cela ne surprenait pas Taylor, mais la réaction de Shepard l'avait déçu. Dire qu'il était même prêt à dénigrer une victime innocente pour défendre son fils !

Le seul moyen à sa disposition pour contacter les Morgan était de leur envoyer un e-mail. Tous deux se trouvaient en effet sur des lieux de tournage très isolés où les réseaux téléphoniques ne passaient pas. Chase allait très bien, leur écrivit-il, mais un grave problème était survenu au lycée et il avait besoin de s'entretenir avec eux de toute urgence. Par expérience, il savait qu'il aurait des nouvelles d'eux dans la journée. En effet, une heure plus tard, Matthew Morgan l'appela d'Espagne depuis un téléphone fixe. Taylor lui expliqua la situation. M. Morgan fut consterné d'apprendre ce qui était arrivé à Vivienne. Il annonça que son manager enverrait un avocat à Chase dès que possible, afin que son fils réponde au plus vite aux questions des inspecteurs. Taylor l'informa que Nicole et lui étaient présents dans la pièce lorsque Chase avait été interrogé. Il remercia ensuite Matthew Morgan pour sa coopération et son attitude compatissante envers Vivienne, à l'opposé de celles de Joe Russo et Shepard Watts.

— J'espère que mon fils n'est pour rien dans cette histoire, dit Matthew d'une voix pleine d'émotion.

— Moi aussi, affirma Taylor. Je vous recontacterai si nous avons d'autres informations.

Quand Taylor appela les Harris et leur fit part de la nouvelle, ils en furent dévastés. Mike Harris fondit en larme lorsque Taylor lui expliqua que Gabe faisait l'objet d'une enquête. Gabe portait tous leurs espoirs sur ses épaules. Depuis trois ans, la famille entière le soutenait. Ils avaient tout investi en lui, argent, temps, amour, soutien. Quel déchirement à présent ! Et si jamais Gabe allait en prison, ce serait pire encore. Taylor promit de les tenir informés aussi souvent que possible.

Comme Taylor s'y attendait, Bert Babson ne prit pas son appel. Sa secrétaire l'informa que le Dr Babson était en salle d'opération. Néanmoins, vingt minutes plus tard, Jean, la mère de Steve, lui téléphona. Taylor lui expliqua la situation. Jean Babson déclara alors qu'elle se mettrait en route dès que possible pour venir voir Steve, et remercia chaleureusement Taylor pour son aide. Pour l'heure, elle semblait tout à fait sobre et cohérente dans ses propos, même si elle était à l'évidence très secouée par cette histoire.

L'appel le plus difficile était celui que Taylor allait devoir passer à la famille Yee. Il appela la mère de

Tommy à son cabinet d'expertise comptable. Elle lui répondit d'un ton très professionnel, mais Taylor devinait son effroi. Sans nul doute, quoi qu'il advienne, Tommy serait sévèrement puni pour son implication dans cette affaire. Les parents de Tommy étaient toujours extrêmement durs avec lui, et il partageait les inquiétudes de Nicole concernant la réaction de leur élève.

Après ce dernier appel, épuisé, Taylor avait l'impression qu'un camion lui était passé sur le corps.

Au même moment, Gwen se trouvait avec Vivienne, et discutait avec elle des différentes versions de la soirée rapportées par les garçons.

— Pourquoi ont-ils été interrogés ? demanda Vivienne, l'air ébranlé. J'ai dit que je n'étais pas avec eux cette nuit-là.

— Tu nous as menti, Vivienne. Tes empreintes digitales et les leurs se trouvaient sur la bouteille de tequila.

— C'est pour cela que vous avez relevé les empreintes des élèves ?

Gwen hocha la tête.

— C'est ton droit le plus strict d'être protégée et défendue. Es-tu prête à nous dire la vérité maintenant ?

Vivienne resta silencieuse un instant. Visiblement, elle était effrayée.

— Je ne veux pas qu'ils aient des ennuis à cause de moi, dit-elle d'une petite voix.

— Pourquoi s'en tireraient-ils à bon compte, après ce que peut-être l'un d'entre eux t'a fait subir ?

— Peut-être que c'était en partie de ma faute. Peut-être que j'ai fait quelque chose de mal, ou que je leur ai donné une mauvaise impression. Et en plus, je me suis saoulée avec eux.

Elle était prête à l'admettre désormais. De toute façon, elle n'avait pas d'autre choix puisque les garçons avaient raconté leur beuverie, et que les empreintes sur la bouteille révélaient tout.

— Chaque victime de viol dans le monde tient exactement les mêmes propos que toi. Peu importe ce que tu as fait. Peu importe la longueur de ta jupe ou que tu aies été ivre. Tu as le droit de porter ce que tu veux sans que cela entraîne un viol.

À son tour, Gwen demeura silencieuse un moment, laissant ses paroles s'imprégner dans l'esprit de Vivienne.

— Alors, vas-tu m'expliquer ce qui s'est passé ?

Vivienne secoua la tête et se glissa au creux de son lit.

— Non, je ne peux pas. Et je n'ai jamais dit que c'était l'un d'eux qui m'avait violée.

Mais Gwen pressentait que le coupable était l'un de ses camarades, tout comme elle savait que Vivienne se souvenait parfaitement de ce qui s'était passé.

— Es-tu amoureuse de l'un de ces garçons ?

C'était la seule autre raison que Vivienne aurait de protéger le groupe.

— Non. Je les apprécie tous... dont deux plus particulièrement. J'aurais pu tomber amoureuse de l'un de ces deux garçons, mais maintenant cela n'arrivera plus jamais.

— Effectivement, cela n'arrivera plus. Alors, tu vas donc les laisser s'en tirer comme ça ?

— S'ils se retrouvent en prison, leur vie sera gâchée à jamais.

— Et qu'en est-il de la tienne ?

— Ça va aller, murmura Vivienne.

Pourtant, depuis le viol, elle ne cessait d'avoir de terribles maux de tête, et chaque nuit elle faisait d'horribles cauchemars.

— Ce viol, Vivienne, tu t'en souviendras toute ta vie, et tu te rappelleras aussi que tu n'as rien fait pour punir ton agresseur. Un jour, tu finiras par le regretter. Je veux que tu y réfléchisses sérieusement. Tu as une responsabilité envers toi-même, envers la communauté, et même envers ces garçons.

Vivienne détourna le visage, l'ignorant.

— J'ai mal à la tête, se plaignit-elle.

— Je vais partir. Appelle-moi si tu veux parler... et me dire la vérité sur ce qui s'est passé.

Elle quitta la pièce, laissant Vivienne seule dans sa chambre. Dominic l'attendait dans leur voiture sur le parking de l'hôpital. Elle se glissa sur le siège passager et lui jeta un regard lourd de frustration.

— Alors elle t'a dit la vérité cette fois ?

— Plus ou moins. L'un d'eux est le coupable, c'est certain. Mais elle refuse de le reconnaître, parce qu'elle ne veut pas les envoyer en prison. En fait, elle redoute carrément d'avoir provoqué son viol, et apparemment elle a eu le béguin pour deux de ces garçons. Bon sang, que les adolescentes sont compliquées !

— Tout comme les femmes adultes. Maintenant, pour l'amour de Dieu allons déjeuner ! On reparlera de cette enquête quand j'aurai le ventre plein.

— Allez, emmène-moi à ton restaurant.

Dominic démarra et quitta le parking de l'hôpital, tandis que Gwen, le cœur serré, songeait à Vivienne et à l'expérience dévastatrice qu'elle venait de vivre.

Comme on lui avait recommandé de le faire s'il avait besoin d'une aide quelconque, durant l'après-midi Adrian Stone alla voir sa tutrice. Il lui annonça qu'il voulait appeler son avocat commis d'office, et avait donc besoin qu'elle lui prête son téléphone.
— Quelque chose ne va pas, Adrian ? Tu as un problème avec tes parents ?
Elle ne connaissait que trop bien les soucis entre eux.
L'air tendu, Adrian était assis tout au bord de sa chaise.
— J'ai un problème juridique, affirma-t-il avec grand sérieux.
— Quel genre de problème juridique ?
— C'est confidentiel.
— Très bien. Tu peux utiliser mon téléphone. Je vais te laisser seul pour que tu sois tranquille.
— Merci.
Elle quitta la pièce et alla prendre un café dans la salle des professeurs.
Adrian composa le numéro de portable qui lui avait été communiqué par son avocat en cas d'urgence. À New York, l'homme décrocha à la première sonnerie.
— Monsieur Friedman, c'est Adrian Stone, à Saint Ambrose.
— Tout va bien, Adrian ? Est-ce que tes parents ont déposé une nouvelle ordonnance au tribunal ? Sont-ils venus te voir ?

Il n'avait pas été informé de nouveaux changements dans le dossier familial.

— Non, il ne s'agit pas d'eux cette fois.

Adrian s'exprimait d'une voix résolue qui résonnait de façon très mature.

— Je crois que j'ai commis un crime, et que je risque d'aller en prison. Cela me cause beaucoup d'anxiété, et mes crises d'asthme ont recommencé. J'ai besoin de vous voir.

— Quel genre de crime ?

L'avocat avait l'air choqué. Adrian était le gamin le plus doux qu'il ait jamais rencontré.

— Je préfère vous l'expliquer en personne. Je ne sais pas quoi faire et j'aurai bien besoin de vos conseils. Vous serait-il possible de venir me voir à l'école ?

Il y avait quelque chose dans sa formulation, dans le ton de sa voix, qui persuada l'avocat que c'était important. Il jeta un coup d'œil à son agenda et retint un soupir. Il avait des rendez-vous et des comparutions au tribunal presque quotidiennement.

Curieux de savoir dans quoi son client s'était fourvoyé, il demanda :

— Cela peut-il attendre jusqu'à vendredi ?

Adrian était un bon garçon et il voulait l'aider dans la lutte que ses parents se livraient à travers lui.

— Je pense que oui.

Cependant, il n'en était pas certain. Cela signifiait attendre trois jours de plus pour savoir comment agir.

— Très bien, alors je serai là vendredi. Si les choses empirent avant cela, rappelle-moi.

— D'accord. Et merci. Vous êtes un très bon avocat.

— Merci, Adrian.

Sam Friedman lui promit d'être à Saint Ambrose le vendredi après-midi, juste après le déjeuner. Il viendrait de New York en voiture.

Quand il raccrocha, Adrian se sentait mille fois mieux. Il était fier de sa décision. Il savait pourquoi ses crises d'asthme étaient revenues, et il voulait se débarrasser de ce problème. Il avait hâte d'être à vendredi et de rencontrer son avocat. Quand il croisa sa tutrice dans le hall, il la remercia et s'éloigna, soulagé.

9

Contre toute attente, Larry Gray s'était fait rare durant les difficiles journées qui avaient suivi « le viol de la nuit de Halloween », comme l'appelaient désormais les élèves et les professeurs. Il n'était pas venu jubiler dans le bureau de Taylor et ce dernier lui en était reconnaissant. Ils se croisèrent finalement au moment où Taylor allait voir Maxine Bell. Il voulait son avis sur la gestion de la crise. Quels conseils les professeurs et lui devaient-ils donner aux élèves ? Le terrible événement hantait les esprits, et certains professeurs lui avaient rapporté que les jeunes filles des classes de première redoutaient de subir le même sort que Vivienne.

Il s'arrêta en voyant Larry et se prépara à une avalanche de « Je te l'avais bien dit ». Au lieu de cela, Larry fit preuve d'une chaleureuse empathie.

— Je suis navré, Taylor. Si je peux faire quoi que ce soit pour vous aider, fais-le-moi savoir. Je ne suis pas venu te voir ces derniers jours car je me suis dit que tu étais submergé.

— C'est à peu près cela, oui. J'ai eu des journées difficiles : il y a l'enquête pour trouver le coupable, et moi je dois à la fois calmer les élèves, prévenir les parents, et m'inquiéter des médias.

— Tu t'en sortiras. Souviens-toi du dicton : ni le malheur ni le bonheur ne durent jamais bien longtemps.

Taylor laissa éclater un rire. Cette remarque était tellement du style de Larry !

— J'essaierai de ne pas penser à cela la prochaine fois que je serai heureux, mais il n'y a guère de risque pour le moment. Cette affaire est un véritable cauchemar. La victime ne méritait pas cela. Aucune femme ne le mérite.

— Les choses vont se calmer, le rassura Larry. Est-ce que Shepard te donne un coup de main ?

— Pas vraiment, mais j'assume. Cela dit, il a levé beaucoup de fonds cette année. Et toi, comment vas-tu ?

— Plutôt bien. J'ai initié les jeunes filles de troisième à la littérature de Jane Austen. Elles adorent ! Prends soin de toi et appelle-moi en cas de besoin.

Taylor lui tapota l'épaule et poursuivit son chemin pour se rendre chez Maxine. Voilà pourquoi il aimait tant Larry. Parfois, il pouvait être un véritable casse-pieds, têtu et irascible quand il n'était pas d'accord avec vous, mais au fond il avait bon cœur, il était dévoué à l'école, à ses élèves et collègues, et se montrait toujours loyal.

Ce même après-midi, Taylor avait également croisé Gillian Marks et Simon Edwards de retour d'un match de football américain, et tous deux lui avaient exprimé leur sympathie. Comme il était réconfortant de savoir qu'il avait le soutien des professeurs ! Au milieu de tout ce marasme, il y avait quand même quelques éclaircies.

Ce soir-là, alors qu'il essayait de se détendre en compagnie de Charity, il reçut un appel du père d'un ancien élève. Producteur d'émissions télévisées, il occupait un poste important sur la chaîne NBC, et lui téléphonait pour le mettre en garde.

— Vous avez un sacré problème, Taylor. L'affaire concernant votre lycée va être diffusée à l'échelle nationale à 23 heures. Ma direction a reçu un tuyau et a décidé de donner suite. J'ai essayé de trouver la source, en vain.

— À quel point est-ce grave ?

Taylor paraissait exténué, mais au fond il n'était pas surpris.

— Pas aussi grave que cela pourrait l'être, mais cela peut dégénérer assez rapidement. J'ai cru comprendre qu'un viol a été commis au sein de votre établissement.

Il était inutile de le nier.

— Ils disent qu'un certain nombre d'élèves sont soupçonnés, mais que l'auteur n'a pas encore été identifié.

— Et voilà la campagne de levée de fonds de Shepard qui s'écroule, soupira Taylor. C'est ce qu'il craignait.

— Ils expliquent aussi que c'est votre première année en tant qu'école mixte et que vous n'y étiez manifestement pas préparés. De nos jours, avec les réseaux sociaux, il n'y a plus de secrets. Est-ce que la fille va bien ? C'est la chose la plus importante.

— J'espère qu'elle ira bien. Elle est toujours à l'hôpital, en train de se rétablir, émotionnellement plus que physiquement. Ça a été une semaine difficile pour tout le monde.

— Je vous préviendrai si j'ai du nouveau, surtout si la situation empire, mais après ce reportage attendez-vous à voir les camions et les équipes de toutes les chaînes de TV campés devant chez vous dès demain matin.

— Vous avez raison. Je vais m'en occuper. Merci de m'avoir prévenu.

Taylor était épuisé.. Malgré l'heure tardive, il appela aussitôt Nicole pour la prévenir. Un peu plus tard, ils regardèrent tous les deux le journal de 23 heures, chacun chez soi. Taylor n'était pas ravi de voir son établissement faire la une, mais cela aurait pu être bien pire. Quelqu'un avait informé NBC que plusieurs élèves de Saint Ambrose avaient subi des tests ADN avant d'être interrogés par la police. De toute évidence, les journalistes avaient reçu des informations confidentielles, mais dans ce genre de cas il était difficile de tout verrouiller. Il y aurait fatalement des fuites en provenance de plusieurs sources. Concernant le reportage en cours, Taylor devina que les journalistes tenaient leurs informations d'un membre de l'équipe médicale de l'hôpital. Ou peut-être d'un policier. En tout cas, quelqu'un avait parlé. Il fallait s'y attendre. Son téléphone sonna quelques secondes après la fin de la diffusion. C'était Shepard.

— Alors, tu as une déclaration prête pour les médias ?

Lui aussi semblait fatigué. En début de soirée, il avait passé deux heures au téléphone avec Jamie, le réprimandant pour s'être enivré alors qu'il connaissait les règles, et lui rappelant qu'il pouvait toujours se faire expulser, même si la situation dans laquelle il se trouvait présentement était bien pire. Il avait demandé à Jamie d'être honnête avec lui. Son fils avait juré qu'il n'avait rien à voir avec le viol de Vivienne Walker. Et bien sûr, il ignorait qui avait commis cet acte abominable. Shepard était d'autant plus déterminé à le sortir de ce pétrin, quoi qu'il en coûte, et il tenait à s'assurer l'aide de Taylor. Son insistance déclencha une nouvelle prise de bec et quand ils raccrochèrent chacun éprouvait de l'amertume envers l'autre. Shepard avait le sentiment que Taylor était extrêmement peu coopératif et qu'il ne faisait pas preuve de loyauté envers leur amitié.

— Ce n'est pas une question d'amitié, Shep. J'ai 200 garçons de terminale qui me causent énormément de souci, et si jamais la police découvre que l'ADN de l'un d'entre eux correspond avec les prélèvements faits sur Vivienne, ce sera une tragédie pire que ce nous vivons déjà.

— Justement! Je ne veux pas que cette tragédie s'abatte sur mon fils! s'écria Shepard d'un ton désespéré.

Toute la nuit, Ellen et lui s'étaient disputés à ce sujet. Sa femme l'avait entendu conseiller à Jamie de mentir s'il le fallait. Elle lui avait ensuite demandé quel genre de valeurs il enseignait à leur fils. Selon elle, si Jamie avait joué un rôle dans cette tragique affaire, il devrait en assumer les conséquences comme n'importe quel autre élève. Il ne pouvait passer sa vie entière à mentir, ni échapper à tout châtiment.

Jamie n'était pas du genre à mentir ou à tricher, et jamais elle n'aurait voulu qu'il se comporte ainsi.

— Tu préfères qu'il t'écrive depuis la prison afin que tu puisses lui donner des cours de bonne morale par correspondance ?

— S'il a violé une fille, alors oui, il doit aller en prison ! Et si un jour l'une des jumelles se fait violer ? Tu y as déjà pensé ?

— Jamie n'a violé personne ! avait-il hurlé avant de lui claquer la porte au nez et de s'enfermer dans son bureau.

Et à présent, Taylor prétendait ne pas pouvoir l'aider. Il se fichait de devoir faire appel à ses relations pour faire virer Taylor : il n'allait pas laisser cet épisode détruire la vie de son fils. D'abord, cette fille n'aurait jamais dû se trouver seule au milieu d'un bosquet avec un groupe de garçons et boire de la tequila jusqu'à s'enivrer. Quel genre de traînée était-ce ? À coup sûr, elle avait dû avoir des relations sexuelles de son plein gré, puis elle avait changé d'avis par la suite. C'est ce qu'il dit à Taylor lorsqu'il le rappela un peu plus tard. Taylor n'était pas du tout d'accord avec lui.

— Tu te trompes sur ce point, Shep. C'est une fille bien, issue d'une famille tout à fait respectable. Ses parents sont en plein divorce ; ce sont tous les deux de bonnes personnes et elle aussi. La traiter de traînée ne rend pas le viol acceptable. Les hommes ne peuvent plus s'en tirer comme ça aujourd'hui. Le viol n'est jamais acceptable, quels que soient l'identité ou l'âge du violeur. Cela n'aurait jamais dû arriver.

— J'ai l'impression que ça va être dans tous les journaux dès demain. J'ai engagé un avocat aujourd'hui, c'est le meilleur pénaliste de New York. Je viendrai avec lui dans un jour ou deux pour parler à Jamie.

Taylor réalisa soudain à quel point la vie du lycée allait être perturbée durant ces prochains mois. Entre les camions des diverses chaînes de télévision, les journalistes qui ne manqueraient pas de braquer leurs caméras sur tout le monde, les parents qui débarqueraient quand bon leur semblerait, le défilé des avocats des inculpés et les séances chez la psychologue scolaire à prévoir pour les élèves... Comment ces mêmes élèves allaient-ils être capables de se concentrer sur leurs études et, dans le cas des terminales, de postuler à des universités ? Si le pire arrivait, il n'y aurait carrément plus d'études universitaires à envisager pour le garçon qui avait violé Vivienne, ni pour ses éventuels complices. Pas même de diplôme d'études secondaires. Ils devraient passer leur examen de fin d'études secondaires en prison. Quel cauchemar !

— Rappelle-moi pour me dire quand vous arriverez, lança Taylor, essayant de paraître plus calme qu'il ne l'était en réalité.

Le lendemain, à son réveil, Taylor regarda par la fenêtre. Des camions et des équipes de toutes les chaînes de télévision envahissaient leur parking. Les journalistes se promenaient dans l'établissement, le décrivaient à leurs téléspectateurs et en montraient des aperçus à la télévision. Ils n'avaient pas la permission de le faire, mais le parking était ouvert, et cela n'avait jamais posé de problème auparavant.

Un peu plus tard, Taylor et Nicole circulèrent parmi eux pour leur demander cordialement de veiller à déranger le moins possible les élèves et de rester dans le parking. Certains reporters en profitèrent pour s'enquérir de l'identité des garçons qui faisaient l'objet de l'enquête, mais ils refusèrent de les nommer.

Taylor remit les pendules à l'heure sur la chaîne nationale.

— Ce ne serait pas juste de vous divulguer leurs identités. Personne n'a porté d'accusations contre eux. Dans ce pays, nous sommes innocents jusqu'à preuve du contraire. Pour l'instant, personne n'a déposé plainte contre un seul élève de Saint Ambrose.

En début d'après-midi, chacun était déjà excédé par la présence des cameramen et des journalistes, mais personne ne pouvait rien faire contre eux. Les chasser du domaine risquait de donner l'impression d'avoir quelque chose à cacher, ce qui était la dernière chose qu'ils voulaient. Les médias étaient déterminés à accorder la plus grande importance à cette affaire.

Au grand désespoir de Taylor, Joe Russo, Mike Harris et Shepard Watts vinrent tous les trois voir leurs fils le même jour. Joe et Shepard étaient évidemment accompagnés de leurs avocats, d'éminents pénalistes. Taylor proposa à chacun de s'installer dans une salle de classe afin de pouvoir discuter en toute intimité. Les larmes aux yeux, Mike Harris informa Taylor que si des accusations étaient portées contre Gabe son fils devrait être défendu par l'avocat commis d'office car il n'avait pas les moyens d'en engager un pour le défendre. Néanmoins, Gabe bénéficiait de tout le soutien de sa famille qui serait toujours présente pour lui. Lorsque Gabe vint le rejoindre dans le bureau de Taylor, père et fils tombèrent dans les bras l'un de l'autre et pleurèrent à chaudes larmes. Gabe regrettait profondément d'avoir bu de l'alcool et avait d'ailleurs écrit une lettre à Taylor pour s'excuser. Il dit à son père à quel point il était désolé d'être sous le coup d'une enquête et que leur stupide fête de Halloween ait dégénéré pour se transformer en un tel cauchemar.

Joe Russo eut une réaction radicalement différente. Alors qu'ils se trouvaient dans le bureau de Taylor, et que divers membres du personnel étaient présents, il gifla si violemment Rick que ce dernier partit à la renverse et faillit se cogner la tête sur un coin de la table. Sa joue se mit à saigner aussitôt. Alors Joe l'attrapa par sa chemise et le souleva littéralement du sol. C'était un homme de haute stature, plus grand que son fils. Taylor voulut intervenir, mais Joe ne lui en laissa pas l'occasion. Tremblant de rage, il s'adressa à son fils :

— Écoute-moi, espèce de petit crétin. Si jamais tu te mets encore dans ce genre de situation, je te tue. C'est compris ?

Terrifié, Rick hocha la tête. Joe le serra alors dans ses bras et lui dit qu'il l'aimait, puis ils disparurent dans la salle de classe, suivis par leur avocat. Joe prétendait que ce pénaliste était si doué qu'il pouvait éviter la prison à n'importe quel homme, même s'il tirait un coup de feu sur quelqu'un devant 20 témoins. Aucun des garçons n'avait été inculpé, mais étant donné que la police menait des enquêtes approfondies, Shepard et Joe voulaient être prêts au cas où les choses tourneraient mal pour leurs fils. Et même si ceux-ci étaient coupables, ils feraient tout ce qui serait en leur pouvoir pour les faire libérer. *Leurs* fils n'iraient *pas* en prison.

L'avocat engagé par Shepard jouissait d'une forte réputation. Il avait défendu de nombreux politiciens, de puissants hommes d'affaires et des célébrités. Taylor lui trouvait l'air un peu mielleux mais il savait que l'excellente renommée de l'avocat était un point essentiel pour Shepard qui, comme Joe Russo, était prêt à payer n'importe quel prix pour défendre son fils. Et les deux hommes avaient largement les moyens d'engager des avocats de cette envergure.

Les Yee avaient envoyé leur avocat, un excellent homme de loi sino-américain.

Cette fois, les Morgan étaient dans l'impossibilité de quitter les tournages sur lesquels ils se trouvaient, mais leur manager avait engagé un avocat très connu, un pénaliste spécialisé dans les procès où des stars comme eux étaient impliquées. Matthew Morgan avait promis à Chase qu'il viendrait le voir dès qu'il pourrait quitter son film et que leur avocat assisterait avec lui à l'interrogatoire de police.

Bert Babson avait refusé d'engager un avocat et même de venir voir son fils. Il le renia carrément par téléphone, déclarant qu'il ne voulait plus rien avoir affaire avec lui. Il dit à Steve qu'il n'était « qu'un bon à rien comme sa mère » et qu'un jour il finirait ivrogne lui aussi.

C'était ainsi que Bert Babson les avait toujours traités tous les deux. Depuis aussi longtemps que Steve s'en souvienne, son père avait été physiquement et verbalement violent envers sa mère et lui. Il l'avait vu battre sa mère à plusieurs reprises, et il avait peur de lui.

Le lendemain de la visite de Shepard Watts et Joe Russo, Jean Babson vint voir Steve à Saint Ambrose. Elle était accompagnée d'un jeune avocat à l'allure très sérieuse. Avec calme et détermination, elle annonça à Taylor que Steve avait tout son soutien. Au moment de s'en aller, elle enlaça son fils, lui dit combien elle l'aimait et l'assura de sa confiance. Elle lui chuchota qu'elle avait recommencé à fréquenter les Alcooliques anonymes et qu'un parrain de l'association veillait sur elle. Par le passé, elle avait déjà tenté de se sevrer en se rendant aux fameuses réunions, mais ses tentatives avaient échoué. Steve espérait que celle-ci serait la bonne. Il avait vraiment besoin qu'elle soit sur la bonne voie et présente pour lui. Elle lui confia aussi avoir pris une décision qui, selon elle, aurait dû être prise bien plus tôt. Elle allait divorcer. L'avocat qui défendait Steve dans cette affaire de viol était également en charge de son divorce. En entendant cette nouvelle, Steve eut un large sourire.

— Je suis si content pour toi, maman ! Tu aurais dû le faire il y a des années.

— Il n'est jamais trop tard, dit-elle avec douceur.

Elle regrettait néanmoins que cela lui ait pris tant de temps, et que Steve ait assisté à de si nombreuses disputes et scènes violentes depuis son enfance.

À Saint Ambrose, la situation était tellement inédite que Taylor avait la curieuse impression d'avoir dirigé un cirque ou une émission de téléréalité durant toute la semaine. Il savait que Jamie, Chase et Rick s'étaient rendus au commissariat, accompagnés de leurs avocats, pour répondre enfin aux questions des policiers.

Pendant tout ce temps, les journalistes rôdaient constamment autour de l'école, soit dans le parking, soit juste à l'extérieur. Les vigiles insistaient pour qu'ils gardent leurs distances avec les élèves. Malgré cela, de nombreux parents téléphonèrent à Taylor pour se plaindre de l'intrusion des médias dans la vie privée de leurs enfants. Leurs études étaient perturbées par les incessantes allées et venues des journalistes sur le domaine. À plusieurs reprises, tandis qu'ils regardaient le journal télévisé du soir, ces parents avaient vu leurs enfants en arrière-plan. Certains matchs ou entraînements sportifs étaient même filmés ! Et bien sûr, le drame qui s'était déroulé à Saint Ambrose ne cessait d'être mentionné sur toutes les chaînes.

Au milieu de ce chaos, Gillian faisait de son mieux pour occuper les élèves et les aider à oublier le stress ambiant. Elle veillait à ce que chacun garde le moral.

— Où l'avons-nous trouvée ? demanda Taylor à Nicole à la fin d'un après-midi particulièrement éprouvant. Nous aurions dû engager deux femmes comme elle, et cinq comme toi.

Il leur était reconnaissant à toutes les deux. Nicole l'avait grandement aidé dans cette épreuve. Qu'aurait-il fait sans elle ? Et sans le discret soutien de Charity qui, chaque soir, alors qu'il essayait de rattraper son retard de travail, le rejoignait dans son bureau où elle corrigeait à ses côtés les copies d'histoire et de latin de ses élèves.

L'inspecteur Brendan avait appelé pour signaler à Taylor que les trois autres garçons avaient été interrogés en présence de leurs avocats, ce qui s'était principalement traduit par les tentatives incessantes de ces derniers pour bloquer toute question pertinente que sa collègue et lui avaient à poser aux jeunes gens.

— Nous n'avons pratiquement rien obtenu de vos élèves, annonça-t-il. L'avocat de Chase Morgan était à peu près raisonnable, lui. C'est pourtant une superstar qui a défendu presque tous les athlètes et les stars de cinéma arrêtés pour crime. L'avocat du jeune Russo a de la chance que l'inspecteur Martin ne lui ait pas tiré dessus. C'est le plus grand misogyne que j'aie jamais rencontré, et il nous a traités comme des moins que rien. Quant à l'avocat de Jamie Watts, il a rendu les choses aussi difficiles que possible, ce pour quoi, je suppose, le père de Jamie le paie. Cela ne rend pas l'affaire plus facile. Nous essayons juste d'aller au fond des choses, pas de les persécuter.

— Je suis vraiment désolé, s'excusa Taylor. Heureusement, les garçons sont beaucoup plus faciles à gérer que leurs pères, même si les Morgan sont des gens très raisonnables.

— Mais les garçons ne nous parleront pas en dehors de la présence des avocats engagés par leurs familles. Nous parviendrons à découvrir la vérité, mais tout ceci nous ralentit. Ces deux derniers jours, ces hommes ont épuisé les réserves de patience de ma coéquipière en s'évertuant à bloquer chaque question.

Vivienne et ses parents vivaient leur propre crise. Pour l'instant, les médecins la gardaient à l'hôpital pour qu'elle se repose, qu'elle bénéficie d'une aide psychologique et qu'elle ne soit pas harcelée par les médias. Mais elle avait fait comprendre à sa mère qu'elle voulait retourner en Californie auprès de son père dès sa sortie. Nancy en fut blessée. Elle s'était déjà arrangée pour prendre un congé afin de pouvoir passer du temps avec sa fille, et lui avait obtenu un rendez-vous avec un psychologue new-yorkais à l'excellente réputation, spécialisé dans les affaires de viol.

— Je veux rentrer à la maison, maman, dit Vivienne d'un ton ferme, assise dans son lit d'hôpital.

Et à ses yeux, chez elle c'était encore Los Angeles. Les médecins souhaitaient qu'elle reste jusqu'à la fin de la semaine, mais ensuite ils avaient prévu de la libérer. Vivienne tenait à s'envoler directement pour Los Angeles avec son père.

— La maison, c'est là où nous vivons, Viv, dit Nancy avec tristesse.

Du point de vue de Vivienne, leur déménagement à New York n'avait pas été un succès. Encore moins après ce cauchemar. Elle se souviendrait toujours avec horreur de sa première expérience scolaire sur la côte Est.

— Non, la maison c'est notre ancienne maison et papa y vit toujours.

— Et qu'en est-il de... ?

Nancy jeta un rapide coup d'œil à Chris. Elle ne voulait pas mentionner le nom de Kimberly devant Vivienne. Même si leur fille savait qu'il voyait quelqu'un, elle ignorait que cela durait depuis plus de deux ans, que cette liaison était la raison de leur séparation et bientôt de leur divorce. Chris avait refusé de cesser de voir Kimberly. Nancy aurait accepté de poursuivre leur vie commune, même après l'avoir trouvé au lit avec elle, mais il ne voulait pas mettre un terme à cette relation. Nancy avait donc demandé le divorce et s'était installée à New York. Par respect pour Chris en tant que père de Vivienne, Nancy n'avait jamais rien dit à sa fille de cette sale histoire. Hélas, depuis qu'elle avait demandé le divorce, Nancy subissait les reproches de Vivienne qui lui imputait toutes les fautes.

— Je m'en suis occupé, répondit Chris de façon énigmatique.

Nancy acquiesça d'un hochement de tête.

— Pour l'amour du ciel, je n'ai plus 5 ans, s'exaspéra Vivienne. Je sais que tu sors avec une femme, papa. Je veux la rencontrer.

Il ne sortait pas seulement avec elle, ils vivaient ensemble. Ne souhaitant pas que Kimberly réside chez lui pendant que Vivienne serait présente, il lui avait loué un appartement meublé. Kimberly s'en était tout d'abord vexée, mais elle avait fini par accepter sa décision, d'autant plus que l'appartement était splendide. Elle pourrait toujours venir passer du temps avec lui à la maison quand Vivienne serait de sortie avec ses amies, et plus encore quand toutes deux auraient fait connaissance. Chris espérait qu'elles deviendraient amies.

— Et le lycée ? lui demanda sa mère. Que veux-tu faire ?

— Je refuse d'y retourner.

Ses parents hochèrent la tête de concert. Il aurait été trop déprimant, et même traumatisant de rester à Saint Ambrose. Quels horribles souvenirs !

— D'ailleurs, je ne veux pas reprendre l'école pendant un certain temps, ajouta-t-elle. Je pourrai rattraper mon retard en janvier. J'aimerais réintégrer mon ancien lycée.

— Et rester à Los Angeles ? demanda Nancy.

Elle eut l'air déçue quand Vivienne acquiesça d'un hochement de tête. C'était une victoire pour Chris. Dès leur séparation, il avait souhaité que Vivienne reste avec lui jusqu'à l'obtention de son diplôme. Ensuite, elle rejoindrait l'une des universités de la côte Ouest, à Los Angeles, Stanford, Berkeley ou Santa Barbara.

— Je suis sûr que ses futurs professeurs tiendront compte de ce qu'elle vient de vivre, si jamais elle prend du retard dans ses devoirs, intervint Chris.

Pour lui, c'était une affaire conclue. Depuis quelques jours, père et fille discutaient de tout cela. Vivienne voulait que sa mère envoie ses affaires préférées à Los Angeles, ce qui signifiait qu'elle n'avait pas l'intention de revenir. Nancy en était attristée, mais elle voulait ce qu'il y avait de mieux pour sa fille, surtout après ce drame.

— Doivent-ils vraiment savoir ce qui s'est passé à Saint Ambrose ? demanda Vivienne à son père, l'air contrarié.

— Peut-être pas, répondit-il vaguement.

Pourtant, il était d'avis que mieux valait avertir ses professeurs du drame subi. Cela leur permettrait de mieux l'aider, surtout si ses notes baissaient, ce qui n'aurait rien de surprenant.

— Je veux que tu consultes un psychologue spécialisé, décréta Nancy avec fermeté.

Elle jeta à son ex-mari un regard entendu. Contrairement à elle, Chris n'était pas doué pour gérer les questions d'ordre psychologique. Or, le psychologue new-yorkais avait recommandé un suivi rapide. Il ne fallait pas laisser l'état de Vivienne se dégrader ni ses cauchemars empirer.

— Il faudra que tu fasses tes devoirs quand tu te sentiras en forme, et tu devras aussi envoyer tes dossiers d'admission aux universités, sinon tu risques de rater ta première année ou d'être obligée de la reporter.

Nancy avait conscience que pour Vivienne et Chris elle était toujours la voix de la raison… qui n'était pas toujours la bienvenue.

— Peut-être qu'elle devrait justement la reporter, suggéra Chris.

À nouveau, Nancy le dévisagea. Elle devinait ses intentions. Chris voulait absolument faire plaisir à sa fille, et si cette dernière n'avait rien envie de faire… et bien il la laisserait ne rien faire. Or, vu son état, Vivienne risquait fort de devenir dépressive. Ses anciennes amies seraient au lycée toute la journée. Que ferait-elle à longueur de temps ? Par ailleurs, il était hors de question que leur fille rate sa première année d'université simplement parce qu'elle n'aurait pas envoyé son dossier à temps. Elle avait besoin de structure et d'une routine quotidienne.

— Prenons les choses une par une, et voyons comment tu te sens, suggéra Nancy. Pourquoi ne pas passer ces deux prochains mois à Los Angeles ? Cela nous amènera à la fin de l'année. Il sera toujours temps de te décider à ce moment-là. Cela te permettra de passer deux mois avec ton père et de commencer à récupérer des forces avant de faire des choix importants. Pour l'instant, il est encore trop tôt.

Cela semblait être un compromis raisonnable mais Vivienne protesta car elle voulait rester à Los Angeles durant toute l'année scolaire. Chris adorait cette idée, mais il craignait qu'elle ne déplaise fort à Kimberly. Combien de temps pourrait-il lui demander de rester dans cet appartement meublé alors que depuis plusieurs mois elle vivait chez lui et qu'elle adorait ça ? Déjà, avec la prochaine arrivée de Vivienne, qui n'avait que huit ans de moins qu'elle, elle se sentait reléguée au second plan. Chris avait la nette impression que la situation risquait d'être parfois délicate à gérer. Chacune avait ses exigences et s'y tenait.

— Et pour Thanksgiving ? demanda Nancy d'un ton prudent.

Vivienne ayant prévu de passer Noël avec son père, Nancy avait loué un chalet dans le Vermont avec des amis pour les deux dernières semaines de l'année, mais elle avait hâte de retrouver sa fille pour Thanksgiving.

— Si nous partons en Californie dès ma sortie de l'hôpital, je n'ai pas envie de revenir tout de suite. Est-ce que je peux le passer avec papa ?

Vivienne avait formulé sa demande d'un ton innocent, soucieuse de ne pas contrarier sa mère. Nancy accepta à contrecœur. Sa fille ne prêtait guère attention à ses sentiments, mais après tout elle n'avait que 17 ans, et à cause du traumatisme qu'elle venait de subir Nancy était prête à céder pour lui faire plaisir. Elle voulait que sa fille soit heureuse et force était de reconnaître qu'elle l'avait déracinée très rapidement en l'obligeant à quitter sa Californie natale et leur maison de famille. Elle l'avait convaincue d'étudier à Saint Ambrose, et cette décision leur avait explosé au visage. Ainsi se sentait-elle obligée de se plier aux désirs de Vivienne, quoi qu'il lui en coûte. Hélas, le choix de sa fille l'amènerait à se retrouver seule pour Thanksgiving. Nancy n'avait pas d'autre famille que Vivienne, et Chris non plus. Cependant, il avait une petite amie, alors que Nancy n'avait pas d'homme dans sa vie. Mais ni Chris ni Vivienne ne semblaient se soucier de sa solitude. Comme d'habitude, c'était à elle de se montrer la plus raisonnable de leur trio. Et son souhait le plus cher était que Vivienne se rétablisse, quelles qu'en soient les conséquences pour elle-même.

Elle décida de les laisser seuls afin qu'ils célèbrent leur victoire : Vivienne rentrait à Los Angeles avec lui, ce que tous les deux avaient ardemment souhaité. Nancy se rendit dans le hall, fatiguée et dépitée. À peine avait-elle quitté la chambre de sa fille qu'elle tomba sur Gwen Martin.

— Comment allez-vous ? demanda l'inspectrice en lui souriant aimablement. Vous avez l'air triste. Vivienne va bien ?

— Ça peut aller. Elle a des hauts et des bas. Et elle fait beaucoup de cauchemars, ce qui est normal. Elle a décidé d'arrêter l'école quelques semaines et de rester avec son père à Los Angeles. J'espère juste qu'elle se remettra sur les rails en janvier. Je ne veux pas qu'elle rate sa première année d'université à cause de ce qui lui est arrivé.

Gwen acquiesça, songeant que le garçon qui avait violé Vivienne n'irait jamais à l'université. S'il allait en prison, il risquait fort de ne pas reprendre ses études. Et de toute façon Harvard, Princeton, Yale, le MIT, aucune des prestigieuses universités auxquelles ces garçons postulaient, ne l'accepterait après une telle condamnation.

Le violeur passerait au mieux l'équivalent de son baccalauréat en prison. S'il en émettait le souhait, il pourrait suivre des cours en ligne, tout en travaillant à la blanchisserie ou dans un atelier du pénitencier. Les fils de familles fortunées n'étaient guère populaires là-bas. À cause d'une nuit de folie, le coupable passerait de dures années en prison. Mais Vivienne en paierait le prix pour le reste de sa vie alors que rien n'était de sa faute.

— Si l'État porte des accusations, nous aurons besoin qu'elle revienne pour le procès, annonça Gwen, mais ce ne sera pas avant un an environ. Elle n'aura pas à assister aux audiences de routine de la défense, à moins que l'accusé ne plaide coupable, mais je ne pense pas que cela sera le cas. Tous les avocats nous ont soutenu que c'étaient de bons garçons. Ils l'étaient probablement, jusqu'à ce que la tequila leur tourne la tête et que l'un d'entre eux perde toute raison.

— Pensez-vous vraiment que l'un d'eux sera accusé de viol ?

Il était si difficile de croire que l'un des camarades de Vivienne était celui qui l'avait violée. C'étaient effectivement de bons garçons, de bons élèves, qui n'avaient jamais fait de vagues.

— Je ne sais pas. Cela dépend de beaucoup de choses. Je crois au crime et au châtiment. Pour moi, les coupables doivent aller en prison. Sans cela, ils se croient intouchables, ce qui n'est jamais une bonne chose.

Nancy acquiesça, songeant à Chris. Il l'avait trompée et lui avait brisé le cœur, mais elle l'avait puni à son tour en lui retirant sa fille et en déménageant à New York. À présent, Vivienne voulait retourner vivre avec lui. Donc, finalement, il avait tout gagné. Elle avait voulu s'éloigner de lui, mettre autant de distance que possible entre eux, et commencer une nouvelle vie, mais Vivienne n'était pas prête pour cela. Et ce déménagement les avait conduits à un drame. Nancy éprouvait du remords, et regrettait sa décision d'envoyer leur fille à Saint Ambrose.

— J'espère que tout ira bien pour elle, dit Gwen. Elle est jeune, forte et intelligente, c'est une gentille fille entourée de parents aimants. Je pense qu'elle s'en sortira.

— Je l'espère.

— Son père est avec elle ?

Nancy fit un signe de tête.

— Dans ce cas, je reviendrai demain. Ce n'était pas important. Prenez soin de vous.

Gwen était désolée pour Vivienne, mais aussi pour ses parents, et les familles des garçons. Cette horrible nuit avait brisé tant de cœurs.

10

Quand Sam Friedman arriva à Saint Ambrose, Adrian l'attendait sur un banc devant l'école. Malgré le froid, c'était une belle journée d'automne, et le soleil était au rendez-vous. Dès que Sam se fut garé, Adrian l'accompagna pour qu'il s'inscrive au bureau des visiteurs comme le stipulait le règlement, puis ils retournèrent dehors.

Âgé de 40 ans, Sam était un avocat spécialisé dans la défense des enfants et travaillait beaucoup avec le tribunal. Durant les trois années où il avait représenté Adrian, il avait appris à l'apprécier. C'était un jeune homme à la fois drôle, un peu maladroit et incroyablement intelligent. Malgré ses 16 ans, il n'était guère différent du jeune garçon qu'il avait connu trois ans plus tôt. Par malchance, ses parents, tous les deux psychiatres, étaient complètement dingues. Quand il devait passer une heure avec l'un ou l'autre, Sam avait l'impression qu'il allait devenir fou. Alors, comment imaginer vivre et grandir sous leur toit ? Heureusement pour Adrian, ses parents ne s'intéressaient guère à lui, sauf pour l'utiliser dans leur guerre l'un contre l'autre, et ils ne venaient jamais le voir. Une année, Adrian avait passé ses vacances de

Noël avec Sam parce qu'il n'avait nulle part où aller. Sam s'était senti désolé pour lui, et avait obtenu la permission du tribunal et de ses parents de le ramener chez lui pour une semaine. Ils avaient partagé de bons moments. Adrian avait déclaré que c'était le meilleur Noël qu'il ait jamais passé, ce que Sam avait trouvé bien triste. Il appréciait beaucoup Adrian, et ses parents étaient la preuve vivante que même l'argent et l'éducation ne suffisaient pas pour créer un foyer chaleureux.

Ils avancèrent lentement le long d'un chemin et s'assirent sur un banc un peu à l'écart, afin que personne ne les entende.

— Bon, alors raconte-moi ce qui se passe. Quel est ce crime que tu aurais commis ?

Adrian avait-il joué les hackers sur Internet ? Avait-il piraté une grande organisation, une société ou même une agence gouvernementale ? Vu ses talents informatiques, cela aurait pu être le cas. Mais il savait qu'Adrian l'aurait fait pour le plaisir et non pour le profit. Il était honnête.

— Il y a eu un viol le soir de Halloween, commença Adrian.

Sam hocha la tête.

— Je sais. Tout le pays est au courant. Cela a été annoncé sur toutes les chaînes télévisées. S'il te plaît, ne me dis pas que tu as participé à cette horreur !

— Non, mais je les ai vus.

— Qui ?

— Les garçons qui ont fait ça. Du moins, je pense que ce sont eux que j'ai vus.

À ces mots, Sam afficha une mine grave. Visiblement, il n'y avait pas de quoi plaisanter, loin de là.

— C'était des élèves ou des gens de l'extérieur ?

— Des garçons de terminale.

— Tu les connais ?

— Si on veut. Ils ignorent tout de mon existence. La plupart d'entre eux sont les stars du lycée, les mecs que tout le monde connaît, les meilleurs athlètes de la région. J'étais à une extrémité du chemin, derrière le gymnase. Il était minuit, je revenais en douce de la salle informatique. Il y a une rangée d'arbres le long du chemin, je les ai tous vus sortir des buissons. Ils étaient complètement saouls, ils trébuchaient, tombaient, se poussaient les uns les autres, ils étaient pressés de partir. Je me suis demandé ce qu'ils faisaient. Je ne sais pas pourquoi j'ai fait ça, mais j'étais intrigué, alors après leur départ je me suis frayé un chemin à travers les buissons. Il y a une clairière de l'autre côté. J'ai vu une fille allongée là. J'ai cru qu'elle était morte. Elle en avait tout l'air. C'était elle. L'élève qui a été violée, Vivienne Walker. Je pense qu'elle était inconsciente. Je l'ai observée avec attention. Elle ne bougeait pas, et j'avais carrément l'impression qu'elle ne respirait pas non plus. J'ai cru qu'ils l'avaient tuée. Puis j'ai réalisé que si quelqu'un me voyait là, il penserait que *moi* je l'avais tuée. Je ne l'ai pas touchée. Je n'ai rien touché du tout. Comme j'étais sûr qu'elle était morte, je me suis dit que ça n'avait pas d'importance si je ne le disais à personne, parce qu'elle était morte de toute façon, et je savais que quelqu'un la trouverait tôt ou tard. J'ai donc rebroussé chemin, et j'ai couru jusqu'à mon dortoir. Le couvre-feu était dépassé et je ne voulais pas m'attirer des ennuis. J'ai réfléchi à ce que je devais faire, mais j'étais certain qu'ils la trouveraient. Et puis, quelques minutes plus tard, j'ai entendu une sirène d'ambulance.

Adrian prit une profonde inspiration et poursuivit :

— Le lendemain, nous avons eu une réunion de toute l'école, et on nous a annoncé qu'une des élèves avait été agressée. Un peu plus tard, j'ai entendu dire qu'elle avait été violée. Je n'étais pas sûr que c'était elle. Peut-être qu'il y avait eu une autre agression et qu'ils n'avaient pas encore trouvé le corps. Ou peut-être que c'était elle. On nous a demandé de signaler si nous avions vu ou entendu quelque chose. Je ne l'ai pas fait. J'avais trop peur. J'étais certain que quelqu'un me blâmerait. Et si jamais je parlais à quelqu'un des types que j'avais vus, peut-être qu'ils me retrouveraient et me tueraient. Ils sont tous tellement plus grands et plus forts que moi.

Il se tut à nouveau un instant, puis ajouta :

— Depuis cette nuit-là, l'endroit où j'ai vu Vivienne Walker a été enregistré comme scène de crime, donc je suppose que c'est elle qui a été violée, et qu'elle n'était pas morte. Mais elle en avait l'air. Et je sais qui sont ces types. Si je le dis à quelqu'un maintenant, j'irai probablement en prison pour dissimulation d'informations, ou obstruction à la justice, ou quelque chose comme ça. Si quelqu'un m'a vu cette nuit-là, comme moi je les ai vus, je serai sûrement arrêté pour m'être trouvé sur une scène de crime, et ne pas avoir demandé d'aide pour Vivienne. Je me sens vraiment mal à cause de ça. Mais je pensais qu'il était trop tard, alors ça n'avait pas d'importance. Elle avait l'air morte, Sam. Je vous assure.

— Je te crois, Adrian. Tout d'abord, sache que tu n'iras pas en prison. Mais la prochaine fois que tu verras quelque chose de grave, quoi que ce soit, il faudra à tout prix que tu appelles la police pour le signaler. En agissant ainsi, tu pourrais sauver une vie. Dieu merci, Vivienne n'était pas morte quand tu l'as découverte, et elle est toujours en vie aujourd'hui. Ce qui est important, c'est que tu as peut-être vu le garçon qui l'a violée, si c'était l'un d'entre eux. Peut-être qu'ils l'ont seulement trouvée là-bas, et qu'eux aussi ont pensé qu'elle était morte, ou bien, ce qui est plus probable, ils sont impliqués dans le viol, et toi, tu ne devrais pas dissimuler ce genre d'informations.

— C'est ce que j'ai pensé. C'est pour cela que je voulais en parler à quelqu'un : pour donner leurs noms et expliquer qu'ils étaient dans la clairière cette nuit-là, tout comme Vivienne. Mais j'ai pensé que je me ferais arrêter si je le racontais à la police.

— Non, tu ne seras *pas* arrêté, confirma Sam. Au contraire. En expliquant aux policiers ce que tu as vu, tu pourrais les aider à résoudre l'affaire, ce qui serait une excellente chose. À dire vrai, tu n'aurais même pas besoin de moi pour cela. Mais je peux parler aux inspecteurs et négocier ton anonymat, si tu le souhaites. Ainsi, personne ne saura que tu as parlé à la police. Pas même ces élèves de terminale. Je t'accompagnerai au commissariat. Je suis content que tu m'aies appelé. Tu avais raison : ce que tu as vu est très important.

Sam était stupéfié par l'histoire qu'Adrian venait de lui raconter. Il ne s'attendait pas du tout à cela !

— Les policiers ne vont pas m'en vouloir de ne pas leur avoir dit plus tôt ? insista Adrian.

Sam secoua fermement la tête.

— Vous ne pensez pas qu'ils vont m'accuser de l'avoir violée ou d'avoir essayé de la tuer ?

— Certainement pas. Écoute, laisse-moi passer un coup de fil au commissariat, et nous nous y rendrons ensemble, d'accord ? Je suis certain que les inspecteurs te seront très reconnaissants pour ces informations. Ils ont d'ailleurs fait un appel à témoin sur les chaînes télévisées.

— Vous voulez bien les appeler pour moi, c'est vrai ? Je crois que je dois leur dire qui sont ces garçons.

— Je le pense aussi.

Sam était très impressionné par les propos d'Adrian et par la description très claire de ce qu'il avait vu. Le jeune garçon avait tendance à s'embrouiller quand il était stressé, ou lorsqu'il avait affaire à ses parents. Mais il n'y avait rien de confus dans ce qu'il venait de lui décrire, et Sam n'avait aucun doute sur le fait qu'Adrian ait réellement vu la victime, et peut-être l'un des garçons coupables de son agression.

— J'étais tellement bouleversé que j'ai été malade pendant plusieurs jours et j'ai eu à nouveau des crises d'asthme. Vous avez raison, Sam. Je dois tout raconter aux policiers, même si j'ai longtemps attendu. Je crois que ce sont les vigiles qui l'ont trouvée. Ils ont dit qu'elle était presque morte quand ils l'ont emmenée à l'hôpital. Alors quelqu'un l'a sauvée. Je suis désolé que cela n'ait pas été moi. Je saurai quoi faire si ça devait se reproduire.

— C'est tout ce qui compte, et aussi qu'à présent tu leur dises ce que tu sais.

Adrian hocha la tête. Depuis que Sam lui avait assuré qu'il n'irait pas en prison, il paraissait grandement soulagé. Sam Friedman était un bon avocat, un homme honnête qui ne lui avait jamais menti.. Il avait toute confiance en lui.

Sam sortit son téléphone de sa poche afin d'appeler le commissariat du coin.

Un policier décrocha.

— Bonjour, Sam Friedman, avocat. J'ai un client qui réside dans votre région et qui a des informations sur le viol qui a eu lieu à l'école Saint Ambrose à l'occasion de Halloween. Puis-je parler à l'inspecteur en charge de l'affaire, s'il vous plaît ?

Le policier lui donna alors les numéros de téléphone directs des inspecteurs qui s'occupaient du dossier. Sam nota les deux numéros, puis il appela le premier.

— Inspecteur Martin, répondit une voix féminine.

Pourvu qu'elle ne croie pas à un canular, songea Sam. Il expliqua le motif de son appel, et ajouta :

— Mon client veut une garantie d'anonymat. Pouvez-vous la lui accorder ?

Elle hésita un moment, puis accepta. Elle était curieuse de connaître l'identité de ce client, mais s'abstint de la demander.

— Pouvez-vous nous recevoir maintenant ? demanda Sam.

Un instant plus tard, Adrian l'entendit dire :

— Très bien.

Il raccrocha puis se tourna vers Adrian.

— Elle nous demande de nous rendre à son bureau dans dix minutes. C'est bon pour toi ?

— Oui.

— Alors, allons-y !

Ils se levèrent. Adrian suivit Sam jusqu'à sa voiture tout en s'interrogeant. Devait-il signaler au secrétariat qu'il sortait ? Non, mieux valait s'en abstenir. Il risquait de se voir refuser la permission. Et quoi qu'il en soit, on lui demanderait pourquoi il avait besoin d'aller au commissariat.

— Risques-tu d'avoir des ennuis pour être sorti de l'école sans permission ? demanda Sam comme s'il lisait dans ses pensées.

Adrian haussa les épaules.

— Je ne pense pas. Personne ne fait jamais attention à moi. Et depuis que mon asthme est revenu, je dors à l'infirmerie, donc les garçons du dortoir prêtent encore moins attention à mes allées et venues.

— Peut-être que tes crises d'asthme vont disparaître, maintenant, dit Sam avec gentillesse.

À l'évidence, cette histoire avait tracassé Adrian. Sam était heureux que son client l'ait appelé. Jamais il n'aurait osé se rendre seul au commissariat. Or, ce dont il avait été témoin était de la plus haute importance.

Ils trouvèrent facilement le commissariat et Adrian suivit Sam à l'intérieur. Une grande activité régnait dans les lieux. Sam demanda à parler à l'inspecteur Martin. Quelques instants plus tard, une femme de petite taille, vêtue d'un jean et d'une chemise à carreaux, s'approcha d'eux et les observa. Quand elle avait reçu ce curieux appel téléphonique, elle avait tout d'abord pensé qu'il s'agissait d'une plaisanterie. Mais son interlocuteur s'était donné la peine de se déplacer et Sam avait l'air tout à fait respectable. Il portait un costume et une cravate, car il avait eu une brève comparution au tribunal avant de quitter New York. Ses cheveux noirs étaient coupés très court, il avait de beaux yeux gris et un regard sympathique. Il n'y avait rien de pompeux en lui. Il semblait chaleureux et sincère et il se souciait du bien-être d'Adrian. Il expliqua qu'il était avocat de la défense des enfants à New York et qu'Adrian était son client.

Gwen lui indiqua le chemin de son bureau. La pièce était petite, exiguë, et une grosse pile de dossiers trônait sur sa table de travail.

Elle sourit à Adrian.

— Je crois que je t'ai vu au lycée, dit-elle.

Adrian hocha la tête. Lui aussi, il l'avait vue.

Sam se mit alors à parler en son nom. Il précisa qu'il était avocat commis d'office et qu'il avait été chargé de représenter Adrian ces trois dernières années pour les affaires familiales. Il remit sa carte à Gwen, qui la posa sur son bureau.

— Adrian veut être certain de bénéficier d'un anonymat complet. Il ne veut pas être identifié comme un informateur, mais je pense qu'il a des renseignements qui vous intéresseront. Il est préoccupé par le fait de ne pas les avoir communiqués plus tôt. Il redoutait de s'adresser à la police alors il m'a contacté, et je suis venu de New York. En temps normal, comme je vous l'ai dit, je ne m'occupe que des affaires concernant sa famille. Cette situation est inhabituelle pour nous deux. Les informations en sa possession pourront certainement vous aider dans l'avancement de votre enquête, ou bien corroborer les preuves que vous avez déjà.

Gwen l'apprécia sur-le-champ. Sam était intelligent et il allait droit au but. Elle voyait bien qu'Adrian était terrifié. Il était d'une extrême pâleur qui faisait ressortir ses grands yeux. Pendant que Sam parlait, il prit une bouffée sur son inhalateur. Elle constata également qu'il faisait toute confiance à Sam, et que l'avocat se montrait gentil envers lui.

— Tu es asthmatique ?

Adrian acquiesça d'un signe de tête.

— Moi aussi, confia-t-elle. C'est une vraie plaie.

À ces mots, Adrian laissa échapper un rire.

— Mon asthme s'est amélioré quand j'ai grandi, ajouta Gwen. Ce sera sûrement pareil pour toi.

— Moi, ça empire quand je suis anxieux, expliqua Adrian.

— Eh bien, tu n'as pas besoin d'être anxieux en ce moment. Nous te sommes reconnaissants de toute l'aide que tu pourras nous apporter. Et je comprends très bien que tu aies eu besoin de temps pour t'adresser à nous. C'est effrayant de venir trouver la police avec de telles informations. Alors, raconte-moi ce que tu as vu.

Elle lui parlait d'un ton très détendu, et Sam nota combien elle était habile avec les enfants. Grâce à sa gentillesse et à sa façon amicale de s'adresser à lui, elle avait mis Adrian à l'aise en moins de deux minutes. Sam appréciait son style.

— Je craignais que vous me mettiez en prison parce que je ne vous avais pas contactés tout de suite, admit Adrian.

Elle lui sourit à nouveau.

— Non, ne t'inquiète pas. Au fait, je m'appelle Gwen.

215

Sam remarqua ses taches de rousseur et ses yeux verts. Il était touché par l'empathie dont elle faisait preuve envers Adrian.
— Et moi Adrian.
Il se redressa sur son siège. Son anxiété diminuait, laissant place à un sentiment de confiance.
— Tu es en terminale ? demanda Gwen.
Sa question le flatta. Waouh ! Elle le prenait pour un élève plus âgé ! Il écarta ses longues mèches de son visage, pour qu'elle puisse mieux le voir. Il avait de grands yeux tristes.
— Non, je suis en première.
Il lui raconta alors tout ce qu'il avait dit à Sam, complété par des détails supplémentaires. Gwen l'écoutait avec attention. Il lui confia les noms des six garçons qu'il avait vus émerger du bosquet. Il s'agissait de leurs principaux suspects, son récit confirmait leurs soupçons. De plus, cela leur fournissait un témoin de la scène au moment du crime, ou juste après. C'était une preuve solide contre eux. Cela confirmait également que, malgré leurs affirmations, Vivienne n'était pas « bien » lorsqu'ils l'avaient quittée. Contrairement à leurs dires, elle était inconsciente et avait déjà été violée, puisque l'ambulance était arrivée seulement quelques minutes plus tard. Ils l'avaient donc laissée en état de détresse. Il ne manquait plus qu'une correspondance ADN et l'enquête aurait fait un grand pas en avant.
— C'est exactement ce dont nous avions besoin, Adrian. Je ne pourrai jamais te remercier suffisamment.
Il eut soudain l'air à nouveau inquiet.

— Ils vont aller en prison à cause de moi ?
— Celui qui ira en prison l'aura mérité. Toi, tu n'as commis aucun crime. Ce sont eux les coupables, ou tout du moins l'un d'entre eux, mais les autres sont au courant. Et ils ont abandonné Vivienne alors qu'elle était inconsciente. Nous avons déjà des preuves assez solides contre eux, et nous en attendons d'autres. Mais jusqu'à présent, nous n'avions pas de témoin oculaire pour les relier à la scène, ou pour établir dans quel état se trouvait Vivienne au moment de leur départ. Nous n'avions que nos présomptions. Grâce à toi, nous savons que nous sommes sur la bonne voie.

Adrian hocha la tête, soulagé. Finalement, il se sentait moins responsable de leur sort.

— Nous n'arrêtons pas les gens à moins d'avoir des preuves solides contre eux, expliqua Gwen. Nous ne pouvons pas nous contenter de nos suppositions.

— C'est tellement triste, dit Adrian. Certains d'entre eux semblent être des garçons vraiment bien.

Il avait toujours admiré Jamie de loin. À ses yeux, c'était un chic type. Chase était aussi beau qu'une star de cinéma et Gabe Harris avait de ces muscles ! Steve et Rick, eux, se la pétaient un peu. Quant à Tommy Yee, il ne le voyait pas très souvent : il passait beaucoup de temps enfermé à étudier ou à pratiquer le violon.

— Est-ce qu'ils resteront longtemps en prison ?
— Cela se pourrait. Tout dépendra du juge et de la façon dont il évaluera les circonstances de ce drame.
— Et Vivienne ? Elle va mieux ?
— Oui, plus ou moins. C'est terrible ce qui lui est arrivé.

— Ils étaient vraiment, vraiment saouls. Ils pouvaient à peine tenir debout.

— Ce n'était pas malin de leur part de boire une telle quantité d'alcool. Bon, je tiens à vous remercier tous les deux d'être venus. Ton témoignage va beaucoup nous aider, Adrian. Je vais le taper sans mentionner ton nom. Et je garderai tes coordonnées et celles de Sam séparément dans un dossier sécurisé.

— Est-ce que je devrai aller au tribunal ? s'enquit Adrian.

De nouveau, il semblait paniqué.

— Non, rassure-toi.

Et même si cela se révélait nécessaire, Gwen savait qu'étant donné son âge et ses crises d'asthme elle pourrait s'arranger pour qu'il témoigne à huis clos.

— Si vous voulez bien patienter quelques minutes tous les deux, je vais taper ça très vite et vous le faire signer. Cela vous convient-il ?

Sam et Adrian hochèrent la tête de concert. Gwen les conduisit dans la salle d'attente puis regagna son bureau. Assis à côté de Sam, Adrian contemplait les lieux, observant les personnes qui entraient et sortaient du commissariat. Finalement, il trouvait cela plus intéressant qu'effrayant, et chuchota à Sam qu'il aurait aimé voir quel genre de système informatique utilisaient les policiers. Sam sourit. Leur visite s'était très bien passée, et l'inspectrice avait mis Adrian totalement à l'aise. Dix minutes plus tard, Gwen les rejoignit, document en main. Adrian lut sa déclaration et la signa. Puis Gwen leur remit à chacun sa carte de visite qui mentionnait son numéro de téléphone portable. À nouveau, elle remercia Adrian d'avoir eu le courage de venir témoigner et d'être un citoyen responsable. Sam lui dit que son propre numéro de téléphone portable figurait sur la carte qu'il lui avait donnée, et que c'était le meilleur moyen de le joindre. Adrian quitta le commissariat en éprouvant à la fois un immense soulagement et une pointe de fierté.

— Vous avez entendu ça ? Elle croyait que j'étais en terminale !

Face à son enthousiasme, Sam se mit à rire. Il avait glissé la carte de Gwen au fond de sa poche, se promettant de l'appeler s'il passait un jour à Boston, où elle vivait. Il n'avait pas été aussi impressionné par quelqu'un depuis longtemps.

Alors qu'ils quittaient le parking du commissariat, Gwen se rendit dans le bureau de Dominic et lui tendit une copie de la déposition d'Adrian. Il la lut aussitôt, puis leva vers elle un regard interrogateur.

— Je te l'avais dit : tôt ou tard, quelqu'un parle, affirma-t-elle, sourire aux lèvres.

— Qui est-ce ?

— Un élève de première de Saint Ambrose. Un garçon drôle, un peu geek. Le pauvre, il doit avoir des parents complètement cinglés, parce qu'il a un avocat nommé par les tribunaux de New York pour le protéger d'eux. Un homme très bien. Il a fait tout le chemin depuis New York pour l'accompagner ici. Nous y sommes presque, Dom ! Quand nous aurons les rapports préliminaires d'ADN, si l'un d'eux correspond, nous aurons ce qu'il nous faut pour les arrêter pour viol et obstruction à la justice.

Il la regarda. Ils savaient tous les deux que cette histoire n'en était qu'à ses débuts. Tout dépendrait de la façon dont plaideraient les inculpés. Probablement non coupable. Oui, il y aurait un procès, et sans aucun doute une condamnation, et ces jeunes gens devraient passer des années en prison. Des familles entières souffriraient. Des vies seraient à jamais détruites. Celle de Vivienne bien sûr, mais aussi celles des inculpés. Certains d'entre eux ne s'en remettraient jamais, surtout le coupable, si c'était bien l'un d'eux.

— Les gars du labo m'ont dit que nous aurions peut-être le rapport préliminaire ce soir ou durant le week-end, annonça Dominic.

— Nous verrons bien. Nous nous en occuperons le moment venu. Nous allons devoir gérer aussi les médias et les parents des garçons.

Ils avaient conscience des difficultés qui les attendaient, mais ils étaient prêts à les affronter. Si l'ADN ne correspondait pas à celui des camarades de Vivienne, ils devraient repartir de zéro, et élargir leur champ de recherche. Ils étaient prêts à cela aussi.

Une fois de retour à Saint Ambrose, Adrian remercia chaleureusement Sam de l'avoir accompagné au commissariat. Il se sentait libéré du fardeau qu'il portait depuis une longue semaine. Enfin, il parvenait à respirer à nouveau ! Sam l'étreignit, et quelques minutes plus tard il reprenait le volant pour retourner à New York. Alors qu'il se dirigeait vers la bretelle d'accès à l'autoroute, il songea à Gwen. L'inspectrice était une belle femme. Mais plus que tout, pour le bien-être d'Adrian et de la jeune victime, il était heureux d'être venu. Rencontrer Gwen n'était qu'un bonus. Il se remémora les propos d'Adrian au sujet de cette terrible soirée. Comment cette histoire allait-elle tourner si l'un de ces garçons avait vraiment violé leur camarade, aussi improbable que cela puisse paraître dans une école comme celle-ci ?

11

Saint Ambrose était toujours calme le dimanche. Les élèves en profitaient pour rattraper le temps perdu, faire leur lessive, lire, étudier, aller à la bibliothèque. Ils traînaient en petits groupes et l'atmosphère se détendait peu à peu. En outre, les chaînes de télévision avaient commencé à délaisser l'école, on ne voyait à peine plus que deux camionnettes de médias reléguées sur le parking le plus éloigné, si bien que l'on finissait par ne plus y penser. Certes, personne n'avait oublié ce qui s'était passé à Halloween, mais le triste événement n'était plus au premier plan des préoccupations de chacun. De nouvelles amitiés avaient commencé à se nouer entre les élèves. Dans la cafétéria résonnaient à nouveau des conversations animées et joviales. Les entraînements sportifs se déroulaient sans problème. Gillian poussait les équipes à fond et attendait beaucoup d'elles. Adrian avait regagné sa chambre au dortoir. Il n'avait plus eu de crise d'asthme depuis jeudi, la veille du jour où lui et Sam s'étaient rendus au commissariat. Gwen avait envoyé un texto à Adrian et à Sam pour les remercier d'être venus faire une déposition.

Jamie et Chase se trouvaient dans leurs chambres. Chase rédigeait une dissertation de littérature anglaise pour laquelle il était en retard, et il avait du mal à se concentrer. Jamie, lui, dans la chambre voisine, se reposait, les yeux perdus dans le vague. Il aurait aimé savoir comment allait Vivienne mais il n'avait aucun moyen de prendre de ses nouvelles. Il avait le sentiment constant qu'une forme de châtiment allait s'abattre sur eux. En irait-il toujours ainsi ? Sa vie était devenue un enfer, emplie d'anxiété et de tristesse. Il ne partageait plus aucun moment avec ses camarades. Ils se tenaient à l'écart les uns des autres, et chaque fois que Jamie les voyait en classe, aux repas ou au gymnase, cela lui rappelait l'horrible soirée de Halloween. Il n'avait toujours pas rédigé sa lettre de motivation pour son dossier de candidature à l'université, et se sentait désormais indigne des éloges que ses professeurs ne manqueraient pas d'écrire en sa faveur. D'ailleurs, il ne leur avait pas remis les formulaires et ne cessait de s'interroger. Ses camarades éprouvaient-ils les mêmes sentiments que lui ? Chase refusait d'en discuter avec lui, de peur que quelqu'un ne les entende. Tout ce qu'ils faisaient désormais était teinté par le drame.

Tommy Yee jouait du violon dans une salle insonorisée du studio de musique. Il s'entraînait plus que jamais, et pourtant on sentait qu'il jouait moins bien. Comparé au sien, le violon prêté par l'école était de mauvaise qualité. C'était comme un bloc de bois sans vie entre ses mains. C'était d'ailleurs ce qu'il ressentait lui aussi. Dernièrement, il était tout le temps fatigué. La nuit, il passait des heures entières éveillé, à chercher le sommeil, et le jour il pouvait à peine mettre un pied devant l'autre. Chaque matin ou presque, il se réveillait en pleurant, et l'image de la pauvre Vivienne allongée inconsciente au milieu de cette clairière, abandonnée là, le hantait.

Le dimanche matin, les médecins autorisèrent Vivienne à quitter l'hôpital. Sa mère avait apporté deux grandes valises de New York. Elles contenaient tous les effets que Vivienne lui avait demandé : ses pulls et jupes préférés ainsi qu'un petit ours rose avec lequel elle dormait encore. Chris avait décidé qu'il serait plus facile de prendre l'avion pour Los Angeles directement depuis Boston plutôt que depuis New York. Avant de quitter New York pour rejoindre sa fille, Nancy avait fait le tour de l'appartement et elle avait réalisé à quel point cela serait déprimant de vivre ici désormais. Elle avait déjà connu ce sentiment de déchirement quand sa fille était entrée à Saint Ambrose. Cependant, si elle préférait retourner vivre en Californie, elle ne s'y opposerait pas. Vivienne voulait mettre autant de distance géographique que possible entre elle et le tragique événement qui avait eu son lycée pour cadre. Et bien sûr, Nancy lui rendrait visite à Los Angeles. Mais le fait de savoir qu'elle ne rentrerait pas à la maison pour les vacances rendait les choses encore plus difficiles pour elle. Sa fille cherchait-elle à se venger d'avoir été brutalement séparée de son père ? Ils n'avaient pas encore pris de décision concernant l'école. Nancy savait qu'elle devait se montrer patiente. Ainsi avait-elle choisi de laisser à Vivienne du temps pour décider ce qu'elle voulait faire. Après le cauchemar qu'elle venait de subir, Nancy ne voulait que le meilleur pour sa fille. Quoi qu'il lui en coûte.

Nicole et Gillian étaient venues rendre visite à Vivienne la veille de son départ. Elles lui avaient offert une belle peluche, cadeau qui semblait puéril, mais Maxine pensait que cela pourrait lui procurer un peu de réconfort. Elles ne lui avaient volontairement rien apporté arborant l'emblème de Saint Ambrose. À l'évidence, leur élève préférerait tout oublier du lycée et du cauchemar qu'elle y avait vécu.

— Les matchs de volley-ball féminins ne seront plus les mêmes sans toi, déclara Gillian.

Vivienne sourit. Elle était impatiente de retourner à Los Angeles avec son père, mais elle ne se sentait pas encore prête à revoir ses amies. Elle avait envoyé un texto à Zoé et Lana pour leur dire qu'elle était hélas trop occupée par les examens de mi-trimestre et ses demandes d'inscription à l'université. Leurs réponses laissaient poindre une note d'amertume. Vivienne avait décidé de ne pas leur parler de ce qui lui était arrivé, et elle ne voulait pas les revoir avant d'être complètement rétablie. Elle avait trop honte de ce qui lui était arrivé. À cause des reportages dans les médias, Zoé et Lana lui avaient posé des questions sur le viol survenu dans son lycée. Vivienne s'était contentée de répondre qu'elle connaissait la victime. Ses amies avaient alors déclaré qu'elles étaient heureuses que ce ne soit pas elle.

Vivienne avait encore des maux de tête et elle faisait toujours des cauchemars. Une fois de retour en Californie, elle était supposée consulter un psychologue. Tout ce qu'elle désirait, c'était rentrer à Los Angeles et oublier son séjour sur la côte Est. Avant de la quitter, Nicole et Gillian l'embrassèrent chaleureusement, et lui souhaitèrent un bon retour chez elle. Dans le hall, Nicole demanda à Nancy de leur faire savoir s'ils pouvaient faire quelque chose pour elle ou Vivienne, et elle promit de tenir Nancy au courant de tous les développements de l'enquête. Nancy les remercia, et toutes deux purent constater à quel point elle était triste que Vivienne parte pour Los Angeles.

Un peu plus tard, alors qu'elles étaient en route pour regagner le lycée, Gillian demanda à Nicole :

— Tu crois que retourner en Californie avec son père est ce qu'il y a de mieux pour Vivienne ?

— Elle a presque 18 ans, et c'est ce qu'elle souhaite. Après un tel drame, je trouve qu'il est judicieux de la laisser choisir ce qu'elle veut faire.

— Sa mère a l'air si triste !

Ce n'était pas seulement le départ de sa fille pour la Californie qui attristait Nancy, mais l'idée du lourd fardeau que Vivienne aurait à porter toute sa vie. Toutes les personnes au courant de l'histoire en souffraient pour elle. Juste avant Halloween, Vivienne avait remis à Nicole ses formulaires pour son dossier universitaire. Comme bon nombre de professeurs, Nicole avait promis qu'elle lui écrirait de chaleureuses recommandations. Il ne serait pas mentionné qu'elle avait consommé de l'alcool lors de la soirée de Halloween, et elle pourrait ainsi quitter Saint Ambrose la tête haute, ce qui était le moins qu'ils puissent faire pour elle étant donné qu'ils n'avaient pas réussi à la protéger de ses camarades et à assurer sa sécurité à l'école.

Chris plaçait les bagages dans la voiture, tandis que Vivienne sortait par une entrée latérale de l'hôpital. Plusieurs vigiles se tenaient prêts au cas où quelqu'un aurait divulgué des informations, mais il n'y avait personne. Aucune information n'avait été donnée à la presse sur l'identité de la victime. Vêtue d'un jean et d'une veste assortie sur un sweat-shirt rose, Vivienne avait bonne mine. Elle embrassa sa mère sous le regard de son père.

— Je t'appellerai ce soir quand nous serons arrivés à la maison, maman.

Nancy était blessée que Vivienne considère toujours leur demeure de Los Angeles comme son foyer, et pas l'appartement qu'elles partageaient à New York. Mais elles n'y vivaient que depuis cinq mois, cela n'avait rien de surprenant. Vivienne avait vécu toute sa vie en Californie. Aujourd'hui, c'était comme si elle voulait remonter le temps et revenir à une période plus heureuse. Nancy aurait aimé faire de même. Non pas pour retourner vivre avec Chris, mais pour éviter tous ces mauvais moments. Cette année avait été difficile pour elle aussi.

— Tu vas me manquer, ma chérie, dit Nancy en l'enlaçant.

Chris avait promis d'appeler le thérapeute le lendemain et de prendre rendez-vous le plus tôt possible. Il comptait passer beaucoup de temps avec sa fille, et il voulait qu'elle rencontre Kimberly et apprenne à la connaître. Il espérait qu'elles deviendraient bonnes amies.

Nancy l'embrassa une dernière fois, puis Vivienne se glissa sur le siège passager et lui fit un signe de la main. Voilà, ils étaient partis, songea Nancy, chagrinée, en regagnant sa voiture avant d'entamer le long trajet de retour à New York. Les joues dégoulinant de larmes, elle mit le contact et quitta à son tour le parking. Elle avait le cœur serré en pensant à Vivienne. Certes, elle prendrait bientôt l'avion pour aller la voir à Los Angeles, mais rien ne serait plus pareil sans elle. Et elle était tellement triste que des milliers de kilomètres les séparent ainsi.

— J'ai hâte que tu rencontres Kimberly, dit Chris, en souriant à sa fille.

— Oui, moi aussi.

Alors qu'ils se dirigeaient vers Boston, Vivienne contemplait le paysage par la vitre. Kimberly était-elle au courant de ce qui lui était arrivé ? Elle n'osa pas poser la question à son père. Elle savait qu'à partir de maintenant, le fait que les gens soient au courant ou non définirait toutes ses futures relations. Ce viol était l'événement le plus marquant de sa vie.

Dimanche soir, juste au moment où sa femme et lui allaient passer à table pour dîner, le téléphone sonna chez Taylor. Charity avait préparé un repas simple, car aucun d'eux ne mangeait beaucoup ces derniers temps. À cause du stress, Taylor avait perdu presque quatre kilos en une semaine.

L'appel provenait de l'inspecteur Dominic Brendan.

— Nous avons reçu le rapport préliminaire il y a une heure, annonça-t-il d'un ton neutre.

C'était la nouvelle que Taylor attendait depuis plusieurs jours. Le moment de vérité était arrivé.

— Nous aurons un rapport plus détaillé par la suite, mais ces résultats nous informent déjà de ce que nous voulions savoir.

Taylor retint son souffle. La vie de six garçons et de leurs familles serait affectée à jamais par ces résultats.

— Je n'ai pas de bonnes nouvelles, déclara Dominic avec gravité. Nous avons une correspondance. Il n'y a aucun doute : le coupable est Rick Russo. Les cinq autres sont innocents. Donc ils nous ont menti pour le protéger. Vivienne aussi. Les camarades de Rick sont complices pour avoir été présents sur les lieux, et avoir fait obstruction à l'enquête. Ils savaient certainement tous que Russo avait commis ce viol. Nous avons prévenu le juge la semaine dernière et préparé un mandat d'arrestation qu'il signera demain matin. Je suis désolé, monsieur Houghton, mais dès que ce mandat sera effectivement signé, nous viendrons arrêter les six garçons. Le juge laissera probablement les cinq autres sortir sous caution. Il est possible qu'il veuille garder Rick Russo en détention s'il pense qu'il risque de s'enfuir, ou alors il fixera une caution très élevée.

Taylor savait que le père de Rick paierait, quel que soit le montant de la caution. Et peu importait à quel point Joe Russo était odieux, il se sentait désolé pour lui et son épouse. Cette arrestation serait un coup terrible pour eux.

— Je pense que ce sera un soulagement pour la famille de la victime que le garçon qui l'a violée ait été identifié et qu'il soit traduit en justice, ajouta l'inspecteur.

Pendant un moment, Taylor eut du mal à respirer. Il avait la gorge nouée. Des larmes emplirent ses yeux.

La vie de six jeunes hommes, ainsi que celle de leurs parents, était sur le point de changer à jamais. Si leur culpabilité était établie, tous seraient condamnés, et l'un d'entre eux serait fiché comme délinquant sexuel.
— Seront-ils jugés comme des adultes ?
— Ce sera au juge de décider. Cela peut aller dans les deux sens. Le procureur voudra qu'ils soient jugés comme des adultes. La peine moyenne dans l'État du Massachusetts, en tant qu'adulte, est de cinq à huit ans. Le public n'a aucune sympathie pour les violeurs, même si le coupable n'a que 17 ans. Et les médias vont s'en donner à cœur joie : un fils à papa dans une école chic qui pense avoir tous les droits et viole une fille. La victime a aussi joué un rôle dans cette affaire, puisqu'elle s'est enivrée avec eux. Les jurys n'aiment pas ce genre de cas. Les juges non plus. C'est un sujet brûlant et en cas de clémence les conséquences peuvent être lourdes. C'est une terrible affaire que vous avez sur le dos, monsieur Houghton.
— J'en ai bien peur, oui. Merci, inspecteur, de m'avoir prévenu dès ce soir. Que va-t-il se passer, maintenant ?
— Comme je vous le disais, le ou plutôt les mandats seront signés demain matin, et nous viendrons arrêter les garçons juste après. Mieux vaut que vous vous absteniez de les prévenir. Nous ne voulons pas courir le risque qu'ils quittent la région en prenant l'avion, et j'imagine qu'ils ont tous les moyens de le faire, avec les cartes de crédit de leurs parents.

L'inspecteur n'avait pas tort, sauf dans le cas de Gabe.
— Ce sont des informations strictement confidentielles que je viens de vous confier, monsieur Houghton,

afin que vous soyez préparé aux événements de demain matin.

— Je vous remercie. Et quand vous les aurez arrêtés, qu'adviendra-t-il d'eux ?

— Ils passeront un jour ou deux en prison, jusqu'à la lecture de l'acte d'accusation. Ils peuvent soit avouer et plaider coupable, soit plaider non-coupable, ce que leurs avocats recommanderont très probablement. Ils pourront modifier leur plaidoyer plus tard s'ils veulent avouer lors de la mise en accusation. Le juge fixera ou non une caution, en fonction de la gravité du crime. Il pourrait les libérer sous caution avec promesse de comparaître, mais pas dans le cas de Rick Russo. Et dans un an environ, il y aura un procès. C'est un long processus. La justice avance lentement, et les avocats de ces garçons feront leur possible pour ralentir la procédure, mais ils ne pourront pas la retarder indéfiniment. Les preuves contre eux sont solides. Ils seraient idiots d'aller au procès, et leurs avocats le leur diront aussi. Un avocat réputé estimerait sûrement être capable de faire libérer Russo. Pour ma part, je doute qu'il le puisse.

Taylor avait conscience qu'une année difficile les attendait. La justice était déjà en marche, et ils devraient tous aller jusqu'au bout de cette affaire. Cependant, il ne pouvait pas imaginer Rick en prison durant cinq à huit ans. Même s'il ne niait pas un seul instant la gravité du crime, c'était effarant d'envisager un tel avenir pour son élève.

Ils discutèrent encore quelques instants, puis l'inspecteur prit congé.

— À demain matin, dit Dominic avant de raccrocher.

Taylor alla trouver Charity, qui avait mis leur dîner au four pour le garder au chaud. Il pénétra dans la cuisine la mine sombre.

— Les policiers ont une correspondance ADN pour Rick Russo, annonça-t-il sans préambule. Ils vont tous les arrêter demain. Les autres seront accusés de complicité et d'obstruction à la justice pour avoir menti, probablement pour protéger leur camarade.

— Comptes-tu avertir Shep ? demanda-t-elle prudemment.

— C'est impossible. J'ai donné ma parole à l'inspecteur. Ils ne veulent pas prendre le risque que l'un d'entre eux s'enfuie.

Charity approuva d'un hochement de tête.

Ils s'installèrent à la table. Se penchant l'un vers l'autre, ils s'étreignirent les mains, essayant d'imaginer la tornade qui allait s'abattre sur eux dans moins de vingt-quatre heures. Puis Charity se leva pour éteindre le four, mais y laissa leur plat. Aucun d'eux n'aurait pu avaler une seule bouchée.

12

Le lundi matin à 11 heures, une fois les mandats signés, Dominic Brendan téléphona au proviseur de Saint Ambrose. Taylor lui demanda s'il pouvait réunir les garçons dans son bureau avant la venue des policiers. Il voulait par-dessus tout éviter que leurs arrestations aient lieu à la vue de leurs camarades, ce qui risquerait de perturber tout le lycée.

— C'est une bonne idée, déclara Dominic, désireux de coopérer avec lui.

Taylor avait fait de son mieux pour les aider, avec calme, compassion et intelligence. C'était un très bon proviseur, et Dominic éprouvait le plus grand respect pour lui et la façon dont il dirigeait son lycée. Quel dommage qu'un tel drame y ait eu lieu ! Hélas, cela n'avait rien d'inhabituel dans ce genre d'établissement.

— En revanche, ne dites rien aux garçons sur la raison de notre venue. Nous ne voulons pas que l'un d'eux prenne la fuite et devoir nous lancer dans une chasse à l'homme.

Il ne plaisantait qu'à moitié. Tout était possible, si les garçons paniquaient. La situation était déjà suffisamment dramatique, autant ne pas l'aggraver.

— Nous ne parlerons pas à la presse, ajouta-t-il, mais une fois vos élèves derrière les barreaux, les médias vont se déchaîner. Je pense que le juge imposera une ordonnance de non-publication parce qu'ils sont mineurs, mais il y aura forcément des fuites. Nous ne pourrons pas les empêcher.

— Oui, je m'y attends.

Charity et lui en avaient discuté toute la nuit. Comme elle l'avait dit, il leur faudrait être forts et patients.

Quelques instants plus tard, Taylor appela Nicole et lui demanda de venir le retrouver dans son bureau, sans lui expliquer pourquoi.

— Y a-t-il une raison pour laquelle tu as besoin de moi ce matin ? demanda-t-elle en arrivant. J'ai une montagne de travail qui m'attend.

Pour toute réponse, Taylor lâcha un profond soupir.

— Je ne peux pas te dire pourquoi, Nicole, mais sache qu'il nous faut être présents tous les deux. Dans quelques minutes, les garçons vont nous rejoindre.

Il avait vérifié les emplois du temps des garçons puis prévenu leurs professeurs à qui il avait demandé de les lui envoyer. Un moment plus tard, vêtus de leurs uniformes, ils se présentèrent à lui, nerveux d'être ainsi appelés dans le bureau du proviseur. Visiblement, ils s'interrogeaient sur la raison de cette convocation. La mine grave, Taylor les invita à s'asseoir. Quelques minutes plus tard, les inspecteurs Martin et Brendan firent leur entrée. Six adjoints du shérif et trois voitures de police attendaient à l'extérieur. Ils étaient arrivés aussi discrètement que possible afin de ne pas alerter les médias ni les élèves.

Quand ils virent les inspecteurs pénétrer dans le bureau de Taylor, les garçons se figèrent. De nouvelles preuves avaient-elles fait surface ? Vivienne avait-elle fini par leur raconter exactement ce qui s'était passé ?

— Nous aimerions que les choses se passent dans le plus grand calme, déclara l'inspecteur Brendan. Vous êtes tous en état d'arrestation. Rick Russo, vous êtes en état d'arrestation pour le viol de Vivienne Walker dans la nuit du 31 octobre, et pour obstruction à la justice dans l'enquête.

Il nomma ensuite chacun des cinq autres, les arrêtant pour complicité ainsi que pour obstruction à la justice, et lut aux six garçons les droits dont ils bénéficiaient. Sidérés, en état de choc, ils se virent alors passer les menottes. Bien qu'elles soient en plastique, elles leur cisaillaient les poignets. Dès que les policiers s'approchèrent de Tommy Yee, il éclata en sanglots.

— Vous ne pouvez pas nous faire ça ! s'écria Rick Russo au moment où on l'entravait.

— Si, nous le pouvons, répondit l'inspecteur Brendan d'un ton calme. Ton test ADN correspond aux échantillons de sperme prélevés à l'hôpital sur le corps de la victime.

— Mon père me fera sortir sous caution en moins de cinq minutes, riposta Rick d'un air bravache.

Il jeta un regard plein de rage aux policiers puis à Taylor. Ses yeux exprimaient une colère noire, mais aucune trace de remords.

— La caution ne sera pas fixée avant votre audience d'inculpation mercredi, expliqua Brendan, peu impressionné par ses propos. Tu resteras donc en prison jusqu'à mercredi.

Chase et Jamie échangèrent un regard. Tous deux luttaient pour ne pas succomber aux larmes. Steve Babson tremblait de la tête aux pieds, et Gabe se mit à pleurer en même temps que Tommy. Ils avaient les uns et les autres beaucoup à perdre.

— Je suis désolé, les garçons, dit Taylor d'un air sombre.

— Non, vous ne l'êtes pas ! cria Rick, les mains attachées dans le dos. Vous les avez aidés à nous faire ça !

— Nous avons coopéré avec la police. La victime mérite tout notre soutien et tous nos efforts pour trouver le ou les coupables. Je regrette que vous soyez accusés dans cette affaire. Tout ce que je souhaite, c'est que justice soit faite pour elle et pour vous, si vous n'êtes pas coupables. Si vous l'êtes, le crime ne peut rester impuni. Vous étiez sous ma responsabilité, et elle aussi. Je vous connais tous depuis trois ans et j'apprécie chacun d'entre vous. Votre implication dans cette histoire me cause une grande tristesse, ainsi qu'à vos familles.

Taylor hocha alors la tête à l'intention de Dominic Brendan, qui fit signe à ses adjoints d'emmener les inculpés. Leur groupe s'éloigna dans le calme. Taylor et Nicole remarquèrent qu'à présent tous les garçons pleuraient. Contrairement aux larmes de ses camarades, celles de Rick semblaient plutôt chargées de fureur que de chagrin ou de crainte. Cette histoire avait révélé une facette de sa personnalité que personne n'avait jamais entrevue auparavant, même sans qu'il soit sous l'empire de l'alcool.

Après avoir vu les garçons monter dans les voitures de police qui les conduiraient à la prison, Dominic regagna le bureau de Taylor où se trouvaient toujours sa coéquipière, Gwen, ainsi que Nicole. Tous les trois paraissaient profondément déprimés.

— Quelle affreuse matinée, lâcha Taylor.

Il invita les inspecteurs à s'asseoir un moment. Nicole demanda à l'assistante de Taylor de leur apporter du café. Aucun des quatre ne put avaler ne serait-ce qu'une goutte.

— Ça va être le grand bazar dès que leurs parents et leurs avocats s'en mêleront, prédit Dominic.

Taylor acquiesça. D'ici quelques minutes, il téléphonerait aux familles pour les prévenir de ce qui venait de se passer. Ce ne serait pas une surprise totale étant donné qu'ils étaient déjà au courant de la soirée trop arrosée et du viol. Ils avaient également été avertis de la correspondance des empreintes digitales de leurs enfants avec celles relevées sur la bouteille de tequila. Néanmoins, il se doutait bien que l'annonce de leur arrestation serait un choc, car chaque parent avait dû prier pour que l'ADN de son fils ne corresponde pas à celui trouvé sur la victime.

— Les garçons ont mieux réagi que je ne l'espérais, déclara Gwen sans ambages. En fait, ils sont bien plus agréables que leurs parents.

Elle eut un sourire triste.

— C'est souvent le cas, admit Taylor.

Il songeait à Jamie et à son père. Shepard s'était montré hargneux dès le début de l'affaire, et nul doute que son comportement allait empirer. Au cours de ces derniers jours, leur amitié de trois ans s'était totalement dissoute, et Shepard avait révélé une détestable facette de sa personnalité, indigne de lui. Il était prêt à faire n'importe quoi pour sauver son fils, peu importe qui ou ce qu'il devait sacrifier.

— Nous essaierons d'obtenir une déclaration de Vivienne quand le calme sera revenu, annonça Gwen. Les garçons seront moins nerveux une fois qu'ils auront été libérés sous caution, surtout s'ils ne passent en procès que dans un an. Dans quelques jours, tout cela leur paraîtra irréel. Mais ils devront bien faire face à la situation à un moment ou à un autre. Les laisserez-vous revenir au lycée durant leur mise en liberté sous caution ?

Taylor réfléchit un moment, puis jeta un coup d'œil à Nicole.

— C'est impossible. Certes, ils sont innocents jusqu'à ce que leur culpabilité soit prouvée. Mais nous devons prendre des mesures à leur encontre. Ils ont tout de même passé une soirée à boire de l'alcool, ce qui à Saint Ambrose est un motif d'expulsion immédiate. Nous allons soit les expulser, soit seulement les suspendre, mais en tout cas ils ne reviendront pas, du moins pas avant d'avoir été acquittés. Ils pourront terminer l'année scolaire en étudiant à domicile, mais nous ne leur remettrons pas leur diplôme tant qu'ils n'auront pas été déclarés non-coupables. Et s'ils sont condamnés, ils ne l'obtiendront pas. Le délit est trop grave. Quant à leur chance d'entrer dans une prestigieuse université l'année prochaine, ils peuvent lui dire adieu, probablement de façon définitive s'ils sont condamnés. Ce seront tous des repris de justice, et Rick sera fiché comme délinquant sexuel.

— Ils pourront terminer le lycée en prison, dit Gwen.

Avec les mineurs, elle était toujours quelque peu déchirée entre les victimes et les coupables, car d'une certaine manière les auteurs de délits étaient eux aussi des victimes qui ne comprenaient pleinement les conséquences de leurs actes que lorsqu'il était trop tard.

Cependant, dans le cas actuel, la victime ayant subi un viol, elle ne ressentait aucune pitié.

Dominic Brendan se leva, et Gwen fit de même.

— Bien, nous allons vous laisser, nous avons beaucoup de travail. J'imagine que leurs avocats seront sur notre dos dès cet après-midi, dit-il.

Ils quittèrent les lieux quelques instants plus tard. Taylor était sur le point de s'adresser à Nicole, lorsque son assistant vint l'informer que Shepard Watts était en ligne et voulait lui parler de toute urgence.

— Nous y voilà, soupira-t-il.

— Bonne chance, murmura Nicole avant de rejoindre son propre bureau.

Elle savait qu'elle n'oublierait jamais cette matinée. Après les parents, Taylor devrait composer avec les médias qui ne manqueraient pas de le harceler.

— Bonjour, Shep. Je suis désolé, dit-il avant que Shepard Watts puisse prononcer un seul mot.

Tous deux savaient pourquoi il téléphonait. Jamie avait dû l'appeler dès son arrivée en prison.

— Si c'est le cas, tu feras tout ce qui est en ton pouvoir pour sortir Jamie de ce pétrin cauchemardesque. Je ne sais pas ce qui s'est passé cette nuit-là et toi non plus, mais si Rick Russo a violé la fille, Jamie n'est certainement pas complice et il n'a rien à voir avec ça. Mon fils est un garçon formidable ! Cette fille est sûrement une moins que rien pour les avoir entraînés là-dedans ! Et maintenant Jamie est en prison. Je te promets une chose, Taylor : si tu ne sors pas Jamie de ce merdier et si tu ne t'arranges pas pour que les poursuites contre lui soient abandonnées je vous détruirai, toi et ton lycée ! Les autres peuvent brûler en enfer, je m'en fiche.

Shepard semblait au bord des larmes. En vérité, quand Jamie l'avait appelé pour lui expliquer qu'il avait été arrêté et se trouvait en prison, il avait carrément éclaté en sanglots. Jamie, lui, semblait étonnamment calme et il s'était abondamment excusé auprès de sa famille. Shepard avait déjà appelé leur avocat qui était en route. Hélas, ce dernier lui avait précisé qu'il ne pourrait pas faire sortir immédiatement Jamie sous caution, car celle-ci ne serait fixée que lors de l'audience d'inculpation, si et seulement si le juge accordait bien la possibilité d'une telle libération. Compte tenu de la gravité du délit et des accusations, le juge pouvait aussi décider de ne pas accorder la liberté sous caution et maintenir Jamie en prison. Cela restait à son entière discrétion. Quand il avait appris cela, Shepard était devenu fou de rage.

— Je veux que les charges contre Jamie soient abandonnées ! hurla-t-il dans le combiné. Tu as compris ?

— J'aimerais beaucoup pouvoir les sortir de là s'ils sont innocents, mais cela ne dépend pas de moi, Shep. Seule la police peut en décider. Ce n'est pas la victime qui a porté plainte contre eux, mais l'État. Ils sont coupables d'un délit très grave. Cette jeune fille a été violée. Aucune femme ne mérite cela. Et sache que ce n'est pas une moins que rien, comme tu le dis. Elle aussi, elle est formidable. Les policiers ont une correspondance de l'ADN prélevé sur la victime avec celui de Rick Russo, ainsi que de solides preuves. Tous les garçons ont menti lors de l'enquête. Ils ont donc fait obstruction à la justice. Il n'y a rien que je puisse faire. Je déteste ça autant que toi, mais c'est ainsi. Tout part en vrille quand des jeunes se saoulent comme ils l'ont fait... Certes, ton fils n'est pas coupable de cet acte immonde, mais il a couvert le délit pour protéger son ami. Ils ont tous fait de même, donc ils se retrouvent tous ensemble dans le pétrin.

— Tout ce que je te dis, Taylor, c'est que j'attends que tu fasses quelque chose pour que les charges soient abandonnées contre lui, sinon tu regretteras le jour où tu m'as rencontré !

C'était déjà le cas. La loyauté de Shepard envers son fils était admirable, mais les preuves ne pouvaient être niées, comme le lui avait d'ailleurs fait remarquer leur avocat. Shepard avait exigé qu'il trouve une faille dans le dossier pour faire sortir Jamie de prison et que toutes les charges à son encontre soient abandonnées, mais l'avocat lui avait expliqué que le viol était un sujet très sensible et que le tribunal ne serait sûrement pas enclin à faire preuve de clémence. Le tollé public serait également pris en considération. Et quoi que décide le juge, l'affaire serait dans tous les médias. Comme ses camarades, Jamie devait passer par la procédure normale, attendre jusqu'à mercredi la lecture de l'acte d'accusation, plaider coupable ou non, argumenter pour convaincre le juge de fixer une caution malgré la violence du délit dont il était accusé, payer cette caution, puis constituer son dossier pour aller au procès. Ou, si Jamie reconnaissait sa culpabilité pour complicité et mensonges à la police, essayer d'obtenir le meilleur accord possible pour faire diminuer les charges et négocier sa peine, si le juge et le procureur étaient d'accord, ce qui était peu probable dans le climat actuel. Inutile de se voiler la face. Jamie et ses camarades étaient dans une situation très grave, et aucune menace proférée à l'encontre de Taylor n'y changerait quoi que ce soit. À l'évidence, Jamie avait compris cela bien mieux que son père.

Lorsque les garçons arrivèrent à la prison, l'effroi se lisait sur leurs visages. Les agents de police relevèrent à nouveau leurs empreintes, et prirent des photos d'identité judiciaire de chacun. L'un des agents leur ordonna de retirer leurs vêtements et de les mettre dans des sacs en plastique étiquetés à leur nom. Puis, quand ils furent nus, on procéda sur eux à une fouille corporelle. On leur distribua ensuite les fameux uniformes orange et une paire de tongs en caoutchouc avant de les conduire dans trois cellules différentes où ils durent s'installer deux par deux. Les garçons étaient horrifiés. Leurs objets de valeur – trois d'entre eux portaient des montres Rolex, et deux d'entre eux des Tag Heuer – et leurs portefeuilles avaient été inventoriés puis enregistrés. Chacun avait eu l'autorisation d'appeler ses parents. Les conversations avaient été brèves et chargées d'angoisse. Des deux côtés des larmes avaient coulé.

Plutôt que d'appeler ses parents, Chase avait téléphoné à son avocat. Sa mère terminait un film aux

Philippines au beau milieu de la jungle et son père était à la fois la star et le réalisateur d'un film en Espagne. Chase savait qu'il ne pouvait pas quitter son tournage. L'avocat l'assura de sa présence lors de la mise en accusation. Quant à Gabe, il avait rempli un document pour demander les services de l'avocat commis d'office.

Chase et Jamie furent affectés à la même cellule.

— Merde, lâcha Jamie en jetant un coup d'œil à Chase. On est foutus.

— Peut-être pas. Il pourrait se passer beaucoup de choses entre aujourd'hui et la tenue d'un procès.

Après le choc initial, Chase semblait résigné à leur sort. Et d'une certaine façon, il pensait qu'ils méritaient ce qui leur arrivait. Rick ne cessait de répéter que son père allait le faire sortir, mais on leur avait clairement expliqué que la caution ne serait fixée qu'ultérieurement, lors de l'audience d'inculpation. D'ici là, aucun d'eux n'irait nulle part. Leurs cellules étant proches, ils auraient facilement pu converser les uns avec les autres, mais aucun d'eux n'avait envie de parler. Ils allaient devoir patienter deux jours avant la mise en accusation, dans des cellules étroites, chacune équipée d'un lit superposé avec un matelas aussi fin que du papier, une paire de draps effilochés et tachés, un oreiller sale, une serviette de toilette rugueuse, une couverture de surplus militaire, des toilettes ouvertes plus que douteuses et un petit lavabo. Chaque jour un gardien les faisait sortir de leur cellule puis les accompagnait à la douche, et plus tard ils étaient escortés à la cafétéria pour prendre leurs repas avec les autres prisonniers. Pour l'instant, ils étaient accusés comme des adultes et non comme des mineurs, mais les choses pouvaient changer. La prison hébergeait une soixantaine de détenus dont la plupart étaient des trafiquants de drogue et quelques-uns des criminels endurcis. Avec leur allure de garçons de bonne famille, leur petit groupe détonnait. Même Gabe, qui avait pourtant eu recours à l'avocat commis d'office, avait cette apparence soignée symbole d'aisance financière. Alors qu'ils patientaient en file pour qu'on leur remette leurs plateaux-repas, Gabe bouscula par mégarde l'un des prisonniers. Aussitôt, l'homme se retourna et l'insulta avec agressivité. Il s'excusa et s'écarta illico. Ni lui ni ses camarades n'étaient préparés pour affronter la situation dans laquelle ils se trouvaient, ni les personnes qu'ils risquaient de rencontrer, si éloignées de leur cercle habituel.

Le lendemain, lorsque leurs avocats se présentèrent, les garçons avaient l'air épuisés et toujours sous le choc. Chacun d'entre eux serait représenté par son propre avocat. L'avocate commise d'office qui vint voir Gabe était pressée. Elle lui expliqua que la mise en accusation était une procédure standard et qu'il devait plaider non-coupable. Ils pourraient toujours modifier cela par la suite. Elle l'informa qu'elle avait été assignée à cette audience, mais que s'il y avait un procès, elle ne pourrait le représenter car elle était enceinte et serait en congé de maternité d'ici là. Assis dans leurs cellules la nuit précédant l'audience d'inculpation, les six garçons semblaient complètement perdus. De quoi leurs lendemains seraient-ils faits ?

La mère de Steve Babson était venue lui rendre visite. Elle était descendue dans un motel. Les autres parents seraient tous là le lendemain avec les avocats, sauf le père de Steve et les parents de Chase. L'avocat avait informé Matthew Morgan et Merritt Jones par e-mail que Chase avait été arrêté et qu'il était en prison. Chase n'avait aucun mal à imaginer ce qu'ils ressentaient et quelle déception il était pour eux. Tommy sautait les repas et restait dans sa cellule, ne cessant de répéter que ses parents allaient le tuer.

La situation était surréaliste. Le lendemain matin, on leur remit leurs propres vêtements, qui consistaient en l'uniforme scolaire, qu'ils seraient autorisés à porter au tribunal. Les gardiens de prison ne s'attendaient pas à les revoir. Ils étaient certains que le juge fixerait une caution que les parents de ces jeunes gens paieraient immédiatement. Seul Gabe savait que sa famille n'en aurait pas les moyens. Après la lecture de l'acte d'accusation, il se retrouverait donc seul en prison, sans ses camarades, et il en était terrifié. Sans caution, il devrait y rester jusqu'au procès, donc environ un an, à moins que son avocat parvienne à négocier, auquel cas les choses iraient plus vite.

Sous bonne escorte, un ascenseur de service les amena au niveau de la salle d'audience. On leur retira les menottes juste avant qu'ils pénètrent dans la salle. Quatre adjoints du shérif se tenaient tout près d'eux, prêts à les rattraper s'ils tentaient de fuir. Mais les garçons étaient bien trop effrayés pour se rebeller ou tenter quoi que ce soit. Traînant les pieds, ils se dirigèrent vers la table réservée à la défense, où leurs avocats les attendaient – l'équipe juridique la plus chère qui soit dans tout le pays semblait réunie là. L'avocate de Gabe paraissait stressée et s'abstenait de discuter avec ses confrères. Quatre des avocats bavardaient tranquillement, à l'exception de l'avocat de Tommy, qui se trouvait au bout du rang, assis légèrement à l'écart. Les garçons s'installèrent chacun à côté de leur avocat. Ces derniers leur avaient recommandé de plaider non-coupable. Bien sûr, ils pourraient toujours revenir sur leur déclaration par la suite, à moins qu'ils ne soient prêts à faire des aveux complets maintenant, ce qu'ils leur déconseillaient vivement. Comme ils le leur avaient expliqué, la lecture de l'acte d'accusation n'était qu'une formalité pour lier l'affaire au procès. La manière dont ils plaidaient, coupable ou non, était moins importante et pourrait être annulée ultérieurement.

Quand ils se retournèrent, les garçons virent leurs parents assis au premier rang, ce qui les fit presque tous fondre en larmes. Vêtu d'un costume et d'une cravate noirs sur une chemise blanche, Joe Russo affichait l'air grave de celui qui se rend à un enterrement. Il avait effectivement la triste impression d'assister à des funérailles. La mère de Rick portait un tailleur Chanel noir et un manteau de vison assorti. Elle ne cessait de se tamponner les yeux avec son mouchoir et, d'un geste de la main, envoya un baiser à son fils lorsqu'il se retourna. Shepard Watts, avec son austère costume gris sombre, reflétait bien l'image du banquier qu'il était. Sa femme, Ellen, avait revêtu un pantalon et un chandail sobre, ses cheveux étaient attachés en arrière. Le visage pâle, elle ne pouvait s'empêcher de pleurer et tenait la main de son mari. L'air furieux, Shepard ne cessait de regarder autour de lui, comme si chacun dans la salle d'audience était à blâmer pour la situation dans laquelle se trouvait son fils. Jean Babson était seule. Vêtue d'une toilette simple et sans prétention, elle sourit d'un air encourageant à Steve quand il se retourna, ce qui, en fait, ne fit qu'aggraver son mal-être. Tous deux en jean, les parents de Gabe avaient l'air dévastés. Quant aux parents de Tommy, ils affichaient un air digne. Visages graves, aussi immobiles que des statues, ils avaient le regard fixé devant eux. Quand Tommy se retourna pour vérifier s'ils étaient présents, ils n'eurent aucun geste, aucun signe à son intention. Tommy aurait préféré qu'ils s'abstiennent de venir. Quant à Chase, comme il s'y attendait, ses parents étaient absents. Son avocat lui avait montré sur son téléphone un message que son père avait envoyé à son intention, dans lequel il lui disait qu'il l'aimait, qu'ils se reverraient à Thanksgiving, et qu'il savait qu'il était entre de bonnes mains avec leur avocat. Sa mère lui avait envoyé un texto l'incitant à se souvenir qu'elle l'aimait, quoi qu'il advienne.

Taylor et Nicole se tenaient dans la rangée derrière celle des parents.

Vu le nombre d'avocats de la défense, il y avait deux assistants du procureur de l'État à la table de l'accusation, et les deux inspecteurs de Boston étaient assis avec eux.

Tout le monde se leva lorsque la juge entra. Les cheveux grisonnants, elle avait une soixantaine d'années. Elle parcourut la liste des accusés et de leurs avocats et fronça les sourcils d'un air étonné. Un greffier lut les accusations, puis la juge ordonna à tout le monde de s'asseoir. Elle jeta alors un coup d'œil à plusieurs documents posés devant elle, dont le rapport de la police.

— Avons-nous des motions ? s'enquit-elle.

L'avocat new-yorkais de Jamie se leva et s'adressa à elle.

— J'aimerais demander que les charges contre mon client soient abandonnées, madame la juge, dit-il respectueusement. Mon client a été malencontreusement entraîné dans les accusations portées contre ses camarades. Il n'a pas vu le délit se produire et n'en avait pas connaissance.

C'était une tentative de révocation selon les règles que le père de Jamie avait dû exiger de lui, songea Taylor. Mais à l'évidence la juge ne fut nullement impressionnée et rejeta la requête. Shepard, lui, semblait satisfait que l'avocat ait au moins essayé.

— Maîtres, ce sont de graves accusations que nous avons là aujourd'hui, annonça la juge. Une jeune fille, mineure, a été violée. En plus du coupable, les autres prévenus sont accusés de complicité et d'obstruction à la justice. Il est hors de question que je retire les accusations portées contre ces jeunes hommes, même dans l'attente d'une enquête plus approfondie. Ne perdons pas de temps avec de futiles motions de rejet. Je vais appeler chacun des accusés l'un après l'autre, et vous me direz, jeunes gens, comment vous entendez plaider.

Elle égrena la liste. Tour à tour les garçons se levaient et se déclaraient non-coupable de leur voix la plus puissante, sauf Tommy qui le fit dans un murmure. Taylor frissonna. C'était la première fois que des jeunes hommes portant l'uniforme de Saint

Ambrose étaient accusés de délits aussi importants. Quelle tristesse pour le lycée, pour eux, et pour lui en tant que proviseur.

La juge consulta un calendrier et fixa l'audience suivante au 18 décembre.

— À cette date, vous pourrez présenter toutes les requêtes que vous souhaiterez. Et cela donnera aux avocats le temps d'étudier le dossier. La session sera suspendue jusqu'au 2 janvier.

C'était la procédure habituelle. Tous les avocats savaient qu'il y aurait de nombreux retards et reports jusqu'au procès s'ils ne changeaient pas leurs plaidoyers avant. Tout dépendait de la solidité des preuves, de ce que les avocats conseillaient, et des accords qu'ils pouvaient conclure avec le procureur, dans l'éventualité où l'État acceptait d'en passer dans une affaire aussi grave. Cependant, il était dans l'intérêt de toutes les parties concernées d'éviter un procès. Les jurys sont imprévisibles et les procès coûtent de l'argent aux contribuables, ce que l'État préfère éviter. De plus, un procès pour viol n'attirerait aucune sympathie aux accusés. S'ils voulaient aller jusqu'au procès, étant donné que chaque accusé avait un avocat différent, il leur faudrait des mois de préparation, et ce serait un véritable cirque dans la salle d'audience et les médias.

— Je vais fixer une caution, annonça la juge en regardant chacun des garçons, et je suis tout à fait sûre, vu le nombre d'avocats que je vois devant moi, que l'argent n'est pas un problème et que vos familles seront heureuses de payer ce qu'il faut pour vous faire sortir de prison. Mais je tiens à ce que vous réalisiez la gravité des accusations portées contre vous. Si vous enfreignez les conditions de la libération sous caution de quelque manière que ce soit, vous irez en prison, du moins jusqu'au procès, et sans possibilité d'en sortir sous caution cette fois. Je fixe la caution à 200 000 dollars pour cinq des accusés, et 500 000 dollars pour Rick Russo, accusé de viol et d'obstruction à la justice.

Elle conclut ses propos d'un coup de marteau sur son bureau et passa à l'affaire suivante tandis que toutes les personnes installées à la table de la défense se levaient promptement pour laisser la place au prochain accusé.

— Pouvons-nous rentrer chez nous maintenant ? demanda Steve à son avocat.

Celui-ci lui expliqua qu'ils devaient d'abord tous retourner en prison jusqu'au versement de leur caution. Steve fit un signe de tête et sourit à sa mère. Gabe regardait ses parents d'un air triste car il savait qu'ils ne seraient pas en mesure de payer la caution et qu'il devrait rester en détention durant l'année à venir. Tous les avocats étaient soulagés car ils craignaient que la fortune évidente des parents de leurs clients n'incite la juge à demander une caution d'un million de dollars pour chacun d'entre eux. Étant donné les accusations, les avocats estimaient que la juge s'était montrée raisonnable. Les adjoints emmenèrent les garçons avant qu'ils puissent parler à leurs parents, et cinq minutes plus tard ils se trouvaient dans l'ascenseur qui les reconduisait à la prison. Pendant ce temps-là, parents et avocats quittaient ensemble la salle d'audience afin de s'entretenir quant à la suite des événements. Les Harris avaient prévu de rendre visite à Gabe à la prison avant leur départ l'après-midi, car ils ne pouvaient pas s'acquitter de la caution. Joe Russo entendit leur conversation et s'adressa alors à sa femme en toute discrétion.

Tout s'était passé comme cela avait été expliqué aux parents. Ils avaient l'intention d'aller chercher leurs fils, puis de récupérer leurs effets personnels à Saint Ambrose, ainsi que la direction de l'établissement le leur avait demandé. Le violon prêté à Tommy resterait à l'école, le sien était toujours entre les mains des policiers comme élément de preuve pour le procès.

Les familles avaient été informées que les garçons ne pourraient pas réintégrer le lycée tant que l'affaire ne serait pas réglée. Et encore… Cela dépendrait des circonstances individuelles, d'un acquittement des charges et de la décision finale du conseil de discipline de l'école concernant la soirée passée à boire de l'alcool. En d'autres termes, leur année de terminale s'achevait là, et il était peu probable que l'un d'entre eux retourne à Saint Ambrose. Ils ne seraient pas autorisés à dire au revoir à leurs professeurs ni à leurs camarades. Cette histoire connaissait une fin désolante. Leurs effets avaient été emballés et les attendaient dans le bâtiment administratif. Il n'avait pas encore été décidé d'un éventuel remboursement de leurs frais de scolarité au prorata de l'année en cours. Le conseil d'administration examinerait cette question ultérieurement.

Après avoir discuté avec leurs avocats, tous les parents allèrent payer les cautions exigées pour la libération des accusés. Les Harris ne les avaient pas accompagnés. En toute discrétion, Joe Russo paya la caution de Gabe en plus de celle de son fils. Il ne supportait pas l'idée que le jeune homme reste en prison pendant un an, dans l'attente du procès, avec tous les dangers que cela représentait pour lui, tout ça parce que ses parents n'étaient pas en mesure de payer cette caution. Il était sûr qu'il ne s'enfuirait pas. Gabe avait toujours été un bon garçon, Rick et lui étaient amis. Lorsque ses camarades furent libérés, Gabe les salua, résigné à rester seul en cellule.

— Toi aussi, Harris, dit l'adjoint de la prison. Vous partez tous. Vous pourrez remercier vos parents d'être si riches !

Il était sûr qu'ils finiraient tous par s'en tirer grâce aux stratégies de leurs avocats, sauf peut-être Rick Russo.

— Il doit y avoir une erreur, lâcha Gabe d'un ton solennel. Mes parents ne sont pas riches, ils n'ont certainement pas payé ma caution.

— Eh bien, quelqu'un l'a réglée, en tout cas. Nous avons les documents. Allez, ouste ! Dehors !

D'un geste, il lui indiqua la porte. Gabe était confus. Nul doute que le gardien se trompait, et d'une minute à l'autre on allait le ramener dans sa cellule. Mais personne ne l'arrêta et, comme ses camarades, il quitta les lieux en toute tranquillité.

Leurs parents les attendaient à l'extérieur de la prison. En voyant Gabe, Joe Russo sourit, et il s'adressa à lui d'un ton discret.

— Nous n'allions pas te laisser moisir en prison, fiston. Ne fais pas l'idiot, et respecte bien les consignes de la juge. Je crois que tes parents sont dans le café en face.

— Vous avez payé ma caution, monsieur ? Je ne peux pas vous laisser faire ça !

Gabe avait l'air à la fois choqué et reconnaissant.

— Si, tu le peux. Maintenant, tâche d'éviter les ennuis, va rejoindre tes parents et rentre chez toi. Nous nous verrons au tribunal.

Il lui fit un large sourire d'encouragement, puis reporta son attention sur son fils. Gabe traversa la rue en courant pour retrouver ses parents. Tous deux furent stupéfaits de le voir et sa mère éclata en sanglots quand il leur expliqua le geste généreux du père de Rick.

— C'était vraiment gentil de ta part, papa, dit Rick d'une voix reconnaissante, tandis que son père le serrait dans ses bras.

— Rentrons à la maison, dit Joe, sans s'attarder sur les remerciements de son fils. Nous avons rendez-vous demain avec ton avocat, on va établir une stratégie pour te sortir de ce pétrin. Et j'aimerais discuter avec Taylor Houghton d'une idée que j'ai eue.

Le groupe se dispersa tranquillement, les garçons se promettant de s'appeler une fois rentrés chez eux. Aucun d'entre eux n'avait encore réfléchi à l'année qui les attendait. Ils allaient devoir trouver un emploi, ou tout du moins un moyen d'occuper leur temps, tout en continuant leur scolarité à domicile afin de pouvoir recevoir leur diplôme de Saint Ambrose s'ils étaient acquittés. Ils montèrent dans les voitures de leurs parents qui se dirigèrent vers l'école pour y récupérer leurs affaires, chacun prenant ensuite la route de New York. Chase fit le voyage avec Jamie. Exceptionnellement, il résiderait seul dans l'appartement familial new-yorkais, en attendant que ses parents reviennent et qu'il aille ensuite à Los Angeles avec eux. Normalement, ils seraient de retour dans les deux semaines à venir, et jusque-là son avocat avait signé un contrat de responsabilité pour lui.

Leur passage à Saint Ambrose fut bref. Ayant l'horrible impression d'être de véritables parias, ils récupérèrent prestement leurs effets avant de s'en aller. Le chemin de retour les trouva tous silencieux. Ces deux derniers jours avaient été éprouvants. Quelle triste expérience ! Comme au tribunal, les parents de Tommy Yee ne lui adressèrent quasiment pas la parole pendant la majeure partie du trajet. La seule chose dont l'informa sa mère, c'est qu'il travaillerait à temps plein dans la salle du courrier de son cabinet comptable et qu'il devrait s'entraîner au violon pendant trois heures chaque jour. Ils avaient prévu de lui en louer un. Au moins ses parents ne l'avaient-ils pas complètement renié, ce qu'il craignait. Cependant, après ces brefs propos, ils ne lui adressèrent plus un seul mot.

Le lendemain matin, Joe Russo téléphona à Taylor Houghton pour lui faire part de l'idée qui lui était venue. Cela semblait être une solution idéale, et il voulait que Taylor la mette en place.

— C'est très simple, commença Joe. Nous ne saurons jamais vraiment ce qui s'est passé cette nuit-là. Cette jeune fille devrait être dédommagée pour ce qu'elle a subi. Je ne sais pas quel genre de fille c'est, mais à mon avis nous devons quand même nous interroger sur le sérieux d'une élève prête à s'enivrer avec six jeunes hommes. Peut-être avait-elle envie de s'amuser un peu avec eux, si vous voyez ce que je veux dire, mais qu'au final le pire est arrivé. Je ne pense pas que ce soit un petit ange innocent non plus. J'aimerais lui offrir un million de dollars, qui seraient confiés à ses parents en attendant sa majorité, en contrepartie de quoi elle laisse tomber cette affaire et abandonne les accusations portées contre les garçons.

Taylor était écœuré de cette proposition, si typique de Joe. Pour lui, il n'existait aucun problème qui ne puisse être résolu grâce à l'argent, aucune personne qui ne puisse être achetée, y compris une jeune fille qui avait été violée puis laissée seule et inconsciente par six garçons.

— Je suis presque sûr que ce que vous suggérez est illégal, Joe. C'est une forme de corruption, et il est hors de question que je mêle l'école à cela. Je pense aussi que la victime et sa famille seraient profondément offensées par votre proposition. Ils n'ont aucun besoin financier. Son père est un promoteur immobilier prospère. Mais surtout, un tel traumatisme, ça ne s'achète pas. Comment mettre un prix sur la façon dont cela va l'affecter pour le reste de sa vie ?

— Cinq millions alors. Ou dix. Peu m'importe. Je ne vais pas laisser mon fils aller en prison et voir le reste de sa vie gâchée. Tout le monde a un prix, Taylor. Découvrez quel est le sien. Elle pourrait vivre dans l'opulence, en échange de la liberté de Rick.

— Ce que vous ne comprenez pas, Joe, c'est que la victime n'a pas porté plainte. C'est l'État qui accuse les garçons. Donc même si cette jeune fille souhaitait que les charges soient abandonnées dès demain, je ne pense pas que cela serait possible, surtout avec toutes les preuves accumulées pendant l'enquête. À présent, les garçons sont tous pris dans les rouages de la justice. Ni la victime ni ses parents ne peuvent rien faire pour eux. Et si jamais ils étaient au courant de votre offre et qu'ils en parlent à la police, vous pourriez avoir de graves ennuis, voire être vous-même accusé d'obstruction.

Il y eut un silence à l'autre bout du fil, puis d'un ton mécontent Joe répondit :

— Si je comprends bien, vous n'allez même pas réfléchir à ma proposition ?

— Je ne peux pas. Et vous ne devriez pas y songer non plus. Vous devriez juste faire de votre mieux en suivant les conseils de votre avocat, et voir ce qui se passe. Je suis désolé de ne pas pouvoir vous aider. Mais j'ai entendu parler de ce que vous avez fait pour Gabe Harris, c'était un geste très généreux.

Joe Russo n'était pas un mauvais homme, mais il avait des valeurs biaisées et il aurait tout fait pour son fils.

— J'ai été heureux de le faire.

Il remercia Taylor d'avoir pris le temps de s'entretenir avec lui, puis raccrocha. Cinq minutes plus tard, un pli recommandé arriva pour Taylor.

C'était une lettre cinglante de la part de Shepard Watts, dans laquelle il reprochait à Taylor son manque de soutien envers Jamie. Il lui faisait également part de sa démission du conseil d'administration. Nicole remarqua son regard dépité.

— Mauvaises nouvelles ? demanda-t-elle, inquiète.

Comme s'ils n'en avaient pas eu assez ces derniers temps !

— Une autre lettre de mes fans. Shepard Watts vient de démissionner du conseil et m'annonce que ses filles ne viendront pas étudier à Saint Ambrose l'année prochaine.

— Pour tout te dire, j'en suis soulagée.

Taylor s'assit et lui sourit.

— Pour être honnête, moi aussi.

Les Watts étaient maintenant de l'histoire ancienne à Saint Ambrose, mais c'était une triste façon de mettre un terme à leur amitié et à leur collaboration. Malgré tout, Taylor ne voulait que du bien à Jamie. C'était un bon garçon. Il valait mieux que son père, qui lui était prêt à détruire n'importe qui pour obtenir ce qu'il voulait. Oui, Jamie avait un meilleur fond. Du moins l'espérait-il.

13

Les médias avaient trouvé un os à ronger et on ne parlait désormais plus que des « Six de Saint Ambrose ». Pour Dominic et Gwen, une fois la mise en accusation prononcée, le temps était venu de ranger leurs dossiers, régler quelques détails et rentrer à Boston. Ils reviendraient pour les prochaines comparutions devant le tribunal mais pour l'instant la partie la plus cruciale de leur travail sur place était terminée. Ils pouvaient en être satisfaits, le coupable avait été identifié et arrêté. Lors de l'audience d'inculpation, Rick avait plaidé non-coupable, bien que la correspondance de son ADN avec celui prélevé sur Vivienne soit parfaitement démontrée. Il serait indéfendable. Le degré de culpabilité des autres garçons, en tant que complices, était encore incertain. Les avocats leur avaient conseillé de garder le silence et de plaider non-coupable. Si Vivienne n'avait guère de remords en imaginant Rick en prison, elle éprouvait en revanche une sorte de compassion pour les autres. Gwen le comprenait, et ressentait en même temps une certaine amertume du fait qu'aucun des garçons – Rick compris – n'avait dit la vérité sur la fête de Halloween. Elle était tenace et voulait savoir ce qui s'était réellement passé cette nuit-là. C'est ainsi que, durant le trajet de retour à Boston, elle eut une idée qu'elle partagea avec Dominic.

— Avec les correspondances d'ADN du rapport préliminaire et la déclaration d'Adrian Stone, j'ai envie de retenter le coup avec Vivienne. Qu'en penses-tu ? Maintenant que les garçons ont été assignés à comparaître, elle se sentira moins responsable de leur sort. Si nous obtenons une confession de sa part, écrite noir sur blanc, nous pourrons peut-être convaincre les garçons qu'il est également dans leur avantage de tout raconter.

— Mmm... Tu pourrais réussir à obtenir quelque chose d'elle, c'est vrai, ou bien te heurter de nouveau à un mur. Mais ton raisonnement tient la route. Cela dit, je croyais qu'elle était retournée en Californie avec son père ?

— C'est le cas. Et c'est bien pour cela que les avions ont été inventés !

Dominic tourna la tête vers elle et lui sourit. Ces deux dernières semaines avaient été intenses. Il avait hâte de rentrer à Boston, ne serait-ce que pour aller voir un match des Patriots, son équipe de football américain préférée, ou des Bruins. Il était aussi grand fan de hockey sur glace.

— Je sens que quelqu'un meurt d'envie de passer quelques jours en Californie ! la taquina-t-il.

— Flûte, je suis démasquée ! dit-elle en riant.

— Tu veux quelqu'un pour t'accompagner ? J'aurais bien besoin de vacances en Californie, moi aussi.

— Non, merci, inspecteur Brendan, je me débrouillerai toute seule.

La proposition de Dominic n'était pas sérieuse, il savait qu'elle s'en sortirait très bien toute seule.

Quelques jours après leur retour à Boston, elle obtint l'accord de ses supérieurs. Elle allait donc pouvoir se rendre en Californie afin de consolider le dossier. Elle réserva un vol sans en avertir Vivienne ni son père : son instinct lui disait que l'effet de surprise pouvait être un atout.

De son côté, Vivienne était contente d'être de retour à Los Angeles. Elle se sentait en sécurité chez elle et avait enfin retrouvé sa chambre et son lit. Son père travaillait toute la journée mais elle retrouva Juanita, leur femme de ménage, qu'elle appréciait beaucoup et qui s'occupait d'elle comme une mère. Personne ne lui avait confié ce qui s'était passé à Saint Ambrose mais Juanita pressentait bien que quelque chose avait mal tourné. Que ce soit avec sa mère ou au lycée, ça ne la regardait pas, et elle resta discrète à ce sujet. Vivienne comprit vite que la fameuse Kimberly partageait bien plus la vie de son père que ce dernier ne le lui avait dit. Quand elle ouvrit un des placards, elle le trouva rempli de robes sexy et de chaussures à talons hauts. Juanita ne fit aucun commentaire, mais elle regrettait le temps où Nancy et Vivienne vivaient ici, et elle trouvait complètement déraisonnable le comportement de Chris.

Ce n'est qu'une semaine après son arrivée que Vivienne commença à s'ennuyer. Mary Beth lui avait envoyé un gentil texto, lui disant qu'elle lui manquait, et à sa surprise Vivienne se rendit compte que c'était réciproque. Elle était la seule personne de Saint

Ambrose avec qui elle voulait bien rester en contact, préférant laisser tout le reste derrière elle. Elle pensait parfois à Jamie et Chase, mais trop de choses étaient survenues et désormais il leur était impossible d'être amis. Elle savait seulement qu'en attendant le procès les deux garçons étaient rentrés à New York.

Elle consultait régulièrement une psychologue que son père connaissait mais elle ne l'appréciait vraiment pas. Elle l'incitait à parler du viol, encore et encore, ce qui mettait Vivienne mal à l'aise et ses cauchemars avaient empiré. En revanche, les maux de tête, eux, avaient presque disparu. Elle évitait ses amies parce qu'elle avait toujours honte de ce qui lui était arrivé, et ne savait ni quoi leur dire ni comment expliquer pourquoi elle n'était pas à l'école. Elles pouvaient très bien penser qu'elle avait été renvoyée, ce qui était tout aussi honteux, mais à ses yeux avouer qu'elle avait été violée était pire.

Un après-midi, Vivienne reçut un appel alors qu'elle était allongée au bord de la piscine. Elle avait troqué ses livres de cours contre des magazines qu'elle feuilletait quand elle n'arrivait pas à se concentrer. Elle pensait que c'était son père qui prenait de ses nouvelles, comme à son habitude, alors elle avait décroché sans même regarder le numéro. À sa grande surprise, c'était Gwen Martin, l'inspectrice.

— Alors, ça fait quoi d'être de retour à Los Angeles ? lui demanda Gwen.

— Oh, c'est sympa. Je n'ai pas encore vu mes amies, mais c'est agréable d'être à la maison.

Elle avait l'air calme mais un peu déprimée, ce qui n'étonna pas particulièrement Gwen. Les parents de

Vivienne avaient été informés de la mise en accusation, donc la jeune fille était au courant.

— Comment ça s'est passé au tribunal ? demanda Vivienne d'un ton détaché.

— Comme on s'y attendait, ils ont tous plaidé non-coupable. Le procès n'aura pas lieu avant un an environ, et cela risque de donner aux garçons une fausse impression de liberté, mais ce n'est qu'une illusion. D'ailleurs, ils ont été obligés de quitter le lycée.

Gwen s'interrogea : est-ce que ces enfants de bonne famille allaient désormais devoir chercher un emploi quelconque ?

— Je suis à Los Angeles pendant quelques jours. Je me demandais si je pouvais venir te voir ?

Vivienne hésita un instant.

— Oui, pourquoi pas, répondit-elle enfin.

— Je peux passer cet après-midi ?

— Bien sûr. Je n'ai rien de spécial à faire. Mon père est à son bureau toute la journée.

Elle était plus seule qu'elle ne l'avait prévu et n'avait pas envie d'aller se promener en ville – elle ne se voyait pas sortir sans ses amies. Elle devait s'avouer que, si elle ne regrettait pas New York, sa mère lui manquait.

Gwen vint chez elle à 15 heures. Vivienne lui trouva un air très familier et jeune, elle portait une jupe en jean et un simple tee-shirt et ses cheveux flamboyants étaient détachés. Vivienne lui fit traverser la maison, une grande et belle demeure de style espagnol au cœur des collines de Hollywood, très joliment décorée avec de nombreuses œuvres d'art. Vivienne leur servit deux Coca-Cola, puis elles allèrent s'asseoir dehors au bord de l'immense piscine. Gwen trouva que Vivienne avait meilleure mine mais que ses yeux exprimaient une profonde tristesse, ce qui ne manqua pas de l'inquiéter.

— Tout va bien ?

Vivienne hocha la tête.

— Oui, mais ça me fait bizarre d'être de retour ici et de ne pas aller à l'école.

Cela lui laissait aussi beaucoup trop de temps pour penser.

— Tu vas retourner dans ton ancien lycée quand tu te sentiras mieux ?

— Peut-être. Je n'ai pas encore décidé. J'ai l'impression de n'être à ma place nulle part maintenant. Quand j'étais à Saint Ambrose, je discutais tout le temps avec mes amies par téléphone, alors que depuis ce qui s'est passé... Je ne me sens pas encore prête à leur raconter, ni à les revoir. Je ne veux pas avoir à leur expliquer pourquoi je ne vais pas à l'école. Si elles en connaissaient la raison... j'aurais... j'aurais l'impression d'être un monstre. J'échange quelques textos avec une des filles de Saint Ambrose. Mes professeurs ont annoncé que j'étais partie parce que j'avais la mononucléose, mais je sais que tout le monde connaît la vérité. Ce n'est pas difficile à deviner puisque j'étais à l'hôpital. Au moins, à cette fille, Mary Beth, je n'ai rien à expliquer. Ma mère me manque un peu aussi. Mon père est très occupé avec sa petite amie, que je ne connais même pas.

Elle se confiait naturellement à Gwen tout en ignorant pourquoi. Peut-être parce qu'elle n'avait personne d'autre à qui parler, et Gwen était un visage familier pour elle. Alors qu'ici, à Los Angeles, dans cette immense maison vide, elle ne se sentait plus vraiment chez elle.

— Je fais mes candidatures pour l'année prochaine, à l'université. Ça m'occupe un peu... J'ai réfléchi et finalement je vais aussi envoyer des dossiers à quelques universités de la côte Est.

C'était une décision toute récente.

— Qu'est-ce que vous faites à Los Angeles ?

— Je travaille sur une affaire dans le coin, alors je me suis dit que je pouvais en profiter pour prendre de tes nouvelles. Et il y a quelque chose que je voulais te demander... Tu sais, le rapport d'ADN a été extrêmement important pour l'enquête. Nous avons aussi le témoignage d'un élève qui a vu les six garçons s'enfuir des bosquets le soir des événements. Tout ça pour dire que tout ne repose plus uniquement sur ta parole, ça doit te soulager.

Vivienne eut l'air surprise.

— Quoi qu'il arrive, ajouta Gwen, l'État va poursuivre les accusations. Je me demandais si à présent tu serais prête à me raconter ce qui s'est réellement passé cette nuit-là et à laisser tout cela derrière toi. Pas de mensonges, pas de tentatives de couvrir les garçons. Tout va se savoir tôt ou tard, maintenant que la machine est lancée.

— Ça veut dire que je devrai témoigner au procès ?

— C'est possible. L'État peut te citer à comparaître comme témoin, mais il se peut aussi qu'il n'y ait jamais de procès. Tes camarades pourraient décider de plaider coupable avant qu'on en arrive là, ce qui serait la chose la plus intelligente à faire puisque les preuves contre eux sont accablantes. C'est probablement ce que leurs avocats leur conseilleront : plaider coupable et tenter de conclure un accord. Sache que tu ne les enverras pas en prison en disant la vérité. Tu ne feras que raconter ce qui s'est passé. La concordance de l'ADN parle d'elle-même et raconte toute l'histoire.

Vivienne hocha la tête.

— Le garçon qui a rempli sa déclaration en tant que témoin oculaire souffrait de violentes crises d'asthme jusqu'à ce qu'il vienne nous voir. Je ne dis pas que tu te sentiras parfaitement mieux après m'avoir raconté toute l'histoire, mais cela pourrait vraiment t'aider à guérir.

Vivienne acquiesça à nouveau. Guérir, mettre cette histoire derrière elle, c'était tout ce qu'elle voulait, mais elle ignorait comment s'y prendre.

— Les cauchemars ne cessent d'empirer, admit-elle.

Gwen ne dit rien, attendit patiemment, et c'est alors que Vivienne entama d'elle-même son récit. Ce n'était pas facile car, tout d'abord, cette histoire paraissait si irréelle, si proche d'un cauchemar. Elle ne comprenait pas pourquoi elle avait accepté de boire de la tequila avec eux. Elle était tellement ivre quand Rick s'était jeté sur elle, et c'était si inattendu, qu'elle avait été incapable de réagir. Quelqu'un l'avait aidée en tirant Rick en arrière, ça, elle s'en souvenait. Puis elle se rappelle que Jamie était intervenu. Ensuite, tout était devenu noir, tout était flou, elle savait juste qu'elle s'était évanouie. Elle se sentit mal un instant. Depuis le viol, elle avait la nausée à chaque fois qu'elle y repensait et elle éprouvait un sentiment de dégoût envers elle-même.

Une seule nuit avait changé leurs vies à jamais. Parviendrait-elle à se sentir un jour à nouveau elle-même ? Elle raconta à Gwen tout ce dont elle se souvenait et, évidemment, son récit était très décousu. À l'entendre, mis à part Rick, tous les garçons avaient été gentils avec elle. Gwen était désormais persuadée qu'elle lui disait la vérité. Cette histoire était d'une triste banalité, au départ ce n'étaient que des adolescents qui avaient enfreint les règles pour s'amuser. Mais, à cause de l'un d'entre eux, leurs vies seraient bouleversées à jamais.

— J'avais envie de sortir avec Jamie, et c'est probablement ce qui serait arrivé, avoua Vivienne. Mais Chase est si beau, si sexy. J'étais flattée qu'il m'apprécie lui aussi. Peut-être que je voulais rendre Jamie un peu jaloux. Rick ne m'intéressait pas du tout, lui. J'ai entendu les autres lui hurler dessus quand je me suis évanouie.

Il était évident que les événements avaient été aggravés par la tequila. C'était Rick qui avait fait basculer cette soirée du côté sombre. Il avait en lui un côté violent qu'aucun d'entre eux n'avait jamais soupçonné. Et Vivienne en avait payé le prix fort.

— J'espère qu'il ira en prison, lâcha-t-elle.

Elle éprouvait de la culpabilité à dire cela mais au moins se montrait-elle honnête envers Gwen.

— Je suis sûre qu'il ira derrière les barreaux, dit Gwen sans ambages. Serais-tu prête à signer une déclaration relatant ce que tu viens de me raconter ?

Vivienne acquiesça d'un signe de tête. Elle n'avait plus aucune raison de mentir, ses camarades avaient tous été arrêtés. Ce qui leur arriverait par la suite ne dépendait plus d'elle, leur sort était entre les mains du juge et des jurés.

— Je me suis longtemps demandé si c'était de ma faute, si j'étais en quelque sorte coupable de ce qui m'est arrivé.

— Non, ce n'est pas le cas, la rassura Gwen. L'alcool fait faire des choses stupides aux gens, mais il ne transforme pas un gentil garçon en violeur. Et ce n'est pas non plus ton comportement qui est en cause. Tu t'es trouvée au mauvais endroit au mauvais moment, comme on dit malheureusement. Mais je te le répète et j'insiste : tu n'es nullement responsable de ce qui t'est arrivé.

— Je n'en étais pas sûre au début, mais je le crois maintenant.

Vivienne avait retrouvé le sourire. Elle voulait désormais aller de l'avant. Et c'était un véritable soulagement d'entendre les propos de Gwen.

— Je suis désolée de ne pas vous avoir dit la vérité plus tôt. Au début, j'étais terrifiée, puis j'ai commencé à avoir pitié d'eux et je ne voulais pas gâcher leur vie en les envoyant en prison. Durant un moment, j'ai cru que tout était arrivé par ma faute, vraiment.

— C'est une réaction courante chez les victimes de viol. Et tes émotions sont tout à fait normales. Mais ce qu'il faut retenir, c'est que Rick a fait subir un acte atroce à un autre être humain, qu'il a commis un crime extrêmement violent et qu'il doit assumer. Je suis sûre que ses parents ne veulent pas qu'il aille en prison et qu'ils ont suffisamment d'argent pour engager les meilleurs avocats du pays. Mais en fin de compte, rien de tout cela ne servira. Tu as bien fait de me raconter la vérité.

Le récit de Vivienne démontrait également que le comportement des cinq autres garçons n'était pas aussi grave qu'on pouvait le craindre. Leur grosse erreur avait été de mentir pour couvrir Rick plutôt que de le dénoncer. Les choses auraient été si différentes pour eux s'ils avaient dit la vérité dès le début !

— J'ai mon ordinateur dans ma voiture. Je peux taper ta déclaration maintenant et l'imprimer pour que tu puisses la signer. Je te le répète : je suis sûre que cela t'aidera à avancer. Tu cesseras ainsi de te tourmenter et de te demander si les choses sont arrivées par ta faute. Vivienne, la culpabilité dans cette histoire, ce n'est pas à toi de la ressentir, tu as été la victime d'un acte grave.

Vivienne hocha la tête.

— Oui, et vous pouvez utiliser mon imprimante.

Vivienne se sentait bien plus tranquille et légère. Certes, elle ne s'était pas soudainement libérée de tout, mais une partie d'elle se sentait soulagée comme si une main invisible avait écarté un rocher qui lui écrasait la poitrine depuis des semaines. Le souvenir traumatique du viol se manifestait notamment par des crises d'angoisse et elle avait du mal à respirer. Elle espérait se sentir mieux désormais, comme ç'avait été le cas pour l'élève asthmatique de Saint Ambrose dont Gwen avait parlé.

L'inspectrice s'était rendue à sa voiture et rejoignit Vivienne quelques minutes plus tard, son ordinateur portable à la main. Elle tapa rapidement sa déclaration puis la lui montra.

— Vérifie si tout te semble correct.

Quand Vivienne lut le document, elle réalisa encore plus toute la cruauté de l'acte commis par Rick.

— C'est bien ce que j'ai dit, confirma-t-elle quand elle eut terminé sa lecture.

— Ai-je oublié quelque chose, ou y a-t-il quoi que ce soit que tu voudrais ajouter ?

Vivienne secoua la tête et l'invita dans sa chambre pour imprimer et signer le document.

— Veux-tu que je te laisse une copie ? proposa Gwen.

Vivienne secoua de nouveau la tête. Elle connaissait l'histoire et n'avait nul besoin de la relire.

— Merci pour cette déclaration, dit Gwen. Tu as pris une excellente décision.

— Je sais, et je suis contente de vous avoir écoutée.

— Quelque chose me dit que tu dormiras mieux cette nuit.

Elles se dirigèrent lentement vers la porte d'entrée et, avant de la remercier, Vivienne se tourna vers Gwen et lui demanda avec innocence :

— Vous êtes vraiment venue à Los Angeles pour une autre affaire, ou bien c'était juste pour moi ?

Gwen n'aimait pas mentir aux adolescents ou aux enfants avec lesquels elle travaillait, d'autant plus que ces victimes devaient réapprendre à faire confiance aux autres.

— Je suis venue spécialement pour te voir, confessa-t-elle.

Vivienne était impressionnée et touchée.

— Je suppose que c'est vraiment important.

— Oui, ça l'est. C'est très important, pour toi, pour nous, et pour eux. C'est une autre pièce de l'histoire qui se met en place, comme dans un puzzle.

Avant de partir, Gwen l'enlaça, puis Vivienne retourna dans sa chambre et s'allongea sur son lit. Elle se sentait plus légère, et lorsque son père rentra à la maison elle lui raconta la visite de Gwen.

— Je suis content que tu aies fait cela, ma chérie. J'espérais même secrètement que tu arrives à le faire.

La police voulait une déclaration de sa part depuis le jour du viol.

— Moi aussi, je suis contente. Je me sens soulagée. De toute façon, Rick est bien parti pour aller en prison, et c'est tout ce qu'il mérite.

L'approbation de son père signifiait beaucoup pour elle.

— Au fait, j'ai une surprise pour toi, dit Chris, le sourire aux lèvres. Kimberly vient dîner ce soir. Elle meurt d'envie de te rencontrer. Je vais nous commander de la nourriture mexicaine.

Pour sa part, Vivienne n'était pas certaine d'être prête à faire connaissance avec la fameuse Kimberly. Elle se sentait partagée entre un sentiment de trahison envers sa mère, et de peur à l'idée de décevoir son père.

Il téléphona au restaurant mexicain voisin et commanda leurs plats favoris. Kimberly se présenta à leur porte à 20 heures, vêtue d'une robe en maille blanche, extrêmement moulante et très courte, assortie de chaussures compensées à très hauts talons. C'était une très belle fille qui avait été un temps mannequin et travaillait désormais dans une boutique de vêtements chic sur Rodeo Drive. Elle eut un large sourire en rencontrant Vivienne.

— Ton père m'a tellement parlé de toi !

Puis elle alla se servir un verre de vin, revint pieds nus après s'être débarrassée de ses chaussures et se blottit dans les bras de Chris. Vivienne se sentait mal à l'aise rien qu'à les regarder. Kimberly ne cessait de babiller, et Chris semblait enchanté de sa présence.

— Nous avons organisé de superbes fêtes au bord de la piscine, cet été. Dommage que tu n'aies pas été là, dit-elle à Vivienne.

Quand ils sortirent pour s'installer à l'extérieur, elle monta à l'étage et en redescendit avec un pull sur les épaules. Il était évident pour Vivienne que Kimberly avait vécu ici et que les vêtements qui se trouvaient dans les anciens placards de sa mère étaient les siens. Elle évoqua même un voyage au Mexique que Chris et elle avaient fait l'année précédente. Aussitôt, il lui jeta un coup d'œil acéré et elle changea de sujet. Mais il était trop tard. Vivienne avait compris que leur relation datait d'avant la séparation de ses parents et que Kimberly en était peut-être la cause. Pourtant, sa mère ne lui en avait jamais parlé. Elle en éprouva un respect tout nouveau à son égard.

Lorsque son père quitta le patio, Vivienne demanda sans détour à Kimberly :

— Depuis combien de temps connais-tu mon père ?

— Trois ans, lui répondit-elle d'un ton enjoué.

Elle n'était clairement pas très futée, mais elle était belle et sexy, Vivienne le concédait. Son père et Kimberly paraissaient très amoureux et heureux ensemble, malgré leur différence d'âge, qui ne semblait gêner que Vivienne.

Après le dîner, Vivienne prétexta être fatiguée pour se retrouver un peu seule dans sa chambre. Elle n'éprouvait aucune colère envers son père, mais elle avait de la peine pour sa mère qui avait gardé pour elle ce secret. Nombreuses étaient les femmes à dire du mal de leur ex-mari à leurs enfants, mais Nancy ne s'était jamais abaissée à cela.

Vivienne pensait très fort à sa mère et désirait entendre sa voix, lui dire combien elle lui manquait. Elle songea qu'il n'était que minuit à New York et qu'elle pouvait encore lui téléphoner. Une question l'avait tracassée toute la soirée et elle voulait désormais connaître la réponse. Au cours de la conversation, elle se lança :

— Pourquoi ne m'as-tu jamais parlé de papa et de Kimberly ? Tu étais au courant pour elle ?

Nancy hésita un instant avant de répondre.

— Oui, je l'étais. Mais toi, tu n'avais pas besoin de savoir.

— Mais moi, je t'en ai voulu quand tu as quitté papa. Maintenant, je pense... je pense qu'elle vit avec lui depuis que nous sommes parties.

— Je le crois aussi, dit Nancy avec tristesse.

— Je veux rentrer à la maison après Noël. J'aime être ici avec papa mais tu me manques.

À cette nouvelle, Nancy retrouva le sourire.

— Tu verras comment tu te sentiras à ce moment-là, répondit-elle, essayant de ne pas trop jubiler.

Vivienne lui parla alors de la visite de Gwen. Elle avait tout raconté à l'inspectrice, sans plus de mensonges, et elle avait même signé une déclaration. Certes, à cause de son état d'ébriété, elle ne se rappelait pas tous les détails, mais elle se souvenait parfaitement de

Rick qui lui arrachait sa culotte avant de la forcer. Ça, elle ne l'oublierait jamais.

— Comment te sens-tu maintenant ?

— Très bien. Il me semble que c'était la bonne chose à faire. Je croyais que c'était moi, la coupable, mais Gwen m'a assurée du contraire. À présent, je la crois.

Leur discussion se poursuivit encore un peu avant que Vivienne tombe de fatigue. Elle alla se glisser dans son lit avec, au loin, les rires de son père et de Kimberly installés au bord de la piscine. Gwen avait raison, elle dormit comme un bébé. C'était sa première nuit sans cauchemar depuis le viol et elle avait enfin l'impression d'être redevenue elle-même.

14

À peine arrivée à Boston, Gwen se rendit directement à son bureau. Elle y retrouva Dominic.
— Alors, tu as obtenu ce que tu voulais ?
— Oui !
Elle ouvrit sa sacoche et lui tendit la déclaration de Vivienne. Il la lut et sembla impressionné de ce qu'elle avait réussi à accomplir. Les faits, soigneusement détaillés par Vivienne, ne le surprenaient pas, mais il était stupéfait que Gwen ait réussi à obtenir de telles confidences. Par le passé, la jeune fille avait catégoriquement refusé de leur dire quoi que ce soit, prétextant n'avoir aucun souvenir des événements. Or, visiblement, elle se rappelait beaucoup de choses.
— Comment tu as fait ?
— Elle était prête, c'est tout, répondit Gwen avec modestie.
— Tu es géniale.
— Merci.
— Tu vas envoyer cette déclaration aux avocats des garçons ?
— Pour l'instant, je l'ai adressée au procureur. Attendons un peu avant de l'envoyer aux avocats des accusés.

— Je vois déjà six plaidoyers de culpabilité. Ils seraient fous d'aller au procès avec une déclaration comme celle-là. Tout ce que dit la victime sonne vrai et corrobore le reste.

— Je pense qu'effectivement tout est vrai dans ce qu'elle m'a dit. La pauvre croyait que c'était peut-être elle, par son comportement, qui avait provoqué ce viol.

— J'imagine que tu lui as expliqué qu'elle n'était pas responsable de ce qui lui est arrivé ?

— Bien sûr.

Se rendre à Los Angeles pour voir Vivienne par surprise avait été une excellente idée ! C'était exactement la chose à faire car, en plus de consolider leur dossier, cette entrevue aiderait Vivienne à aller de l'avant.

Deux jours avant Thanksgiving, Matthew Morgan prit l'avion pour New York. Il avait un travail de postproduction à effectuer sur le film qu'il avait tourné en Espagne. Merritt Jones arriverait le lendemain. Chase ne les avait pas vus depuis la lecture de l'acte d'accusation et ils avaient beaucoup de choses à se dire. Si, malgré les récents événements, Matthew était ravi de retrouver son fils, Chase était lui d'humeur sombre et peu causante pour leur dîner de retrouvailles.

— Je ne comprends pas comment cette soirée a pu dégénérer autant et comment Rick a pu se comporter ainsi, lâcha Matthew.

Chase était un bon garçon, qui s'était toujours montré pondéré et raisonnable. Tout comme Rick semblait l'être. Quelle horrible affaire ! Rien de ce que lui avait rapporté leur avocat n'avait de sens. L'homme de loi avait annoncé à Matthew que, si son fils était reconnu coupable, alors il irait en prison en tant que complice et pour obstruction à la justice. Par ailleurs, il reconnaissait que l'affaire serait difficile à gagner tant les preuves étaient accablantes.

— Je ne comprends pas non plus, papa. J'ignore pourquoi tout cela est arrivé. La tequila nous a complètement fait perdre les pédales. Je me suis même battu avec Jamie.

Matthew esquissa un sourire.

— Ça ne vous était pas arrivé depuis... au moins la sixième. Où avez-vous eu la tequila ? Quelqu'un l'a achetée pour vous ?

Matthew et sa femme avaient toujours été présents pour Chase malgré les innombrables déplacements imposés par leur métier. Avant que leur fils n'entre à l'école, ils s'arrangeaient pour ne jamais partir en tournage en même temps. Ils étaient très attentifs à son égard, et Merritt était une mère formidable.

— Non, je l'ai prise dans ton bar, avoua Chase.

Jamais il n'avait menti à son père.

— Super, donc maintenant me voilà complice ! Tu connais pourtant la politique de l'école en ce qui concerne l'alcool. Ce n'était vraiment pas malin de ta part. Tu m'en avais déjà dérobé avant ?

Matthew s'efforçait d'adopter un ton neutre, mais il était très déçu par son fils.

— Je t'ai pris une bouteille de vin l'année dernière. Et le soir de Halloween, Rick avait une flasque de vodka appartenant à son père. Ils ont commencé la fête avec ça.

Matthew n'avait pas l'air content, mais il était trop tard maintenant. Le pire était déjà arrivé.

— C'est une chose de se saouler avec un groupe de copains, c'en est une autre quand un de ces garçons agresse une fille. Qu'est-ce qui s'est passé ? C'est vrai, cette histoire, ou elle vous a piégés ? Quel genre de fille est-ce ?

Matthew était sidéré que son fils soit mêlé à un viol.

— Non, elle ne nous a pas piégés, dit Chase d'un air triste. C'est une fille merveilleuse. J'avais envie de sortir avec elle, mais Jamie l'avait rencontrée avant moi et lui aussi l'aimait beaucoup.

— C'est une allumeuse ? Une fille qui aime flirter ?

Matthew essayait seulement de comprendre, il réprouvait l'ignominie commise par Rick.

— Elle a bu avec nous. Je pense qu'elle essayait d'avoir l'air cool. Nous nous sommes tous comportés comme des crétins cette nuit-là.

— Règle numéro un pour les filles : ne pas traîner avec une bande de garçons ivres dans un endroit isolé. Ce n'était pas très intelligent de sa part. Quoi qu'il en soit, tout ça est épouvantable pour elle. Et vous ne méritez pas non plus ce qui vous arrive maintenant, vous n'y êtes pour rien puisque le coupable c'est Rick.

Son agent lui avait envoyé les coupures de presse qui racontaient « l'affaire des Six de Saint Ambrose », celle « d'une bande de garçons fortunés ayant violé une fille au sein d'un prestigieux pensionnat ».

— Comment est-ce que tout cela a commencé ?

— Je ne sais pas, papa. Je ne m'en souviens pas, dit Chase, le regard rivé sur son assiette.

Il pouvait à peine manger et paraissait d'ailleurs très amaigri.

— Depuis ce soir-là, j'ai envie de dire à Vivienne à quel point je suis désolé, mais je ne trouve pas le courage.

Matthew acquiesça, scrutant le visage de son fils.

— Et vous avez tous plaidé non-coupable ?

— C'est ce que nous ont conseillé les avocats. Ils ont expliqué que nous pourrions toujours changer nos plaidoyers plus tard, et que la mise en accusation n'était qu'une formalité. Et quand nous avons été interrogés, nous avons tous nié.

— L'un d'entre vous a-t-il avoué la vérité à la police ?

Chase secoua la tête.

— Pourquoi ?

— Je crois que nous étions trop effrayés. Ils nous ont arrêtés après avoir identifié l'ADN de Rick. Jusque-là il n'y avait aucune preuve contre nous, juste nos empreintes sur la bouteille de tequila, et nous avons admis avoir bu de l'alcool dans la clairière.

— Et la victime, que dit-elle ?

— Vivienne n'a pas fait de déclaration, pas plus qu'elle n'a porté plainte. C'est l'État qui a déposé une motion contre nous. Elle a fait un coma éthylique et j'ai appelé les vigiles de l'école dès que nous avons quitté le bosquet. Mais nous l'avons laissée là-bas seule et inconsciente. Nous n'aurions pas dû.

— Ce n'est pas une belle histoire que tu me racontes là, fiston.

Matthew était inquiet. Leur avocat avait raison : la cause de son fils serait difficile à défendre, et le jury ne plaiderait certainement pas en sa faveur.

— D'après ce que tu m'expliques, j'ai bien l'impression que cette jeune fille a subi un rapport sexuel contraint. Elle n'a pas inventé cette histoire.
— Non, elle n'a pas menti, papa ! Nous étions ivres. Et Rick a perdu la tête.
— Pourquoi n'a-t-elle pas fait de déclaration ? Elle doit se sentir coupable de quelque chose.
— Je pense qu'elle ne voulait pas que nous allions en prison à cause d'elle. Et peut-être qu'elle ne veut pas admettre qu'elle s'est enivrée en notre compagnie.
— Où est-elle maintenant ?
— Je crois qu'elle est retournée à Los Angeles avec son père. Sa mère vit à New York. Ils sont en train de divorcer, comme maman et toi.
Il paraissait affligé à cette idée.
— Que veux-tu faire maintenant ? D'après ton avocat, le procès n'aura pas lieu avant au moins un an. Tu ne peux pas rester à te tourner les pouces. Moi, je dois travailler à New York. Tu peux rester ici et m'aider sur la post-production des films. Ou tu peux rentrer à Los Angeles avec ta mère vendredi. Nous célébrerons Thanksgiving ensemble ici, mais après ça elle doit aller en Californie pour terminer son tournage. Je vous y retrouverai à Noël.

Chase s'abstint de lui demander s'il fréquentait toujours l'actrice avec laquelle il avait eu une liaison. Depuis leur séparation, ses parents s'arrangeaient pour avoir le plus de kilomètres possible entre eux.

— Tu peux aussi travailler avec ta mère, poursuivit Matthew. Mais hors de question que tu restes à la maison devant la télé.

Rick Russo avait lui aussi eu droit au même sermon. À présent, il travaillait dans l'entreprise de son père où il effectuait des tâches subalternes. Avec l'accusation de viol qui pesait sur lui, de toute manière, personne ne l'aurait engagé. Gabe faisait le ménage dans le gymnase où travaillait son père. Steve cherchait un petit boulot de livreur de pizzas et Jamie, qui n'avait encore rien trouvé, était lui aussi à la recherche d'un emploi. Ils avaient beaucoup de temps à tuer, et leur mise en inculpation les empêchait de s'inscrire dans un autre lycée. Aucun établissement n'aurait voulu d'eux. Ils ne pourraient pas passer leur diplôme à la fin de l'année scolaire et tout espoir de poursuivre leurs études dans une prestigieuse université s'était envolé. Avant cette triste soirée de Halloween, Chase avait prévu de postuler au département d'art dramatique de l'université de New York, ou de se former au cinéma dans l'une des grandes facultés de Californie.

— Il faudra que tu sois disponible pour les comparutions au tribunal. Demain, quand elle arrivera, nous discuterons avec ta mère de ses projets.

Cette année, Thanksgiving serait certainement un moment difficile. Matthew n'avait pas parlé avec sa future ex-femme depuis le viol de Vivienne, et Chase n'avait pas pu donner de nouvelles à sa mère depuis son départ pour le tournage aux Philippines.

Matthew paya l'addition et ils sortirent dans la nuit froide. Chase lui évoquait toujours le petit garçon qu'il avait été, pourtant c'était désormais un jeune homme qui risquait d'aller en prison.

— Je voudrais juste te dire une chose, fiston. Lors de cette soirée, l'un de vous a commencé à boire, et les choses ont dégénéré très vite. Un drame est survenu. Une innocente jeune fille a été violée. Vous vous êtes mal comportés en organisant cette petite fête interdite, et surtout, vous avez menti à ce sujet pour protéger un coupable. Maintenant, vous devez vous racheter et faire ce qui est juste, quoi qu'il vous en coûte, même si c'est difficile. Vous devez tous régler cette affaire. Tu dois te comporter comme un homme, Chase. Tu le dois à la fille qui a été agressée, à tes amis, et surtout à toi-même. Pas de fausse loyauté envers tes amis s'ils agissent mal. Et vous avez très mal agi. Maintenant, fais le bon choix, celui qui te semble juste.

Matthew passa un bras autour des épaules de son fils et ils rentrèrent ensemble, serrés l'un contre l'autre. Chase était content que son père soit à la maison, sa présence lui faisait beaucoup de bien. C'était si regrettable que le divorce ait brisé cette harmonie, même si les parents de Chase gardaient une relation des plus respectueuses.

Le lendemain soir, ce fut au tour de Merritt de rentrer et de discuter avec son fils. Elle était d'accord avec Matthew, il s'agissait de faire le bon choix, celui qui était juste à ses yeux, qu'importe ce que diraient ses amis.

Ils passèrent un Thanksgiving tranquille dans leur appartement. Ils n'avaient aucune envie de sortir en ce soir de fête, et d'être sollicités pour des autographes ou des selfies. Dans la rue, ses parents étaient régulièrement assaillis par des fans, et depuis que les médias s'étaient emparés de l'affaire de Saint Ambrose la situation était encore plus délicate.

Chase décida de rester à New York avec son père. Jusqu'à Noël, il l'aiderait à travailler sur la post-production de films. Quant à sa mère, elle repartit à Los Angeles, mais pas sans dire à son fils, comme elle avait l'habitude de le faire avant chaque séparation, combien elle l'aimait. Il avait noté la tristesse dans son regard mais il ignorait si c'était à cause du divorce ou de son implication dans le viol de Vivienne. Il détestait la faire souffrir et se sentait extrêmement déprimé par cette situation.

Les jours suivants, Chase eut beaucoup de mal à trouver le sommeil. Il passait son temps à réfléchir à ce que lui avaient conseillé ses parents. Un dimanche matin, sa décision fut prise et, les larmes aux yeux, il alla voir son père qui lisait le *New York Times* au lit.

— Que se passe-t-il ? s'inquiéta ce dernier.

La situation avait-elle empiré ? Comment était-ce possible ? Le pire n'était-il pas déjà arrivé ?

— Je veux faire une déclaration à la police et leur dire ce qui s'est réellement passé cette nuit-là. Tout le monde ment. Je ne peux pas continuer comme ça. Je veux changer mon plaidoyer, je dois assumer, je suis coupable. Quand j'ai vu que Rick avait violé Vivienne, il était trop tard. Mais j'ai menti pour le protéger, lui et les autres. Mes copains vont me détester mais je ne veux plus mentir. Je veux suivre ton conseil et faire ce qui est juste.

En affirmant cela, avec ses mots à lui, qui sortaient du fond du cœur, Chase se sentit déjà mieux.

— J'appellerai l'avocat dès demain matin. Tu as toute la journée pour songer à ce que tu voudras dire à la police.

Matthew était soulagé que son fils ait choisi de dire la vérité.

Le lundi, Chase maintint sa décision et son père téléphona à l'avocat, qui lui promit de se mettre en contact avec la brigade chargée de l'affaire.

— Je vais voir si je peux obtenir un accord pour lui, une accusation moins lourde, une peine plus légère, ou les deux.

Il rappela une demi-heure plus tard. Ils avaient rendez-vous le lendemain matin au commissariat. En revanche, il apprit que le bureau du procureur avait refusé de passer un accord et que les six inculpés seraient jugés comme des adultes.

— Ils ont peur que les médias s'en prennent à eux s'ils passent un accord. Vous et Merritt êtes trop connus. Cela provoquerait une explosion dans la presse et deviendrait viral.

Le lendemain, Chase et Matthew se rendirent au commissariat le plus proche de Saint Ambrose, dans le Massachusetts, et leur avocat les y rejoignit. Gwen et Dominic avaient été prévenus et vinrent de Boston pour enregistrer la déposition de Chase.

D'un ton calme et avec le plus grand sérieux, Chase leur raconta tout ce dont il se souvenait, même si une bonne partie de ses souvenirs restait confuse à cause de la tequila.

Quand il eut terminé, Gwen s'adressa gentiment à lui.

— Je sais que tu as dit la vérité, Chase. La victime a fait une déclaration récemment. Ton histoire corrobore la sienne sur tous les points. Elle non plus ne voulait pas parler. Elle redoutait que sa déposition vous envoie en prison.

— Comment va-t-elle ?
— Elle va mieux.
Gwen ne voulut pas en dire plus. L'avocat assura à Matthew et Chase que ce dernier avait fait le bon choix en décidant d'avouer. S'il avait persévéré dans ses mensonges, la déclaration de Vivienne lui aurait été fatale. L'homme de loi estimait être en mesure d'obtenir que Chase soit envoyé dans un établissement pénitentiaire à régime assoupli, mais il ne pourrait certainement rien se voir accorder de plus. Chase risquait d'être condamné à un an ou deux en tant que complice, et à un an de plus pour obstruction à la justice. Aux yeux de Chase, c'était comme une condamnation à vie, surtout pour une première infraction. Quant à Matthew, il fit tout son possible pour garder son calme.

Chase signa sa déclaration avant de se rendre au tribunal pour plaider coupable. La juge indiqua à l'avocat que Chase serait jugé en janvier prochain, et que d'ici là il pouvait rester en liberté sous caution, à la condition qu'il réside chez l'un de ses parents. Matthew déclara que son fils vivait avec lui et, une fois les derniers détails réglés, ils quittèrent le tribunal et se retrouvèrent dehors dans l'air froid de l'hiver.

Matthew et Chase regagnèrent New York quasiment sans prononcer un mot. Quand ils arrivèrent à Manhattan, Matthew se tourna vers son fils.

— Tu as fait ce qu'il fallait, Chase. Je suis fier de toi.

Une fois arrivé au garage de leur appartement, il étreignit son fils, le serrant aussi fort que possible contre lui.

Chase regarda autour de lui et réalisa que, d'ici cinq semaines, il serait peut-être en prison. Matthew avait appelé Merritt après leur entretien avec la juge. En janvier, ils accompagneraient tous les deux Chase au procès et, quel que soit le verdict, ils seraient toujours là pour lui.

Ce soir-là, Chase envoya un message à Jamie.

Je leur ai dit la vérité, et j'ai changé mon plaidoyer en coupable.
Désolé, mais je devais le faire.

Il décida ensuite d'écrire une lettre à Vivienne. Il en avait eu l'intention depuis le soir du viol. Il regrettait tant ce qui était arrivé cette nuit-là et, désormais, il essayait de faire tout ce qu'il pouvait pour arranger les choses, et se comporter comme un homme droit.

15

Cinq jours plus tard, après de longues nuits sans pouvoir fermer l'œil, Jamie appela son avocat. Il admirait la décision de Chase et voulait faire de même. Comme il n'en avait pas discuté avec son père, l'avocat téléphona à Shepard, estimant que c'était son devoir de l'informer avant que Jamie modifie son plaidoyer. Il n'était pas accusé de viol, donc il n'avait pas à plaider coupable. Les accusations portées contre lui se concentraient sur sa présence lors de l'agression et la non-assistance à personne en danger, sa consommation d'alcool et l'entrave à l'exercice de la justice. Le seul point positif de son dossier, à la limite, était qu'il avait violemment frappé Rick dès qu'il s'était rendu compte de l'agression.

Shepard somma leur avocat de ne rien modifier pour le moment. Il voulait tout d'abord avoir une sérieuse conversation avec son fils, et en présence d'Ellen. L'avocat fit part de son avis à Shepard : selon lui, Jamie avait tout à gagner à revenir sur son plaidoyer. En se montrant honnête, il aurait une chance de voir sa peine allégée. Et sur le plan moral, plutôt que de continuer à protéger l'agresseur, c'était la bonne chose à faire. La vérité était maintenant la dernière réparation possible. Cette triste affaire était une terrible leçon de vie, même pour ceux qui allaient en payer le prix. Cependant, malgré les conseils de leur avocat, Shepard restait fermement opposé à cela.

— Tu es devenu fou ? Tu veux aller en prison pendant des années ? Nous avons l'un des meilleurs avocats de New York. Il peut t'éviter d'être condamné.

— Papa, l'avocat a pourtant dit que mon cas était impossible à gagner, l'interrompit Jamie, les preuves contre nous sont trop solides. Aujourd'hui ils savent que nous avons menti. Vivienne a fait une déclaration. Et puis quand nous avons été interrogés, nos histoires ne tenaient pas la route. Même Chase a avoué il y a cinq jours, et il a plaidé coupable. Je veux faire pareil, c'est décidé.

Jamie ne supportait plus de mentir.

— Et même si je pouvais gagner, je ne voudrais pas que ce soit grâce à un mensonge.

— Tu sais ce que tu pourrais infliger à cette fille au tribunal ? Boire de la tequila seule avec une bande de garçons, au beau milieu d'un bosquet et en pleine nuit ? Tu pourrais la faire passer pour la traînée du siècle, ce qu'elle est. Et je me fiche qu'elle soit la Vierge Marie ou Mère Teresa, quand les avocats de la défense la feront témoigner il ne leur sera pas difficile de la faire passer pour une prostituée.

C'était son souhait le plus cher et il avait demandé à leur avocat d'adopter cette défense lors du procès. C'était aussi ce qu'il avait laissé entendre à Taylor.

— Elle a déjà assez souffert, papa ! cria Jamie. Qu'est-ce que tu voudrais que nous lui infligions de plus ? J'aime Vivienne, c'est une personne formidable, et pour tout t'avouer je voulais même sortir avec elle. Ce soir-là, je l'ai embrassée et Chase est devenu jaloux. Il était si furieux que nous en sommes venus aux mains !

— Mais toi, tu ne l'as pas violée ! hurla son père.

Ellen les écoutait en silence, horrifiée. Ainsi, pour protéger leur fils, Shepard n'aurait aucun scrupule à détruire une jeune fille innocente, déjà blessée au plus profond de sa chair. Elle approuvait sans réserve la décision de Jamie.

— Je ne vais pas mentir à la barre ni te laisser payer un avocat pour traîner Vivienne plus bas que terre. J'irai en prison s'il le faut. Nous avons détruit sa vie ! En tout cas, Rick l'a détruite. Et nous avons gardé le silence.

— Tu étais ivre, tu ne pouvais pas savoir ! objecta Shepard. Et comme tu dis, c'est Rick qui l'a violée, pas toi.

— Comment tu peux envisager une seule seconde de faire passer Vivienne pour une traînée ?

— Parce que je suis sûr que c'en est une. Les filles bien ne se retrouvent pas en pleine nuit au milieu d'un bosquet à s'enivrer avec une bande de garçons ! cria-t-il au visage de son fils. Tu ne l'as pas violée, c'est Rick qui l'a fait. Tu as menti à ce sujet, et alors ? Qui ne le ferait pas ? Mon fils n'ira pas en prison à cause d'une garce pareille !

— Et si Rick l'avait tuée ? Ce serait bien aussi ? Qu'est-ce qui ne va pas chez toi, papa ? Je vais faire ce qui est juste, que ça te plaise ou non. Ma vie en liberté ne vaudrait pas la peine d'être vécue si je t'écoutais. Je refuse de continuer à mentir, ou que ton avocat la lamine. Nous lui sommes redevables : nous étions avec elle, nous l'avons incitée à boire avec nous et nous n'avons pas été capables de la protéger de Rick. Jamais je n'aurais pu imaginer qu'il fasse une chose pareille ! Je ne mentirai plus pour le protéger.

— Tu ne dois rien à cette fille. Pourquoi refuses-tu mon aide ?

— Parce que ta façon de faire n'est pas honnête. J'irai voir la police et je dirai la vérité, cette fois. Désolé que cela te contrarie, mais il est temps de faire ce qui est juste. Je ne suis pas comme toi, lâcha-t-il d'un ton dégoûté.

En entendant ces derniers mots, Shepard le frappa violemment au visage. Le sang jaillit du nez de Jamie, qui tomba à la renverse. Ellen n'eut pas le temps de se précipiter sur son fils que déjà Shepard lui donnait un coup de pied dans le ventre avant de quitter la pièce. Jamie était plié en deux sur le tapis, le visage en sang. Sa mère l'aida à se relever et le conduisit à la cuisine pour le soigner. Le petit frère et les sœurs de Jamie avaient entendu des cris mais ignoraient ce qui se passait. Un instant plus tard, Shepard quitta l'appartement en claquant la porte. Jamie était assis sur un tabouret de cuisine, avec une poche de glace sur son œil et son nez. Il saignait toujours et ressentait une vive douleur au ventre. Il regarda sa mère, pétri de remords.

— Je suis désolé, maman. Désolé de m'être trouvé là-bas et d'avoir menti au sujet de cette soirée.

— On s'en sortira, dit-elle gentiment. Tu vas aller voir la police demain, alors ?

Il hocha la tête.

— Je le dois. C'est ce que j'aurais dû faire depuis le début.
— Je t'accompagnerai, dit-elle avant de le serrer dans ses bras.

Tous deux auraient préféré que rien de tout cela ne soit arrivé, mais il était trop tard pour avoir des regrets. Désormais, ils devaient faire face aux conséquences de cette soirée. Et tout comme sa mère, Jamie savait qu'il n'éprouverait plus jamais les mêmes sentiments à l'égard de son père.

Ellen téléphona à leur avocat et ils convinrent de se retrouver au commissariat près de Saint Ambrose. Il lui assura que Jamie faisait ce qu'il fallait. D'ailleurs, il l'avait déjà encouragé à se confesser, mais à ce moment-là le jeune homme n'était visiblement pas prêt à passer aux aveux. Par loyauté, il était déterminé à protéger Rick ainsi que ses amis.

Le lendemain à midi, Jamie, Ellen et l'avocat retrouvèrent les deux inspecteurs de Boston, Gwen Martin et Dominic Brendan. Il livra sa version des faits, similaire à celle de Chase et de Vivienne, ajoutant même quelques détails que son ami avait oubliés, et signa sans aucune hésitation la déclaration. Gwen, inquiète de voir ce jeune garçon avec un coquard et le nez gonflé, finit par lui demander ce qui lui était arrivé. Jamie ne se déroba pas et avoua :

— Mon père ne voulait pas que je vienne ici ni que je change mon plaidoyer. Mais je devais le faire. Je suis désolé de ne pas avoir dit la vérité dès le début.

Elle acquiesça, satisfaite de son honnêteté mais dépitée que son père s'en soit ainsi pris à lui. Le fils prônait la vérité, le père le mensonge. Quel genre d'homme était-ce donc ? L'argent et le succès ne faisaient pas de lui une bonne personne, et en tant que père il n'était de toute évidence pas à la hauteur. Malgré les accusations portées contre lui, Jamie était une meilleure personne.

— Je suis sûre que ton père est très inquiet pour toi, dit Gwen, essayant de le réconforter.

— Sûrement, répondit-il avec tristesse, mais nous nous sommes mal comportés en nous enivrant, en abandonnant Vivienne puis en protégeant Rick.

Gwen se remémora la sympathie que Vivienne lui avait dit éprouver pour Jamie.

— As-tu dit tout cela à Vivienne ? demanda-t-elle.

Jamie secoua la tête.

— Peut-être que tu devrais.

Il y avait songé, mais il ne savait pas comment lui exprimer ses regrets. Peut-être trouverait-il les bons mots, à présent.

Gwen conduisit Jamie et sa mère auprès de la juge, comme elle l'avait fait avec Chase. Ils modifièrent ainsi son plaidoyer sans qu'il ait à se présenter au tribunal. La juge communiqua à Jamie la date de son procès, la même que Chase. Quelques minutes plus tard, Jamie et sa mère quittèrent le bureau de la juge et reprirent la route pour New York. Shepard n'était pas rentré à la maison la nuit précédente.

Quand Gwen retourna à son bureau, elle alla aussitôt trouver Dominic :

— Je pense que nous devrions nous rendre à New York pour voir les autres inculpés. Ils ont sûrement besoin de passer aux aveux, eux aussi. Ils seraient complètement fous d'aller jusqu'au procès maintenant que nous avons les déclarations signées de la victime et de deux accusés. J'appellerai leurs avocats demain. La police de New York pourra sûrement nous prêter un bureau pour les recevoir.

Dominic était d'accord avec elle.

— Tu as raison. Allons-y avant Noël, avant que ces gamins ne partent en vacances aux quatre coins du pays, si la juge leur en donne la permission. Il ne s'agit même plus seulement de l'affaire. Il y a également le sens moral de ces enfants qui est en jeu. Si leurs parents ne sont parfois pas un bon exemple, eux au moins ont encore une conscience et peuvent devenir des hommes droits et bons. Ils ont beau avoir vécu une expérience traumatisante, ils retrouvent le droit chemin.

Gwen lui sourit.

— Quel philosophe !

Le lendemain, les quatre avocats remercièrent Gwen pour son appel et convinrent que, les circonstances ayant changé, il était logique de modifier les plaidoyers de leurs clients. Elle leur précisa que le bureau du procureur ne passerait aucun accord mais que la juge serait mieux disposée si les inculpés faisaient preuve d'honnêteté et formulaient des déclarations en ce sens. Les avocats répondirent qu'ils conseilleraient leurs clients en conséquence.

Dominic et elle partirent donc pour New York dès le lendemain car, s'ils avaient de nouvelles enquêtes en cours, boucler l'affaire de Saint Ambrose était désormais leur priorité. La police de New York avait accepté de leur prêter un bureau et ils avaient réservé deux chambres dans un petit hôtel modeste près de la gare.

— La classe ! s'écria Dominic en découvrant les lieux, plutôt sordides.

Gwen éclata de rire. Certes, l'hôtel était miteux, mais c'était tout de même New York !

Ils reçurent d'abord Gabe et ses parents, qui avaient le cœur brisé par les événements. La bourse d'études de Gabe à Saint Ambrose représentait une grande chance pour son avenir et il l'avait gâchée. Gabe répéta aux inspecteurs qu'il n'avait pas vu Rick violer Vivienne, car pendant que leur camarade commettait cet acte odieux, il tentait d'interrompre la bagarre entre Jamie et Chase. Cependant, comme les autres, il avait abandonné Vivienne inconsciente au milieu des bosquets, et il avait menti pour se protéger lui, ainsi que ses amis. Gabe se sentait coupable vis-à-vis de ses parents, eux qui blâmaient les mauvaises valeurs des familles de certains de ses camarades. Et dire qu'ils étaient si contents que leur fils puisse faire ses études dans un lycée aussi prestigieux… Ils le regrettaient presque et ne pouvaient imaginer une seule seconde que leur fils finirait en prison !

Tommy Yee était le suivant sur leur liste. Sa déclaration concordait avec celle de ses camarades, mais ses souvenirs étaient plus confus étant donné qu'il avait passé une bonne partie de la soirée à souffrir de nausées dues à la tequila. Il déclara aux inspecteurs qu'il n'avait pas dit la vérité parce qu'il ne voulait pas causer plus d'ennuis à ses amis, et qu'il avait peur.

Steve Babson se présenta accompagné de sa mère. Sa déclaration était presque identique à celle de Gabe. Il ignorait pourquoi les choses avaient dérapé ainsi et il le regrettait profondément. Il expliqua que son père l'avait renié, que ses parents étaient en train de divorcer mais que sa mère le soutenait dans cette épreuve.

La famille Russo arriva la dernière. Rick se montra tout d'abord arrogant, mais au bout de quelques minutes il fondit en larmes. Joe Russo avait à nouveau proposé de payer Vivienne pour qu'elle se taise, ce que son avocat lui avait fortement déconseillé. Les parents de Rick avaient l'air effondrés et Rick ne cessait de répéter que c'était sa consommation excessive d'alcool qui l'avait rendu fou. Il était dans une mauvaise position car il serait jugé lui aussi en tant qu'adulte. Gwen nota que, dans cette affaire, s'il était évidemment bien plus coupable que tous ses camarades réunis, c'était pourtant lui qui éprouvait le moins de remords. Il se souciait beaucoup de son cas mais n'avait jamais eu une once de compassion pour Vivienne.

Après leur départ, Gwen feuilleta les déclarations.

— Il semblerait que nous avons tout ce qu'il nous faut.

Tous avaient plaidé coupable, ce que la juge avait accepté en leur donnant rendez-vous au mois de janvier.

— Maintenant, nous allons pouvoir nous concentrer sur d'autres enquêtes, fit Gwen.

Elle éprouvait toutefois une vague tristesse à cause de cette affaire. Tant de vies avaient été affectées, et autant de brillants avenirs gâchés. Une jeune femme resterait certainement marquée à jamais et six jeunes hommes à qui tout était promis se retrouvaient à présent avec une condamnation sur le dos et un avenir compromis. Sans compter la manière dont cette affaire avait déjà affecté leurs familles...

— Quand est-ce qu'on rentre ? demanda-t-elle à Dominic d'une voix fatiguée.
— Je reste ici ce soir, dit-il d'un air penaud.
— Oh, oh, tu as un rencard, le taquina-t-elle.
— En quelque sorte. Les Bruins jouent contre les Rangers au Madison Square Garden. J'ai acheté un billet en ligne hier soir. Personne ne pourrait m'empêcher de voir ça. Tu peux prendre la voiture si tu veux, moi je rentrerai demain en train.
— Finalement, je vais peut-être rester aussi. J'ai encore des achats de Noël à faire pour mes nièces et mes neveux. Je n'ai pas eu beaucoup de temps dernièrement pour m'occuper de tout ça. Ça te va si on repart demain vers midi ?

Dominic hocha la tête.
— Ça me paraît bien.

De retour à l'hôtel, Dominic enfila une tenue décontractée pour se rendre au match, et Gwen en profita pour mettre des chaussures plates, plus pratiques pour sa séance de shopping. Elle avait entendu tant de choses tristes durant sa journée de travail qu'elle avait hâte de se changer les idées en faisant quelques emplettes. Fouillant dans son sac, elle tomba sur la carte de Sam Friedman et, sur un coup de tête, décida de l'appeler. Il avait inscrit son numéro de portable mais elle préféra appeler à son bureau. S'il ne s'y trouvait pas, elle pourrait toujours lui laisser un message ou essayer sur son portable. Elle l'avait apprécié, et faire de nouvelles rencontres était une chose qui lui manquait. Les seules personnes qu'elle croisait étaient soit des policiers comme elle, soit des adolescents délinquants sexuels ou des victimes. Ce serait bien de parler à une personne normale !

Il était un peu tard et elle fut surprise qu'il réponde.

— Sam Friedman, dit-il d'un ton brusque.

— Bonjour, c'est Gwen Martin, de la police de Boston. Je vous ai rencontré quand vous accompagniez le jeune Adrian Stone.

Sam laissa échapper un rire.

— Vous croyez que je rencontre tous les jours de belles inspectrices aux cheveux flamboyants ou des stars de cinéma, et que je ne me souviens pas de vous ? Bonjour ! Que me vaut l'honneur de votre appel ? Tout va bien avec mon client ?

L'espace d'un instant, il parut inquiet.

— Oui, pour autant que je sache. En tout cas j'espère que son asthme va mieux. À vrai dire, je suis en ville, je viens de passer la journée à enregistrer les déclarations des garçons de Saint Ambrose et nous sommes en train de boucler l'affaire. Ils ont tous plaidé coupable, ils seront jugés en janvier.

— Vous devez être contente.

— Oui, et triste aussi. Cette affaire est un tel gâchis ! La plupart d'entre eux sont probablement de bons garçons, mais ils viennent de compromettre leur avenir. Bon, en ce qui concerne le violeur, c'est une autre histoire. Mais tout ceci est tragique.

— Je sais. Je vois aussi des choses assez désagréables. Des parents qui traitent leurs enfants comme des moins que rien et qui ne les méritent pas, comme dans le cas d'Adrian. Ses parents devraient être dans un hôpital psychiatrique. Alors, combien de temps restez-vous en ville ?

— Jusqu'à demain. Je viens de finir ma journée et je me préparais à aller faire quelques achats de Noël. J'ai retrouvé votre carte dans mon sac, alors j'ai eu envie de vous appeler. Je sais que j'aurais peut-être dû vous en laisser l'initiative mais quand on est policier on ne fait pas toujours les choses de façon traditionnelle.
— Pas de problème. Vous savez quoi ? J'ai encore deux bonnes heures de boulot à abattre aujourd'hui. Pourquoi vous n'iriez pas faire votre shopping, et ensuite je vous emmènerais dîner dans un petit restaurant italien. Ça vous tente ?
— Une virée shopping et un dîner ? Ça ne pourrait pas être mieux.

Gwen était heureuse, car elle n'avait pas eu de rendez-vous galant depuis longtemps et elle avait vraiment apprécié leur rencontre. Elle ignorait quand et comment ils pourraient se revoir mais la vie venait de décider pour eux.

— Ce n'est pas très galant, mais je vous retrouverai là-bas. C'est près de mon bureau.

Il lui donna l'adresse et poursuivit :
— À 21 heures, ça vous va ? J'ai un rapport à finir pour une audience qui a lieu demain.
— C'est parfait. Merci, Sam. Vous égayez ma journée.
— Et vous la mienne. À plus tard.

Gwen arriva au restaurant à l'heure dite, chargée de quatre sacs de shopping.
— Mission réussie ? demanda Sam, visiblement heureux de la voir.

Bon sang ! Il était encore plus beau que dans ses souvenirs. Elle avait enfilé des talons hauts dans le taxi, s'était recoiffée et avait mis du rouge à lèvres. Elle éprouva une légère gêne en constatant qu'il avait remarqué l'étui de son arme de service sous sa veste, mais elle ne voulait pas laisser son équipement à l'hôtel.

— Je crois que vous êtes la première femme que j'invite à dîner qui vient armée.

Elle se mit à rire puis ils passèrent leur commande.

La nourriture était délicieuse, et ils discutèrent sans relâche tout au long du repas. Sam était issu d'une famille juive d'avocats et elle d'une famille catholique de policiers. Il était impressionné qu'elle ait un master en criminologie. Ils aimaient les mêmes films, les mêmes livres, et adoraient voyager. Venise était la ville préférée de Gwen et Sam ne jurait que par Paris. Ils aimaient tous les deux les enfants. Sam avait trois ans de plus qu'elle. Il n'avait pas eu de relation sérieuse depuis quelques années, et elle non plus. Ils n'avaient pas le temps de s'engager car leur travail passait avant tout. Mettant de côté leurs vies professionnelles, ils découvrirent qu'ils avaient beaucoup de choses en commun. Ils discutèrent jusqu'à la fermeture du restaurant et furent les derniers clients à s'en aller.

— Vous venez souvent à New York ? demanda Sam.

— Jamais. Nous sommes juste venus parce que nous avions quatre déclarations à enregistrer ici. Et vous, venez-vous parfois à Boston ?

— Je n'y suis pas allé depuis dix ans, admit-il, alors que j'y ai fait mes études.

— Laissez-moi deviner... Harvard ?

Il hocha la tête.

— À l'heure actuelle, si j'avais voulu, je serais en train de gagner des millions en tant qu'avocat à Wall

Street. Ça ne s'est pas passé comme ça mais j'aime ce que je fais. La moitié du temps, je ne suis même pas payé. J'effectue beaucoup de travail bénévole pour les tribunaux, comme avec Adrian.
Il la raccompagna à son hôtel en taxi.
— Je me demandais... Que faites-vous pour le réveillon du Nouvel An, Gwen ?
— Pour l'instant je n'ai rien de prévu.
Elle lui sourit. Elle avait passé une merveilleuse soirée. Sam était intelligent et attentionné. Elle en avait déjà eu la preuve en le voyant avec Adrian. C'était également un bel homme qui entretenait son corps en allant à la salle dès qu'il le pouvait et en jouant au squash deux fois par semaine.
Quant à Sam, il l'avait beaucoup appréciée aussi. Et il la trouvait très belle.
— Ça vous dirait de revenir, et que nous allions regarder ensemble le compte à rebours à Times Square le soir du Nouvel An ? C'est un peu ringard, mais très amusant. Sinon nous pourrions faire quelque chose de plus sophistiqué, si vous préférez.
— Times Square, ce serait génial.
Ils arrivèrent à son hôtel. Le taxi les déposa et Sam lui tendit ses sacs.
— Merci, Sam, j'ai passé une excellente soirée.
— Moi aussi. Alors nous avons un vrai rendez-vous ?
Gwen hocha la tête et Sam déposa un léger baiser sur sa joue.
— Prévoyez une tenue chaude pour le 31 décembre. Il y a un joli petit hôtel au coin de ma rue, dans West Village. Je vous y réserverai une chambre.

Elle apprécia sa délicatesse. Sam ne présumait pas qu'elle coucherait avec lui la prochaine fois qu'ils se verraient juste parce qu'il l'avait invitée à dîner.

Avant de rentrer, Gwen se retourna et lui fit un dernier signe de la main avant de rejoindre sa chambre le sourire aux lèvres.

Comme prévu, elle retrouva Dominic le lendemain matin pour leur retour à Boston.

— Comment s'est passé le match ?

— C'était nul. Les Rangers ont gagné. Mais c'était quand même un super match. Tu as dévalisé les boutiques, ma parole ! dit-il en voyant ses sacs.

— Et j'ai eu un rendez-vous galant, avoua-t-elle, toujours souriante.

— Comment tu t'y es pris ? Tu dragues des mecs dans les grands magasins maintenant ? Je ne savais pas que tu étais si désespérée !

— Oh, tais-toi un peu ! J'ai appelé l'avocat qui avait amené le gamin pour la déclaration en tant que témoin, tu te rappelles ? J'ai retrouvé sa carte dans mon sac et... on a dîné ensemble.

— Mmm, tu avais probablement prévu ça depuis le début, la taquina-t-il. Tu portais ton arme ?

Elle hocha la tête.

— Il a apprécié ?

— Il a adoré. On a braqué une boutique de spiritueux après le dîner, et on a partagé le butin.

— Bien joué. Alors, tu vas le revoir ?

— Pour le Nouvel An, lança Gwen d'un ton victorieux.

— Eh bien, quelle nouvelle ! Je suis ravi. Je vais peut-être enfin pouvoir me débarrasser de toi et trouver un partenaire qui mange à l'heure des repas.

— Contente-toi de conduire ! répliqua-t-elle, amusée.

Ce matin, elle avait reçu un message de Sam lui disant qu'il avait passé une soirée formidable. Elle était aux anges et avait hâte de le retrouver au réveillon du Nouvel An. Alors qu'elle contemplait New York par la vitre, Dominic se tourna vers elle, l'observa un instant et sourit. Gwen était une excellente policière et une femme exceptionnelle. Cette rencontre semblait l'avoir épanouie et il était très heureux pour elle.

16

Les fêtes de Noël furent difficiles pour toutes les familles impliquées dans l'affaire de Saint Ambrose. Elles avaient l'impression que les moments passés ensemble étaient comptés et que le temps filait à vive allure. Les jeunes frères et sœurs de Gabe s'effondrèrent en larmes lorsqu'ils apprirent qu'ils risquaient de ne pas se revoir avant un certain temps. Les parents de Tommy, eux, n'adressaient toujours pas la parole à leur fils, qui était submergé par la solitude.

Steve Babson passa Noël seul avec sa mère. Elle était désormais sobre et se rendait chaque jour aux réunions des Alcooliques anonymes. Son père avait quitté la maison, et leur vie quotidienne était plus paisible ainsi. Il les avait abandonnés après les avoir tyrannisés pendant des années, et sa mère avait enfin demandé le divorce. Steve et Jean Babson réalisèrent avec surprise que ce Noël était le plus beau qu'ils aient jamais passé. Mais, hélas, il était trop difficile de faire abstraction de la date du verdict qui approchait.

Les Russo avaient demandé à l'un des meilleurs restaurants de New York de préparer leur repas de Noël mais, en songeant aux jours sombres qui attendaient Rick, ils furent tous incapables de manger quoi que ce soit. Ses parents avaient beau essayer de faire bonne figure, Rick voyait bien qu'ils pleuraient souvent. Aussi décida-t-il de rester dans sa chambre le plus possible afin de ne pas avoir à les croiser ou à leur parler. Aucun de ses camarades n'avait repris contact avec lui. Le soir de Noël, il se saoula seul dans sa chambre.

Jamie passa Noël avec sa mère, ses sœurs jumelles et son petit frère. Leur père séjournait au Racquet Club. Ellen dut prévenir ses plus jeunes enfants que leur grand frère allait devoir s'absenter jusqu'à nouvel ordre.

Chase était à Los Angeles chez sa mère. Son père résidait chez une « amie » – sa maîtresse, supposa Chase –, mais vint dîner avec eux le soir de Noël. Ils échangèrent des cadeaux et passèrent un très bon moment, comme si tout était normal. En revanche, malgré la courtoisie dont ses parents faisaient preuve l'un envers l'autre, le divorce était toujours d'actualité. Quant à lui, sa condamnation serait prononcée d'ici peu et il irait probablement en prison. Tout ceci était si difficile à accepter. Cette histoire le hantait, il ne cessait de penser à Vivienne. Sa mère avait pris l'initiative de l'envoyer voir un psy, tout comme celle de Jamie.

Vivienne avait reçu la lettre de Chase et lui avait répondu. Elle était touchée qu'il ait repris contact avec elle, et désolée que tout ait si mal tourné pour eux. Elle espérait que les choses s'arrangeraient pour lui. Il se sentit soulagé qu'elle ait accepté de lui répondre. Jamie aussi lui avait écrit, et il avait reçu une réponse tout aussi gentille, bien plus que ce qu'il pensait mériter.

Cela le rendait encore plus triste d'avoir tout gâché avec elle. Il ne saurait jamais ce qui aurait pu se passer entre eux. Au lieu de cela, il allait se retrouver en prison et, aux yeux de Vivienne, il ne serait plus qu'un mauvais souvenir.

Vivienne passa quant à elle le réveillon avec son père, qui avait fait préparer leur dîner par un traiteur. Kimberly vint les retrouver un peu plus tard. Elle ne ratait jamais une occasion de se joindre à eux et Chris l'incluait dans leurs plans dès qu'il le pouvait, pour les avoir toutes les deux à ses côtés. Kimberly ne cessait de demander à Vivienne d'un air détaché à quelle date elle comptait retourner à New York. Il était clair qu'elle brûlait d'envie de revenir vivre avec Chris. Concernant sa scolarité, Vivienne n'avait toujours pas décidé ce qu'elle ferait en janvier. Elle rédigeait les devoirs que Saint Ambrose lui envoyait, les rendait à temps et veillait à avoir de bonnes notes afin d'obtenir son diplôme en juin.

Le jour de Noël, Vivienne téléphona à sa mère qui se trouvait alors dans l'État du Vermont. Nancy semblait passer de bons moments avec ses amis dans un chalet de montagne. Vivienne ferma la porte de sa chambre pour pouvoir lui parler en toute discrétion.

— Maman, quand est-ce que je peux revenir à la maison ?

— Mais quand tu veux, ma chérie ! Je rentre à New York le 31 décembre au matin. Tu veux passer le réveillon avec moi ?

— J'adorerais ça. Et... je pourrai rester ? Je sais que j'ai dit que je voulais vivre avec papa cette année. Mais Kimberly me tape sur les nerfs et il veut tout le temps être avec elle. J'aime papa, mais j'ai vraiment envie d'être à la maison avec toi. Et, maman, j'ai pensé à l'école... Tu me laisserais aller dans un lycée à New York ? Tu crois qu'on pourrait trouver un lycée qui m'accepterait en milieu d'année ? Je veux rester à la maison avec toi jusqu'à mon départ pour l'université. Je pourrai revenir voir papa l'été prochain. J'ai terminé tous mes dossiers et j'en ai même ajouté quelques-uns. J'ai postulé pour Columbia, l'université de New York et celle de Boston.

Nancy sembla ravie de ces annonces.

— Waouh, en voilà des nouvelles ! J'appellerai quelques lycées après les vacances de Noël et nous verrons ce qu'ils diront. Nous pourrons aller les visiter ensemble.

Nancy songea qu'elles devraient évoquer ce qui s'était passé à Saint Ambrose avec son prochain proviseur. Vivienne déclara qu'elle voulait un nouveau départ, une autre école, ce que Nancy trouva judicieux. Elle promit de lui réserver un billet d'avion pour New York afin qu'elle vienne passer le réveillon du jour de l'an avec elle. Mère et fille en brûlaient d'impatience.

— Je l'annoncerai à papa, proposa Vivienne. De toute façon, il voudra passer ce soir-là avec Kimberly. Elle a tellement hâte que je parte qu'elle m'aidera sûrement à faire mes bagages.

Une pointe de tristesse s'entendait dans sa voix, pourtant c'était un fait indéniable : Kimberly se réjouirait certainement de son départ.

Quand elles raccrochèrent, Nancy rayonnait de joie. Sa fille allait rentrer à la maison, et c'était le plus beau cadeau de Noël qu'elle pouvait recevoir. En outre, Vivienne semblait aller beaucoup mieux, comme le montraient ses projets et son envie de retourner à l'école. Ses cauchemars avaient presque cessé, ils n'étaient plus qu'épisodiques.

Avant de terminer leur conversation, elles avaient évoqué encore une fois la relation entre son père et Kimberly.

— Je ne veux pas l'attrister, maman. Il a vraiment essayé de me mettre à l'aise pour que je me sente comme chez moi, il a fait tout ce qu'il pouvait pour passer du temps en ma compagnie. Mais il a une autre vie maintenant, dans laquelle Kimberly tient une grande place.

Nancy en avait conscience depuis longtemps déjà. En réalité, cela faisait plus de deux ans que Kimberly était entrée dans la vie de Chris, mais elle s'abstint de le rappeler à sa fille.

— Tu crois qu'il va l'épouser ?

— Ça se pourrait.

— C'est ridicule. Il est assez âgé pour être son père.

— Les hommes font parfois des choses ridicules.

Il y a quelque temps, Nancy aurait pu être contrariée à l'idée du nouveau mariage de Chris, mais ce n'était plus le cas aujourd'hui. Elle venait de rencontrer un homme charmant sur les pistes de ski : un médecin de New York, divorcé, père de trois filles. Ils avaient skié tous ensemble à plusieurs reprises. Il avait 49 ans et ses filles n'étaient guère plus âgées que Vivienne. Deux d'entre elles étaient à l'université et la troisième venait d'obtenir son baccalauréat. Ce soir, Nancy dînerait avec eux et ils avaient déjà prévu de se revoir à New York.

Durant le dîner, Vivienne annonça plusieurs nouvelles à son père : le 31 décembre, elle partirait à New York pour passer le réveillon avec sa mère. Et elle envisageait de terminer son année scolaire là-bas. Sa mère allait commencer à lui chercher un lycée en externat. Il eut un peu l'air déçu par toutes ces annonces mais ne protesta pas. Comme Nancy, il estima qu'un changement de lycée pouvait lui être bénéfique. Retourner dans son ancienne école de Los Angeles n'était finalement pas une si bonne idée. Elle s'y serait sûrement sentie mal à l'aise. New York lui offrirait un autre départ, ce dont elle avait besoin. Kimberly était avec eux et ne cacha pas sa joie en apprenant le futur départ de Vivienne Elle se tourna carrément vers Chris et lui dit, en le regardant avec adoration :

— Puisque nous ne serons que tous les deux, allons passer quelques jours au Wynn à Vegas !

Chris accepta aussitôt, Kimberly méritait bien le grand luxe ! Aux yeux de Vivienne, passer Noël à Las Vegas était on ne peut plus ringard, mais évidemment cela représentait le summum du glamour pour Kimberly. Elle aimait jouer au blackjack, aux machines à sous, faire du shopping dans les boutiques de luxe... Kimberly pouvait bien passer ses vacances comme bon lui semblait, pensa Vivienne, tant qu'elle n'entraînait pas son père dans une de ces chapelles du kitsch pour l'épouser le soir du réveillon. De toute façon, ses parents n'étaient pas encore divorcés, donc il n'y avait pas de risque, mais Vivienne savait que ce jour viendrait.

Ils passèrent le reste de la soirée à parler de Las Vegas et de toutes les choses que Kimberly appréciait là-bas, comme les spectacles de magie et le Cirque du Soleil. Vivienne l'écoutait distraitement, songeant à son retour à New York.

Chacun devait poursuivre son chemin et elle comprit que sa vie serait désormais auprès de sa mère, sur la côte Est. Et cette fois, elle s'y rendait par choix et non pas par obligation.

— Je peux revenir pour les vacances de printemps, papa, si tu veux, et aussi l'été prochain avant de commencer l'université.

— Bien sûr que je le veux. C'est aussi ta maison. Tu as une maison sur chaque côte, ma chérie.

Kimberly afficha une moue contrariée et, un peu plus tard, Vivienne l'entendit demander à Chris si elle allait devoir déménager chaque fois que Vivienne reviendrait à Los Angeles. Ils en discuteraient plus tard, lui rétorqua-t-il, suggérant qu'elle garde l'appartement pendant un certain temps, en tout cas pour qu'ils aient une certaine « flexibilité ». Vivienne sourit en se demandant si son père commençait à se lasser de Kimberly. Elle espérait que oui.

Cette nuit-là, Vivienne prépara ses bagages. Cela faisait deux mois qu'elle était à Los Angeles. À présent, elle était prête à rentrer à la maison.

Par une nuit glaciale, Sam et Gwen se tenaient l'un contre l'autre à Times Square et scrutaient le compte à rebours du Nouvel An. Ils avaient revêtu des tenues chaudes et confortables, mais Gwen ne cessait de sautiller sur place pour se réchauffer. La célèbre boule lumineuse de Times Square descendait lentement le long de son mât. Quand elle se poserait, comme le voulait la tradition, cela sonnerait le début de la nouvelle année.

— Chaque fois que tu fais ça, j'ai peur que ton pistolet se déclenche, chuchota Sam.

Gwen éclata de rire.

— Je ne le porte pas ce soir.

— Bon, alors c'est maintenant que j'ai peur, plaisanta-t-il. Je pensais que tu pourrais nous défendre si on se faisait attaquer.

— Ne t'inquiète pas. Je suis ceinture noire de karaté.

— Tu es une femme dangereuse, Gwen Martin.

— Pas si tu es gentil avec moi.

Il était des plus charmants avec elle. Ils avaient dîné dans un agréable restaurant et il avait programmé un week-end entier avec diverses surprises pour elle. Le lendemain, ils iraient faire du patin à glace à Central Park.

À minuit pile, la boule était au bas de son mât. Sam se tourna vers Gwen et lui sourit.

— Bonne année, j'espère qu'elle sera formidable pour toi !

Puis, à sa grande surprise, il l'embrassa. Elle lui rendit son baiser et ils restèrent enlacés un moment. Sam héla ensuite un taxi et l'emmena dans l'un des plus beaux endroits de New York pour boire un verre, le Sherry-Netherland. Ensuite, ils firent un tour en calèche dans Central Park et il l'embrassa à nouveau. Cette promenade nocturne était la chose la plus romantique qu'elle ait pu faire. Gwen était toujours sortie avec des policiers, qui n'étaient pas connus pour leur sentimentalisme. C'était le meilleur réveillon de sa vie. Ce soir-là, elle ne retourna pas à son hôtel mais rentra chez Sam. Le lendemain, ils allèrent récupérer ses affaires à l'hôtel et elle passa la fin du week-end dans son appartement. Quand ils se rendirent à la patinoire, ils découvrirent qu'ils étaient tous les deux très doués et passèrent un long moment à filer sur la glace main dans la main. Puis ils regagnèrent l'appartement de Sam et firent tendrement l'amour. Le soir, ils commandèrent leur repas à un restaurant voisin et regardèrent de vieux films à la télé.

— Je vis des moments délicieux avec toi, dit Gwen d'un ton rêveur, allongée dans les bras de Sam.

— Moi aussi. Je venais de décider que je préférais rester célibataire, et puis nous nous sommes rencontrés.

— Tu viendras me rendre visite à Boston ?

— Bien sûr ! C'est le meilleur week-end du Nouvel An de toute ma vie. Je compte bien en partager d'autres avec toi !

— Moi aussi !

Les choses allaient très vite entre eux, mais tout s'enchaînait parfaitement, comme si le destin les avait mis sur la même route parce qu'ils étaient faits l'un pour l'autre.

— Un de ces jours, il nous faudra envoyer un mot de remerciement à Adrian, dit Sam.

Gwen sourit et acquiesça. Ils s'embrassèrent à nouveau avec passion. L'affaire de Saint Ambrose avait au moins une fin heureuse.

17

Pour les inculpés, le compte à rebours commença juste après les vacances de Noël et le mois de janvier arriva bien trop vite. Les six garçons se rendirent au tribunal du Massachusetts accompagnés de leurs parents. Hannabel Applegarth, la juge qui avait enregistré leurs plaidoyers de culpabilité et présidé leur mise en inculpation, avait exigé une salle d'audience à huis clos et interdit les médias. Cependant, une douzaine de camionnettes des différentes chaînes télévisées nationales étaient garées dans la rue. À l'arrivée de chaque voiture, les journalistes se précipitaient, hurlant leurs questions et brandissant leurs micros. Traverser la foule pour gagner le tribunal relevait de l'exploit. Taylor et Charity Houghton, Nicole Smith, Gillian Marks et Simon Edwards avaient décidé d'être présents. Gillian, qui était plus grande et plus forte que les autres, faisait de son mieux pour leur frayer un passage à travers la masse compacte des journalistes.

— J'ai cru qu'ils allaient m'arracher mes vêtements, se plaignit-elle quand ils parvinrent à l'entrée du bâtiment.

Chacun était ébouriffé et essoufflé d'avoir dû traverser cette meute assoiffée de ragots.

Lorsque les garçons arrivèrent avec leurs familles, l'excitation fut à son comble. La police et les adjoints du shérif durent s'interposer pour qu'ils puissent passer. Ils retrouvèrent leurs avocats devant la salle d'audience. Ensemble, ils avaient eu d'interminables réunions pour discuter de la procédure et les parents étaient aussi nerveux que leurs enfants. À l'heure dite, les garçons entrèrent un par un dans la salle d'audience, prenant place à la table de la défense, chacun à côté de son avocat. À la table de l'accusation se trouvaient les deux assistants du procureur. Enfin, Dominic et Gwen entrèrent. La jeune inspectrice portait un tailleur bleu marine flambant neuf et des escarpins.

Ils attendirent la juge pendant une vingtaine de minutes, puis l'huissier leur ordonna de se lever. La juge entra alors et prit place, observant les personnes dans la salle d'audience d'un air particulièrement sombre. Les parents étaient assis juste derrière leurs fils. Dans la rangée derrière eux se tenaient les représentants de l'école. Le pays entier était impatient d'entendre la décision de la juge. Se montrerait-elle indulgente en raison de la notoriété de l'école ? Elle avait maintes fois révisé toutes les déclarations, revu les preuves, et passé d'innombrables heures à peser sa conclusion, son impact sur les inculpés et sur la victime qui avait tant souffert, et les retombées potentielles pour toutes les personnes impliquées de près ou de loin. C'était l'une des décisions les plus difficiles de sa carrière. Elle s'était montrée extrêmement méticuleuse à chaque étape de la procédure, au cas où l'un des prévenus ferait appel. C'était fort probable dans le cas de Rick Russo. Peu lui importaient la richesse des familles et la notoriété du lycée. Ce qui comptait, c'était que des vies étaient en jeu et que ces jeunes garçons avaient une dette envers la société.

La veille, Gwen Martin avait remis à la juge une lettre manuscrite de Vivienne Walker qui l'avait beaucoup touchée. C'était son droit légal en tant que victime d'avoir son mot à dire sur la condamnation, mais évidemment la décision finale appartenait à la juge. C'était une grande responsabilité, et elle était satisfaite des décisions qu'elle avait prises, même si cela n'avait pas été facile. Cette expérience pourrait être une leçon de vie pour les garçons, elle les aiderait à devenir de meilleures personnes. Ou bien ils en sortiraient complètement brisés. Aucun sentiment de vengeance ne l'animait, et elle ne tenait pas particulièrement à voir ces garçons passer leur jeunesse en prison. Ils avaient 17 ans et n'étaient pas des criminels invétérés. Néanmoins, le viol que Rick Russo avait perpétré ne pouvait pas être pris à la légère.

Ce matin-là, Vivienne avait envoyé des textos à Jamie et Chase pour leur souhaiter bonne chance. Elle était de retour à New York, chez sa mère, et avait hâte d'entendre la sentence au journal télévisé. La justice devait être rendue mais personne ne pouvait prévoir ce que ferait la juge.

Un silence de mort tomba sur la salle d'audience lorsque l'huissier nomma les cinq premiers accusés et leur demanda de se lever. La juge commença en s'adressant directement à eux. Elle traita d'abord les accusations de complicité et d'obstruction à la justice, réservant le cas de Rick pour la fin.

— J'ai accordé une grande attention à cette affaire ; j'ai longuement réfléchi à ce qui était dans votre intérêt, celui de la communauté et de l'État, ainsi qu'à la victime. Et les intérêts de la société doivent être servis. Vous êtes donc jugés en tant que personnes adultes. La justice ne sera pas mieux servie en faisant de vous des criminels endurcis, pas plus qu'elle ne le sera si cette affaire est traitée à la légère. Vous n'êtes pas des enfants, vous êtes des hommes, et vous étiez présents lorsqu'un crime grave a été commis. Quoi que je décide, une jeune femme, qui était votre camarade de lycée, devra vivre avec cela durant sa vie entière. Vous étiez là quand elle a été violée, ce qui fait de vous des complices. La quantité effroyable d'alcool que vous avez consommée aurait pu mettre vos vies en danger. Et vous avez abandonné Mlle Walker alors qu'elle était inconsciente. Certes, l'un d'entre vous a appelé les vigiles pour qu'ils viennent lui porter secours. Et Mlle Walker a elle-même une voix dans la condamnation. Selon la loi de l'État, elle a le droit de demander que vous ne soyez pas emprisonnés, malgré les condamnations ou les plaidoyers de culpabilité. J'ai reçu une demande de sa part hier, demandant que vos cinq peines de prison soient suspendues, ce que j'ai également pris en considération, tout comme vos antécédents individuels. Pour l'accusation de complicité de viol, je vous condamne à deux ans de prison.

À cet énoncé, plusieurs des garçons fermèrent les yeux, comme s'ils venaient de recevoir un coup. La juge fit une longue pause, puis poursuivit :

— Vos peines seront suspendues. Cependant, si durant ces deux ans vous êtes arrêtés pour une raison quelconque, vous serez directement conduits à la prison d'État où vous effectuerez votre peine. Pour les accusations d'obstruction à la justice, le fait d'avoir menti à plusieurs reprises au cours d'une enquête criminelle impliquant des blessures est également un crime grave. Je vous condamne tous à quatre-vingt-dix jours de prison et à deux ans de probation. J'espère que vous mettrez à profit l'opportunité que je vous donne pour grandir, apprendre de vos erreurs et pour vous racheter. Quand tout cela sera terminé, j'attends de vous que vous soyez de meilleures personnes. Vous avez maintenant une dette envers la société dont vous devez vous acquitter, même si cette perspective vous est désagréable. Je veux que vous y réfléchissiez aussi bien maintenant qu'à l'avenir, et que vous reteniez cette leçon toute votre vie. Le monde a besoin d'hommes bons, honnêtes et forts. À vous de décider ce que vous voulez être. Vous pouvez vous rasseoir.

Les garçons obtempérèrent, genoux tremblants. La juge s'était exprimée d'un ton extrêmement sévère mais les parents pleuraient de soulagement.

L'huissier demanda alors à Rick Russo de se lever. La juge porta sur lui un regard très dur.

— Pour l'accusation de viol sur une jeune femme mineure, je vous condamne à six ans de prison. Pour l'accusation d'obstruction à la justice, je vous condamne à une année supplémentaire. Votre peine commence dès maintenant, vous serez placé en détention dès votre sortie de cette salle d'audience. Les cinq autres accusés seront également placés en détention dès aujourd'hui.

La juge donna sur son bureau le coup de marteau qui marquait la fin de la sentence, se leva et quitta la salle d'audience.

L'enfer sembla alors se déchaîner sur les familles. Un adjoint s'approcha de Rick, en état de choc. L'homme lui passa les menottes et l'emmena sans plus tarder. Fou de rage, son père invectivait son avocat tandis que sa mère sanglotait. Les autres parents se pressèrent autour des cinq garçons pour les étreindre avant que les adjoints ne les emmènent en prison. Quatre-vingt-dix jours, ce n'était rien comparé à ce qui aurait pu leur être infligé, mais ils n'avaient pas violé Vivienne et n'avaient pas été directement témoins de l'acte à cause de leur état d'ébriété. Les garçons étaient à la fois nerveux et soulagés. Tous avaient en tête la clémence demandée par Vivienne. C'était Gwen qui l'avait informée de ce droit légal et elle avait pris seule sa décision.

Aucun des avocats de l'accusation n'avait objecté face à ces sentences. Ils rangèrent leurs dossiers dans leurs porte-documents et quittèrent la salle d'audience en se frayant un chemin à travers la foule. Dominic se pencha vers Gwen et s'adressa à elle à voix basse :

— Tu étais au courant ?

Elle n'avait pas semblé surprise par les condamnations.

— La juge m'a convoquée dans son cabinet il y a deux semaines pour me demander mon avis. J'ai suggéré la clémence dans la limite du raisonnable pour les cinq complices. Je trouve qu'elle a fait un très bon travail et je pense que la lettre de Vivienne a eu un certain poids.

Dominic acquiesça. Quant à la sentence de Rick, elle était dure, mais juste. Il avait violé une jeune femme de 17 ans et il avait été condamné en tant qu'adulte, ce qu'il méritait. Six ans c'était long, mais Vivienne, elle, risquait de souffrir à jamais de ce cauchemar.

Les adjoints s'approchèrent pour aider les parents à quitter le palais de justice. Apparemment, la foule à l'extérieur avait encore grossi. Les médias avaient été informés des condamnations. Il allait être difficile d'éviter les journalistes. Les familles sortirent par une porte latérale et se précipitèrent vers les voitures aussi vite que possible. Les Morgan avaient leurs propres gardes du corps, et Joe Russo était tellement furieux que personne ne se serait risqué à l'approcher. Les représentants de Saint Ambrose rejoignirent leur véhicule et retournèrent au lycée. Ils étaient émotionnellement épuisés mais les sentences leur semblaient justes, même celle de Rick.

— J'étais terrifiée à l'idée qu'ils soient tous condamnés à dix ans, dit Gillian. La juge a raison. Il était inutile de les transformer en criminels endurcis avec une peine qui ne leur apprendrait rien mais au contraire les détruirait. Quant à Rick, il a reçu une condamnation appropriée.

Matthew Morgan et Merritt Jones rentraient à New York en voiture. Il aurait été plus rapide de prendre l'avion, mais la presse serait venue les assaillir à l'aéroport. Au moins bénéficiaient-ils d'une certaine intimité à bord de leur voiture.

— Dans combien de temps pourrons-nous aller le voir ? demanda Matthew.

— Je vais me renseigner. Ça aurait pu être pire. Trois mois, ce n'est pas grand-chose. C'était tellement généreux de la part de la victime d'écrire au juge.

Matthew hocha la tête et tint serrée la main de Merritt dans la sienne, comme il l'avait fait au tribunal. Cela ne semblait pas la déranger. L'inquiétude qu'ils éprouvaient pour leur fils avait resserré leurs liens.

Ellen Watts rentra chez elle, épuisée. Shepard ne s'était même pas déplacé.

— Veux-tu connaître la condamnation ? lui demanda-t-elle.

— Cinq ans ? Dix ans ? Où est-il maintenant ? En prison. Il serait libre si vous m'aviez écouté tous les deux, et si vous aviez fait ce que j'avais préconisé. Nous aurions pu détruire cette fille au tribunal s'il avait été jusqu'au procès au lieu de plaider coupable.

Il était encore énervé et vexé que Jamie n'ait pas suivi son conseil. Et depuis qu'il l'avait frappé, Jamie avait peur de son père.

— La juge a suspendu la peine pour l'accusation de complicité. Jamie a donc été condamné à quatre-vingt-dix jours de prison et à deux ans de probation pour obstruction à la justice. La victime a demandé au juge d'être indulgent.

— Félicitations, dit Shep avec amertume. J'aurais pu lui éviter tout cela si vous m'aviez laissé faire. Alors maintenant il moisit en prison, il a un casier judiciaire et il sera en probation pendant deux ans ?

— Il était présent lors de ce viol, Shep. C'est un crime grave. Il n'y avait pas d'autre choix.

Shepard avait l'air aigri, en colère, et n'était même pas reconnaissant que leur fils s'en soit si bien sorti.

— Je demande le divorce, Shep, annonça Ellen. Tu as changé, je ne te reconnais plus. Tu voulais apprendre à Jamie à se battre selon tes règles, d'une façon qui ne me plaît pas du tout. Menaces, chantage et mensonges, voilà ton code de l'honneur. Tu voulais détruire une jeune fille innocente qui avait déjà souffert. Jamais je n'aurais cru cela de toi.

— Ah ! Et quel est donc le résultat de ta stratégie ? Madame veut garder les mains propres et jouer la carte de la vérité ! Grâce à toi, il se retrouve en prison comme un criminel ! Il ne l'a pas violée, bon sang ! Si vous m'aviez écouté, il serait acquitté et libre à l'heure actuelle. Il serait ici avec nous ! Quel genre de travail crois-tu qu'il pourra trouver avec un casier judiciaire ?

— Il mérite sa condamnation, Shep. Ils ont participé à une chose terrible, un crime grave, et ils ont menti à ce sujet. Ils l'ont laissée inconsciente et elle aurait pu mourir. Et si quelqu'un traitait nos filles de cette façon un jour ? Tu serais le premier à vouloir détruire cette personne. Je suis reconnaissante qu'il n'aille en prison que pour trois mois. Rick a été condamné à six ans.

— Son père fera appel. Tu n'étais pas sérieuse à propos du divorce, n'est-ce pas ? demanda-t-il avec un sourire en coin.

Il avait une carrière bien trop florissante pour qu'Ellen le quitte. Elle n'avait rien à elle. Dès le jour de leur mariage, elle avait cessé de travailler. À présent, Ellen se demandait quelles étaient les réelles raisons du succès professionnel de son mari. C'était en menaçant et en détruisant les gens – comme il l'aurait fait avec une fille innocente qui était une victime, et non

une moins que rien comme il aurait aimé le faire croire – qu'il avait réussi.
— Si, je suis sérieuse. Je veux divorcer.
Au cours des deux derniers mois, elle avait perdu tout respect pour lui. Elle savait que le temps n'y changerait rien.
— Dans ce cas, ne compte pas sur moi pour te verser une pension alimentaire généreuse après un coup comme celui-là, Ellen. Grâce à tes conseils, notre fils est désormais un criminel.
Il s'adressait à elle d'un ton dur, la haine se lisait dans son regard. Pourquoi n'avait-elle jamais remarqué le côté sombre de Shep auparavant ?
— Je trouverai un emploi, affirma-t-elle avec calme. Et ne compte pas revenir vivre ici alors que tu nous as déjà abandonnés et que tu ne t'es même pas donné la peine de venir au tribunal pour soutenir Jamie. À partir de maintenant, tu n'es plus chez toi ici.
— Il ne méritait pas ma présence, et toi non plus.
Sans ajouter un mot, Shepard boucla son attaché-case puis quitta l'appartement familial en claquant la porte. Il était tellement égocentrique qu'il n'éprouvait aucun chagrin à vivre séparé de sa femme et de son fils. Il n'avait plus que mépris pour eux.

Sam appela Gwen sur son portable après son départ de la salle d'audience. Elle était heureuse de l'entendre.
— Félicitations ! La condamnation pour le principal accusé est sévère, mais celle des autres me paraît juste. La juge leur a donné une leçon sans vouloir faire d'eux des exemples. C'est ce que pensent aussi les médias.

Ils qualifient la sentence de « raisonnable et juste ». Je peux venir fêter ça avec toi ce week-end ?

— Ça me semble une bonne idée.

— N'est-ce pas ? Bon, je te rappelle plus tard. Je dois filer au tribunal. Mon Dieu, je suis tellement reconnaissant qu'Adrian m'ait appelé. Sans cela, je ne t'aurais jamais rencontrée.

— Dieu merci, tu l'as écouté et tu es venu.

— J'écoute toujours mes clients.

C'était pour cette raison qu'il réussissait si bien dans ce qu'il faisait. De son côté, Gwen était aussi très attentive envers les victimes des affaires qu'elle traitait. Elle avait écouté Vivienne, Adrian et tous les autres. Un jour, plus personne n'aurait à souffrir quotidiennement de la décision du juge, pas même Vivienne, espérait-elle. La jeune fille avait appris la nouvelle par le journal télévisé. Vivienne était soulagée pour les cinq garçons, et en ce qui concernait Rick elle estimait que le condamner à six ans de prison était une peine méritée. Elle avait le sentiment d'avoir obtenu une réparation légitime, ce qui, elle le savait, l'aiderait à guérir.

18

Une semaine après l'annonce des condamnations, Vivienne fit ses premiers pas dans sa nouvelle école new-yorkaise, le lycée Dalton. C'était un très bon établissement mixte et, prenant en compte les circonstances exceptionnelles dans lesquelles se trouvait Vivienne et l'année scolaire déjà bien entamée, le proviseur avait accepté cette inscription tardive. Cela faisait trois semaines qu'elle se trouvait à New York et elle prenait enfin goût à la vie sur la côte Est, tout comme elle aimait partager son quotidien avec sa mère. Finalement, s'éloigner de Kimberly et de son père lui avait fait le plus grand bien.

Une fois installée à New York, elle reprit même contact avec Lana et Zoé par téléphone. Elle leur expliqua qu'elle n'appréciait pas de vivre en pension, qu'elle était maintenant dans un lycée new-yorkais, ce qui la réjouissait, et leur promit qu'elles se verraient au cours de l'été. En revanche, elle préféra ne pas mentionner les deux mois qu'elle avait passés à Los Angeles. À ce moment-là, elle n'était pas encore prête à les revoir.

Vivienne aimait les cours au lycée Dalton. Certes, elle avait un peu de travail à rattraper, mais elle s'en sortait très bien et avait même envoyé à temps ses demandes d'inscription aux universités. Elle savait qu'elle aurait des réponses en mars. Elle avait reçu des lettres de ses cinq anciens camarades de Saint Ambrose, qui la remerciaient notamment d'avoir écrit à la juge. Elle avait beaucoup mûri au cours de ces derniers mois ; ils avaient tous mûri, même si le chemin avait été difficile.

Lorsque les réponses des universités lui parvinrent, Vivienne eut de quoi se réjouir : elle était acceptée par les deux plus grandes universités de Californie, qui étaient ses premiers choix avant le drame. L'université de New York et celle de Boston donnaient également une réponse favorable à sa demande. Elle allait choisir celle de New York parce que la ville lui plaisait, et ainsi elle resterait près de sa mère. Elles étaient plus proches qu'elles ne l'avaient jamais été. Nancy, elle, souriait à nouveau puisqu'elle sortait désormais avec le médecin qu'elle avait rencontré dans le Vermont – un homme que Vivienne appréciait beaucoup. Elle avait également rencontré ses filles, avec lesquelles elle s'entendait bien.

Son père avait rompu avec Kimberly. Vivienne était à la fois désolée pour lui et soulagée. En attendant, il n'avait plus aucune relation sérieuse et semblait enchaîner les conquêtes. Quand il vint à New York passer un peu de temps avec elle, il fut impressionné par son nouveau lycée qu'elle lui fit visiter. Les élèves étaient brillants, vifs, enthousiastes. Vivienne s'était fait de nombreux amis et de toute évidence se plaisait beaucoup ici. Elle n'avait pas de petit ami, car c'était encore trop tôt pour elle, mais elle était enfin heureuse.

En juin, Chris et Nancy vinrent assister ensemble à la remise des diplômes. Nancy était toujours quelque peu stressée en sa compagnie. Tous deux paraissaient extrêmement fiers de leur fille.

Vivienne avait appris par Gwen Martin que ses anciens camarades étaient sortis de prison depuis le mois d'avril. Elle n'avait plus eu de leurs nouvelles et, à vrai dire, elle ne souhaitait pas en avoir. L'inspectrice l'appelait de temps en temps pour prendre des nouvelles, et Vivienne se réjouit d'apprendre qu'elle avait désormais un petit ami à New York.

Nicole Smith lui avait également téléphoné. Tout était revenu à la normale à Saint Ambrose. La cérémonie de remise des diplômes s'était bien déroulée, et Nicole lui assura qu'elle manquait encore à tout le monde.

Ce qu'elle ne lui raconta pas, bien sûr, c'est que les inscriptions à l'école avaient pâti de l'affaire, le viol ayant fait grand bruit dans les médias. Taylor Houghton tenait toujours fermement la barre. Larry Gray avait pris sa retraite et Nicole aimait toujours autant son travail, ses collègues et l'école. Ils étaient tous terriblement désolés de ce qui était arrivé à Vivienne.

Après la remise des diplômes, lorsque tout le monde quitta l'établissement, Saint Ambrose retrouva son calme. Il fallut une semaine de plus pour que tout soit bouclé et la rentrée suivante préparée, et l'établissement put enfin souffler le temps d'un été. Les Houghton iraient dans leur résidence du Maine et les élèves seraient dans leurs familles jusqu'en septembre. Le troisième dortoir pour les 80 nouvelles élèves serait fin prêt en août. En fin de compte, Saint Ambrose avait survécu à la tempête et on pouvait espérer que le lycée en sorte même plus fort. Cette terrible expérience les avait tous secoués jusqu'au plus profond d'eux-mêmes, leur donnant en contrepartie de précieuses leçons pour la nouvelle vie du lycée.

Merritt Jones vint à New York pour voir Chase, qui travaillait dans un Starbucks tout en vivant chez son père. Il avait été accepté à la New School, l'une des principales universités du pays spécialisées en sciences humaines et sociales. Les mois passés en prison avaient été éprouvants pour lui, mais finalement cette triste période était passée assez vite. Sa mère lui avait rendu visite une fois par mois, et Matthew y était allé chaque semaine. Plusieurs des autres parents avaient fait de même, mais pas tous. Il ne s'était jamais plaint et aujourd'hui il se montrait reconnaissant de ne plus être derrière les barreaux. Merritt était sur le point d'entamer la post-production d'un film à Los Angeles, raison pour laquelle elle avait voulu rendre visite à Chase avant d'être trop occupée. Elle envisageait également de tourner dans un nouveau film.

À son arrivée, Matthew l'avait invitée à déjeuner, et elle avait accepté. Elle logeait dans leur appartement tout en menant sa vie de manière indépendante. De toute façon, il était rare qu'elle et Matthew se retrouvent ensemble puisqu'elle passait la majeure partie de son temps à Los Angeles et lui à New York. Elle essayait de rendre visite à Chase quand elle savait que Matthew n'était pas là.

Il suggéra qu'ils se retrouvent dans un restaurant qu'ils appréciaient tous les deux. En chemin, Merritt se remémora de nombreux souvenirs, mais les chassa aussitôt. Matthew l'attendait déjà et lui sourit quand elle se glissa sur la banquette en face de lui.

— Comment vas-tu ? lui demanda-t-elle.

C'était finalement plutôt agréable de le voir, il avait l'air en forme et était encore très séduisant. Même aujourd'hui, alors que tout était terminé entre eux, il l'attirait toujours autant.

— Plutôt bien, mais pas autant que notre fils. Il soulève des poids, il a l'air en pleine forme, il est très bronzé, il aime travailler au Starbucks et il a hâte d'entamer ses études en septembre. Si l'on considère ce que nous avons dû affronter il y a six mois, je pense qu'il va bien, maintenant. La prison lui a ouvert les yeux. Je ne crois pas qu'il ait touché à un seul verre d'alcool depuis toute cette histoire...

— Oui, moi aussi je l'ai trouvé en pleine forme. Et toi ? Tu as de nouveaux projets ?

— Quelques-uns. Cela dit, j'aime bien passer du temps avec Chase pour le moment. J'ai l'intention de ralentir le rythme des tournages.

Elle sourit à cet homme avec qui elle avait été mariée pendant vingt ans.

— Comment s'est passé le film ? s'enquit Matthew.

— Nous allons entamer la post-production.

C'était toujours agréable de parler de leurs tournages, de partager leurs expériences professionnelles. Mais Matthew avait quelque chose d'important à lui dire, et il ne savait pas comment s'y prendre.

— Quelque chose te tracasse ? demanda-t-elle.

Elle le connaissait si bien !

— Chase n'est pas le seul à avoir eu un sérieux ménage à faire dans sa vie, après s'être mis dans le pétrin. J'ai été un vrai crétin, Merrie. Je le sais. Nous le savons tous les deux. J'ignore ce qui s'est passé. Tu étais souvent absente, je me suis senti seul. Je me suis dit que tu ne m'aimais plus, ou une autre bêtise de cet acabit pour justifier mes erreurs. Et j'ai eu une liaison avec cette fille. Je suis désolé. Je suis vraiment, vraiment désolé. Je t'aime toujours, je t'aimerai toujours. Je donnerais tout pour qu'on se remette ensemble. Je suppose qu'il n'y a aucune chance que tu me pardonnes un jour ?

Il avait l'air si honteux qu'elle ne put s'empêcher de sourire.

— Oh, je ne sais pas, peut-être qu'un an de prison te ferait du bien à toi aussi. Ou des travaux forcés en Sibérie.

Elle resta songeuse un instant. Elle aussi avait envisagé qu'ils se remettent ensemble, mais comment savoir si Matthew était intéressé ? Elle avait trop peur de lui poser la question et de se voir rejetée.

— Et ta petite amie ? Que vas-tu faire d'elle ?

Elle faisait référence à Kristin Harte, sa maîtresse.

— Je lui ai dit il y a deux mois que j'étais toujours amoureux de toi, que je voulais que nous nous séparions. Elle a déménagé le soir même. Et si l'on en croit la presse people, elle vient de se fiancer à un Texan milliardaire !

— Il faudra que je pense à lui envoyer un cadeau de fiançailles, ironisa Merritt alors que Matthew faisait le tour de la table pour venir se glisser à côté d'elle sur la banquette et l'embrasser.

— Veux-tu me reprendre, Merrie ? demanda-t-il humblement.

Elle hocha la tête et l'embrassa à son tour.

— Ce n'est pas tous les jours qu'une célèbre star de cinéma me fait une telle proposition, plaisanta-t-elle.

— Oh, moi je n'ai jamais gagné un seul oscar. Toi, tu en as deux !

— Je serais prête à les rendre à l'Académie pour être à nouveau avec toi, murmura-t-elle. Tu m'as manqué. Qu'est-ce qui t'a fait changer d'avis ?

Elle avait cru que ce jour n'arriverait jamais, et avait renoncé à lui.

— Chase. Je lui ai confié à quel point tu me manquais mais que je ne savais pas quoi faire. Il m'a suggéré de te l'avouer. Il m'a dit de prendre la bonne décision, ce que je lui avais conseillé il y a quelques mois. Nous faisons tous des erreurs, parfois terribles, comme dans son cas. Mais les hommes bons savent se corriger.

— Tu es un homme bon, Matthew Morgan. Je l'ai toujours su.

— Je t'aime, Merrie.

— Je t'aime aussi. Il faudra que je remercie notre fils, ce soir.

Elle sourit, et Matthew l'embrassa à nouveau. Ils avaient eu de la chance. Malgré les hauts et les bas de la vie, la liaison extraconjugale de Matthew, leur séparation, la condamnation de Chase et son séjour en prison, malgré tout cela, oui, ils s'aimaient encore.

Ils quittèrent le restaurant main dans la main. Un fan courut vers eux pour les prendre en photo. Le soleil brillait, Matthew et elle étaient à nouveau ensemble, Chase remontait la pente. C'était une belle journée.

ŒUVRES DE DANIELLE STEEL
AUX PRESSES DE LA CITÉ (Suite)

En héritage
Disparu
Joyeux anniversaire
Hôtel Vendôme
Trahie
Zoya
Des amis proches
Le Pardon
Jusqu'à la fin des temps
Un pur bonheur
Victoire
Coup de foudre
Ambition
Une vie parfaite
Bravoure
Le Fils prodigue
Un parfait inconnu
Musique
Cadeaux inestimables
Agent secret
L'Enfant aux yeux bleus
Collection privée
Magique
La Médaille
Prisonnière
Mise en scène
Plus que parfait
La Duchesse
Jeux dangereux
Quoi qu'il arrive
Coup de grâce
Père et fils
Vie secrète
Héros d'un jour
Un mal pour un bien
Conte de fées
Beauchamp Hall
Rebelle
Sans retour
Jeu d'enfant

Vous avez aimé ce livre ?
Vous souhaitez en savoir plus sur Danielle STEEL ?
Devenez, gratuitement et sans engagement, membre du
CLUB DES AMIS DE DANIELLE STEEL
et recevez une photo en couleurs.

Retrouvez Danielle Steel sur le site :
www.danielle-steel.fr

La liste de tous les romans de Danielle Steel publiés aux Presses de la Cité se trouve au début de cet ouvrage. Si un ou plusieurs titres vous manquent, commandez-les à votre libraire. Au cas où celui-ci ne pourrait obtenir le ou les livres que vous désirez, si vous résidez en France métropolitaine, écrivez-nous à l'adresse suivante :

Éditions Presses de la Cité
92, avenue de France
75013 Paris

Imprimé en France par CPI
en juillet 2022

Composition et mise en pages
Nord Compo à Villeneuve-d'Ascq

L'éditeur de cet ouvrage s'engage dans une démarche de certification FSC® qui contribue à la préservation des forêts pour les générations futures.

Pour en savoir plus :
www.editis.com/engagement-rse/

N° d'impression : 3047473